Here was Girion
lord in Dale

the Running River

here is
the gateway
of the Long
Lake

the Desolation
of Smaug

In Esgaroth upon
the Long Lake
dwell Men

here flows the
Forest River

Elvenking

d the Great
there are Spiders.

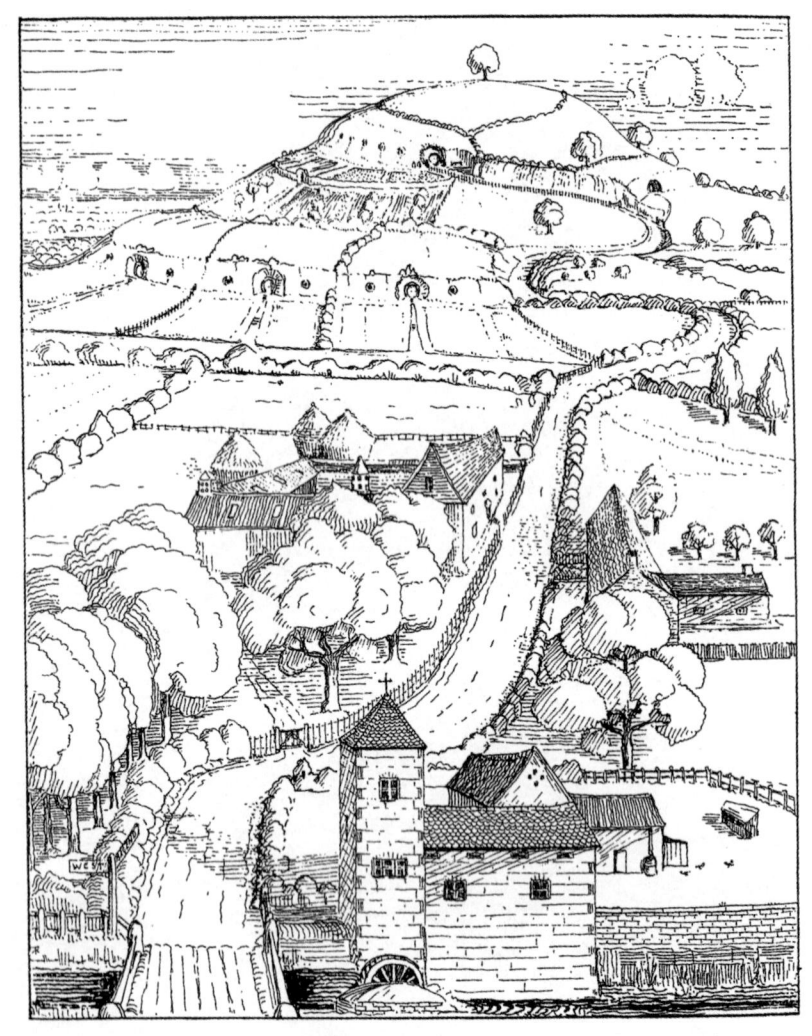

袋底山：河对岸的霍比屯

[英] J.R.R.托尔金 著
刘勇军 译

THE HOBBIT
霍比特人

北京联合出版公司
Beijing United Publishing Co.,Ltd.

只 为 优 质 阅 读

好
读
Goodreads

出版说明

1937年9月21日，《霍比特人》首次出版，仅印刷1500册，内含两幅双色地图和十幅黑白插图，均为托尔金亲手绘制。三个月不到，便一售而空，另加印2300册，好评如潮。

1937年12月15日，乔治·艾伦与昂温出版公司来信，期待托尔金能够继续书写霍比特人的故事。几天之后，托尔金写信说，已经写下一个关于霍比特人的新故事的第一章——"盼望已久的宴会"。十二年之后，托尔金得以完成这个新故事，它便是《魔戒》。

1947年，为呼应正在创作中的《魔戒》，托尔金决定对《霍比特人》进行修订，重点集中在第五章。随后，他又陆续做出几次细节上的修改。

本书以1937年乔治·艾伦与昂温出版公司第一版为底本，精心翻译审校，完整保留托尔金手绘的两幅地图和十幅插图，力求回到原点，让读者见到这个故事最初的模样。

目录 Contents

1	第一章	一场始料未及的宴会
35	第二章	烤羊肉
56	第三章	短暂休整
68	第四章	翻过山顶,深入山底
84	第五章	黑暗中的猜谜游戏
106	第六章	才出虎穴,又入狼窝
131	第七章	奇怪的住所
165	第八章	苍蝇和蜘蛛
201	第九章	木桶大逃亡
222	第十章	热烈的欢迎

237	第十一章	门阶之上
249	第十二章	内部的消息
274	第十三章	不在家中
288	第十四章	火与水
300	第十五章	山雨欲来
313	第十六章	夜半窃贼
322	第十七章	风云突变
336	第十八章	踏上归途
347	第十九章	最后一程

第一章
一场始料未及的宴会

地下的洞府中住着一个霍比特人。可不是那种又臭又脏又潮湿的地洞,没完没了地爬虫子,到处都是土腥味,也不是那种干燥光秃的地洞,遍地是沙,什么也没有,没地方坐,也没东西吃。这是霍比特人的洞府,而霍比特人的洞府无疑住起来舒适无比。

这个洞府装着一扇舷窗般的圆门,漆成绿色,正中央安有一个闪亮的黄铜把手。打开门,可以看到管状的门厅,就像隧道一般。它非常舒适,没有烟雾弥漫,墙上镶着壁板,地面的瓷砖上铺着地毯,摆着光洁的椅子,还钉着很多很多的挂钩,用来挂帽子和外套——霍比特人很喜欢亲朋好友来串门。走廊蜿蜒延伸,通向小山丘的一边——方圆几哩的人们都管这座小山丘叫小丘。洞府里面有许多小圆门,有的在走廊一边,有的在另一边。这个霍比特人不喜欢住楼房，卧室、浴室、酒窖、食品室（有好几个）、衣橱（他有很多房间都放满了衣服）、厨房、餐厅，所有这些都在同一层，准确地说是位于同一条走廊。最好的房间都在左手边（朝里），只有这样的房间才有窗户，从这些嵌得很深的圆形窗户，可以俯瞰他的花园，以及远处一直向下延伸到河边的草地。

这个霍比特人非常富有，他姓巴金斯。巴金斯家族长久以来都住在小丘附近，深受人们的尊敬，不仅因为他们大都很有钱，还因为他们从不冒险，也从不做任何意想不到的事：不管什么问题，你不用费心提问，就能知道巴金斯家族的人会怎么回答。而我们的故事，讲述的就是巴金斯家族一个成员的冒险历程，他不由自主地做了意料之外的事，说了出人意表的话。他也许因此失去了邻居们的尊敬，但他得到了……好吧，继续往下看，你就能知道他最后是否有所收获了。

这位霍比特人的母亲……对了，我们先来介绍一下霍比特人吧。现如今，我看很有必要描述一下霍比特人的样貌，毕竟他们越来越稀少，也害怕见我们这些"大种人"（他们这么称呼我们）。他们是小种人，个子非常矮小（或者说曾经如此），比矮人矮很多（不留胡子），却比小人国的居民高很多。他们不太会魔法，除非是在你我这样个头大、样子蠢钝的人跌跌撞撞地走过来，发出一哩外都能听见的大象般的响动时，他们才会使出极为普通的法术，悄然而迅速地消失。他们一般都有个肥肚子，喜欢穿色彩鲜艳的衣服，主要是黄绿两色。他们不穿鞋，脚底天生就像皮革一样坚韧，还长着可以保暖的浓密的棕色毛发，就和他们脑袋上的头发一样，只是他们的头发是卷曲的。他们拥有长而灵巧的褐色手指，面相和善，笑起来声音低沉圆润，特别是在晚饭后，而且只要有机会，他们一天会吃两顿晚饭。现在你对霍比特人有了一定的了解，我们可以继续讲故事了。就像我刚才说的，这个霍比特人，也就是比尔博·巴金斯，他的母亲就是名声在外的贝拉多娜·图克，是老图克三个出色女儿中的一个。老图克是住在小河对岸的霍比特人的首领。小河就是流经小丘脚下的那条河。人们常说，很久以前图克家族有人与精灵成婚（不那么友好的人则说与他通婚的是半兽人），不过这个家族确实拥有一些完全与霍比特人不搭界的特质，比如家族成员偶尔会离开家外出探险。他们悄无声息地消失，家族的其他成员则对此秘而不宣。因此，一直以来，图克家虽然比巴金斯家富有，但还是巴金斯家更受人尊敬。

贝拉多娜·图克在成为邦戈·巴金斯太太后，就不再去探险了。前面提到的霍比特洞府就是比尔博的父亲邦戈为她建造的，无论是小丘下，小丘另一边，还是小河对岸，他们的洞府都是最豪华的。当然，建洞府的花费有一部分是她的钱。他们在里面住到了生命的尽头。然而，尽管在外表和行为上，她的独子比尔博都是他父亲的翻版，身材结实，可靠亲切，却很可能继承了图克家族的古怪脾性，只要时机恰当，这种天性就将发挥出来。可惜这个机会并不曾到来，后来比尔博·巴金斯长大成人，转眼到了50岁，一直住在他父亲挖建的漂亮的霍比特洞府里，似乎一辈子都将如此安稳度过，偏巧在这个时候，那个机会终于出现了。

很久以前的一个清晨，世界一派祥和宁静，那时还没有如今这么吵闹，到处都是绿色的树木，霍比特人依然数量众多，过着富足兴旺的生活。比尔博·巴金斯吃过早饭，正站在家门口，抽着一根又大又长的木制烟斗，那烟斗长得几乎要碰到他那毛茸茸的脚指头了（毛发梳理得整整齐齐），这时候，机缘巧合之下，甘道夫走了过来。甘道夫！关于他的事，即便你听说的只有我听说的四分之一，而我听到的其实不过是一点皮毛，那往你耳朵里灌的，也一定是各种不可思议的奇闻异事。无论他走到哪里，传说故事啦，冒险经历啦，都会以最不寻常的方式涌现出来。事实上，自从他的朋友老图克去世后，他已经很久没来过小丘下的那条路，霍比特人也几乎忘记了他的样子。在他们还是小屁孩的时候，甘道夫就离开了小丘，涉过了小河，干他自己的大事业去了。

那天早上，比尔博看到的只是一个老人，丝毫没想到此人便是甘道夫。老人戴着一顶高高的蓝色尖顶帽，身披灰色的长斗篷，围着银色围巾，长长的白胡子垂到腰部以下，脚上穿着巨大的黑靴子。

"早上好！"比尔博说，他是发自内心地打招呼。这会儿，骄阳灿烂无比，草地青葱翠绿。但甘道夫只是瞧着他，两道长而浓密的眉毛向外挑着，比他那顶遮阴的帽子的帽檐还要突出。

"你这是什么意思？"他说，"你是祝我早上愉快，还是说不管我愿不愿意，这都是个美好的早晨？或者说，你今天早上心情很好，还是说这是一个值得好好享受的早晨？"

"全都是。"比尔博说，"再者，这个早晨天气晴好，很适合在户外抽上一袋烟。假如你身上带着烟斗，那就坐下来，填一些我的烟丝，抽上一袋吧！慢慢来，我们有一整天的时间呢。"比尔博说完便坐在家门口的座位上，翘起二郎腿，吐出一个美丽的灰色烟圈。烟圈一直保持着完整的形状往上升，飘到了小丘的上空。

"很漂亮！"甘道夫说，"可惜今天早上我没时间吐烟圈。我正在寻找一个人来参与我筹备的冒险，只是这样的人可真够难找的。"

"我想是的，在这一带就更难了！我们这里的人都老实巴交，人人恪守本分，对冒险没兴趣。出去冒险多吓人啊，总得悬着心，一点也不自在！甚至连晚饭都吃不上！真不明白为什么有人热衷于冒险。"我们的巴金斯先生说着，把一根拇指插在背带后面，又吐出一个更大的烟圈。然后，他拿出早晨送来的信件，读了起来,假装不再注意老人。他觉得这个人和自己说不到一块去,盼着他快点走开。但老人没有动。他拄着手杖站在那里,一言不发地盯着霍比特人,把比尔博盯得浑身不自在,甚至有些气不打一处来。

"那就再见吧!¹"他终于开口道,"我们这里不需要冒险,谢谢!你可以到小丘那边或小河那边去试试。"他这样说,意思就是谈话到此为止了。

"你就说了一句'再见',可表达的意思还真不少啊!"甘道夫说,"你的意思是你巴不得我赶紧走人,我不走,这个早上可就不好过了。"

"不是,不是的,我亲爱的先生!让我想想,我想我并不认识你,不知道你的名字吧?"

"是的,是的,我亲爱的先生,但我确实知道你的名字,你是比尔博·巴金斯先生。你也知道我的名字,你只是不记得是我叫那个名字而已。我是甘道夫,甘道夫就是我!想想看吧,我有幸活到今日,贝拉多娜·图克的儿子居然这样和我说'再见',活像我是上门来兜售纽扣的!"

"甘道夫,甘道夫!我的老天!你该不会就是那个送给老图克一副钻石饰钉的游方巫师吧?那副饰钉能自己扣紧,除非下命

---

1 那就再见吧!:此处原文为"Good morning!",作告别之意,故下文甘道夫会曲解为"你的意思是……我不走,这个早上可就不好过了"。——编者注

令，否则不会松开。该不会就是你，曾在各种宴会上讲神奇的故事，什么龙呀，半兽人啦，巨人啦，公主获救啦，寡妇的儿子意外交上好运啦？该不会就是你制作出了特别神奇壮观的烟火！这些我都记得！老图克以前常在仲夏夜放烟花！多么绚烂啊！烟花升入空中，绽放各种形状，有巨大的百合、金鱼草和金链花，整个晚上都挂在天空！"你应该已经注意到，巴金斯先生并不像他自己以为的那么缺乏想象力，而且，他还很喜欢花。"老天！"他继续说，"你该不会就是那个甘道夫，引着那么多老实本分的小伙子和大姑娘，深入蓝色山脉去疯狂探险？他们不是爬树，就是乘船远航，到达世界的另一边！老天，过去的生活简直乱七八糟……我是说，你以前把这一带搅得不得安宁。请恕我直言，我没想到你还在干这种事。"

"那我还能干什么呢？"巫师说，"尽管如此，我还是很高兴你依然记得我的一些事。无论如何，我的烟火似乎给你留下了很深的印象，这说明你不是一点希望也没有。看在你外公老图克的分上，也看在可怜的贝拉多娜的分上，我会满足你的要求。"

"请恕我直言，我没有要求过什么！"

"不，你有！甚至还说了两次。你要我恕你直言。我现在就宽恕你了。事实上，我甚至会送你去参加这次冒险。这对我来说很有趣，对你也大有好处。要是你能完成冒险，很可能还会赚到不少钱哩。"

"抱歉！我不想冒险，谢谢。反正今天不想。再见！不过欢迎你随时来喝茶！干脆就明天，可以吗？明天来喝茶吧！再见！"霍比特人说完就转过身，快步走进绿色的圆门，不失礼貌而又非常快地关上了门。毕竟，巫师终究是巫师，没必要开罪他们。

"我为什么要请他喝茶？"他一边向食品室走去，一边自言自语道。他刚吃过早饭，但他觉得吃一两块蛋糕，再喝点饮料，才能给自己压压惊。

与此同时，甘道夫还站在门外，他站了很久，一直笑着，只是没有发出半点声响。过了一会儿，他走上前，用手杖的尖端在霍比特人漂亮的绿色前门上画出了一个奇怪的符号。完事后，他大步走开了，这时比尔博刚好吃完第二块蛋糕，开始觉得自己总算侥幸逃脱，不用去冒险了。

第二天，他几乎把甘道夫忘了。他的记忆力不太灵光，除非他把要做的事写在约会便签簿上，比如：礼拜三甘道夫来喝茶。昨天他慌了手脚，哪里还记得要写下来。

就在下午茶时间快到的时候，前门响起了震耳欲聋的门铃声，他这才猛然想起了一切！他赶忙把水壶放在炉子上，又拿出一套茶杯和茶托，还多拿了一两块蛋糕，忙完这些，他才跑到门口。

"对不起，让你久等了！"他正要这么说，却发现来人根本不是甘道夫。门口站着一个矮人，蓝色的胡须塞在金色的腰带里，深绿色的兜帽下有一双非常明亮的眼睛。门一开，他就挤了进来，好像屋主正盼着他来呢。

他把连帽斗篷挂在最近的挂钩上，深深地鞠了一躬，说："杜瓦林听候你的差遣！"

"比尔博·巴金斯听凭你的差遣！"霍比特人说，他太惊讶了，一时间竟想不起该问问来者何人。一阵沉默随之而来，他感到很不自在，便又说，"我正要吃下午茶，请跟我一起吃点吧。"这话说得也许有点生硬，但他是好意。要是有个矮人不请自来，一进门就把衣物挂在你家的门厅里，连句解释的话都没有，你又能怎么办呢？

他们在餐桌边坐了没多久，事实上，他们刚吃到第三块蛋糕，门铃声便再度大作，比刚才还响亮。

"稍等！"霍比特人说完就朝门口走去。

"你终于来了！"这次，他本打算对甘道夫这么说。但来的不是甘道夫。台阶上站着一个看上去很老的矮人，他长着白胡子，戴着猩红色的兜帽。门一开，他也跳了进来，好像是受邀前来的一样。

"看来大伙儿陆续都到了。"他看到墙上挂着的杜瓦林的绿色兜帽，这么说道。他把自己的红兜帽也挂在上面，"巴林听候你的差遣！"他把一只手放在胸前说。

9

"谢谢!"比尔博说完就倒抽了一口冷气。这样说不太礼貌,但听到"看来大伙儿陆续都到了"这句话,他的心马上提了起来。他是很喜欢有人来串门,但在客人上门前,他还是希望自己能知道有谁会来,他也更喜欢亲自发出邀请。一个可怕的念头忽然冒了出来:蛋糕很可能不够吃,而身为东道主,他很清楚自己有责任招待客人,不论多么难过都会尽到这份责任,但他自己很可能吃不到蛋糕了。

"进来吃些茶点吧!"他深吸了一口气道。

"我的好先生,你不介意的话,给我来点啤酒吧,啤酒更适合我。"白胡子巴林说,"不过,我不介意吃蛋糕。有的话,就来块葛缕子蛋糕吧。"

"我有很多!"比尔博不由自主地回答道,说完自己也大吃一惊。但他还是情不自禁地迈着碎步跑向地窖,往一个杯里倒满啤酒,又跑到食品室取了两个诱人的圆形葛缕子蛋糕,他下午才烤出来,本想晚饭后当点心享用的。

他回来时,只见巴林和杜瓦林在餐桌边,正像老朋友一样聊天(他们其实是亲兄弟)。比尔博把啤酒和蛋糕重重地放在他们面前,就在此时,门铃再度大作,接着又响了一声。

"这次肯定是甘道夫了。"他一边想,一边气喘吁吁地穿过走廊。但事实并非如此。来的又是两个矮人,他们都戴着蓝兜帽,系着银腰带,蓄着黄色的胡子。他们都带着一袋工具和一把铲子。门一打开，他们就冲了进来，比尔博已经见怪不怪，不觉得惊讶了。

"两位贵宾，我能为你们做些什么？"他说。

"奇力为你效劳！"一个说。"菲力也为你效劳！"另一个说。他们都脱下蓝色兜帽，鞠了一躬。

"愿为你们和你们的家人效劳！"比尔博答道，这次他记得应该保持礼貌。

"我看，杜瓦林和巴林已经来了。"奇力说，"我们去找大伙儿吧！"

"大伙儿！"巴金斯先生心想，"这听起来可不太妙。我真得坐下来休息一会儿，喝上一杯冷静冷静了。"四个矮人围坐在桌边，谈论着矿山、黄金、与半兽人的恩怨、恶龙的掠夺，他们还说了很多事，不过他听不懂，也不想听懂，毕竟那些事听起来太危险了。他只得坐在角落里，才喝了一口，就听叮咚丁零，他家的门铃又响了起来，好像有个顽皮的霍比特小男孩想把拉手扯下来似的。

"有人在敲门！"他眨着眼睛说。

"听声音，应该来了四个。"菲力说，"我们来时就看见他们远远地跟在我们后面。"

可怜的小个子霍比特人坐在门厅里，双手抱着头，不知道发生了什么事，也不知道会发生什么事，更不清楚这些人是不是全要留下来吃晚饭。这时铃声又响了,比先前更大声,他无奈,只能跑去开门。不过来的不是四个,而是五个。原来,正当他在门厅里纳闷的时候,又有一个矮人走了过来。比尔博刚转了一下门把手,他们就一拥而入,一个接一个地鞠着躬说"听候差遣"。他们分别叫多瑞、诺瑞、欧瑞、欧因和格罗因。很快,两顶紫色、一顶灰色、一顶棕色和一顶白色的兜帽便接连挂在了挂钉上,矮人们阔大的手插在金色和银色的腰带里,大步走过去与其他人会合。矮人越来越多了,有些吵着要麦芽啤酒,有些要黑啤酒,还有一个要咖啡,不过所有人都要蛋糕。就这样,霍比特人忙了好一会儿。

一大壶咖啡放在灶台上煮着,葛缕子蛋糕早已吃光,矮人们正准备捧着奶油烤饼大快朵颐,这时传来了一声很大的敲门声。不是门铃,而是霍比特人那漂亮的绿门"咚"地响了一声。是有人在用棍子使劲儿敲门!

比尔博怒气冲冲地冲过走廊,他完全不知所措,脑袋里一团乱。自打记事以来,这是他度过的最尴尬的礼拜三了。他猛地拉开门,门外的人一个摞一个,接连跌了进来。又来了四个矮人!甘道夫在他们后面,靠在拐杖上哈哈大笑。正是他在漂亮的前门上敲出了一个凹痕,顺便说一句,他已经把前一天早上画下的神秘标记抹掉了。

"小心!小心哪!"他说,"比尔博,你居然让朋友们在门口等上半天，又像是打气枪一样这么用力地打开门，都不像你了！我来介绍一下，他们是比弗、波弗、邦伯，尤其隆重介绍一下这位，他是索林！"

"愿为你效劳！"比弗、波弗和邦伯站成一排说。说罢，他们把两顶黄色和一顶浅绿色的兜帽挂在墙上。此外还有一顶天蓝色的兜帽，上面带着长长的银色流苏。最后这顶属于索林。他是矮人里面的大人物，事实上，他正是伟大的索林·橡木盾。索林刚才摔倒在了比尔博的门垫上，比弗、波弗和邦伯全压在他身上，惹得他很不开心。要知道，邦伯是个大胖子，非常重。索林这个矮人简直傲慢至极，并没有说"为你效劳"。但可怜的巴金斯先生说了那么多次对不起，索林终于咕哝了一句"不要紧"，紧皱的眉头也舒展开了。

"好了，人都到齐了！"甘道夫看着那一排十三顶兜帽，这些兜帽可以从斗篷上拆下来，非常适合参加宴会。他自己的帽子也挂在了墙钉上。"大伙儿聚在一起，多么开心！希望来晚的人还有的吃，有的喝！那是什么？茶！不了，谢谢！要是有葡萄酒，倒可以给我来点。"

"我也是。"索林道。

"还要覆盆子果酱和苹果馅饼。"比弗说。

"还要肉馅饼和奶酪。"波弗说。

"还要猪肉馅饼和沙拉。"邦伯说。

"再来点蛋糕，还要麦芽啤酒和咖啡，如果你不介意的话。"其他矮人隔着门喊道。

"再拿几个鸡蛋吧，你真是个大好人！"甘道夫在霍比特人身后嚷道，这会儿，霍比特人正跺着脚朝食品室走去，"冷鸡肉和腌菜也来点！"

"我的食品室里有什么，他居然和我一样清楚！"巴金斯先生心想，对此，他实在百思不得其解，开始怀疑这些人是不是要在他家里进行一场该死的冒险。他把所有的瓶子、盘子、刀叉、玻璃杯、勺子和其他东西都堆在几个大托盘上，累得浑身燥热，脸也涨得通红，心里直起火。

"这些矮人真讨厌！"他大声说，"他们怎么不过来帮帮忙？"瞧呀！巴林和杜瓦林不就站在厨房门口，菲力和奇力在他们后面。比尔博还没来得及说出"刀子"二字，他们就飞快地把大托盘和两三张小桌搬进了客厅，把一切都重新摆放好了。

甘道夫坐在桌首，十三名矮人分坐在餐桌周围，比尔博则坐在壁炉边的一张小凳上，一边啃着饼干（这会儿，他彻底没胃口了），一边努力装出一副若无其事的样子，仿佛觉得眼前的情形不过尔尔，算不上冒险。矮人们吃着、聊着，时间过得很快。最后，他们终于把椅子往后一推，比尔博便走过去收拾杯盘。

"我想你们都会留下来吃晚饭吧？"他用最客气、最放松的语气说。

"当然!"索林道,"吃完晚饭还要待很久。我们会谈到很晚。先来点音乐吧。现在,把东西收拾了!"

于是,十二个矮人一跃而起,把所有的东西都高高地摞在一起。不过索林没有动手,他地位尊贵,一直在和甘道夫商议着什么。矮人们也不等拿大托盘,就用手端着一摞摞盘子走开了,每摞上还放着一个酒瓶。霍比特人在后面追着跑,吓得差点叫出声来,直央求他们:"请小心点!""不麻烦你们了!我一个人能收拾。"可惜矮人们非但不理他,还唱起了歌:

打碎杯子,摔破餐盘!
　把刀弄钝,把叉子弄弯!
比尔博·巴金斯讨厌这样玩……
　砸碎瓶子,软木塞也烧断!

扯破桌布,踩到油渍!
　把牛奶洒在餐具室的地板上!
把骨头丢向卧室的垫子!
　把酒泼在所有的大门上!

把瓦罐丢进沸腾的大锅。
　用棍子连续猛打又猛敲。

敲完后，哪个还完整未破，

　　就拿到走廊里滚个七零又八落！

　　比尔博·巴金斯就讨厌这样玩……
　　千万要当心！拿好盘子不要乱！

　　当然，这些可怕的事他们一件也没做。所有的东西都被迅速地打扫干净，稳稳当当地收拾妥当，简直快如闪电，霍比特人则在厨房中央转来转去，想看看他们在干什么。干完活，矮人们回到桌边，只见索林把双脚搭在炉围上，正在抽烟斗。他吐出的烟圈大得无人能及，他叫烟圈往哪里飘，它们就往哪里飘，一会儿飘上烟囱，一会儿飘到壁炉架上的钟表后面，要不就是飘到桌子底下，或者绕着天花板一圈又一圈地飘。但无论烟圈到哪里，都难逃甘道夫的手心。噗！他用他那只陶土短烟斗喷出一个小烟圈，每一个都从索林的烟圈里穿过去。然后，甘道夫的烟圈会变绿，飘回来在巫师的头顶上方盘旋。这会儿，已经有很多烟圈聚在那里，犹如一团云，把他衬托得像个十足十的巫师。比尔博站在那里，一动不动地看着。他自己也很喜欢吐烟圈。突然，他的脸变得通红，他想起自己昨天早晨让烟圈随风飘到小丘顶端，还非常自豪来着。

　　"现在来点音乐吧！"索林道，"把乐器拿出来！"

奇力和菲力跑到他们的背包边，取回了很小的小提琴。多瑞、诺瑞、欧瑞各自从外套里掏出了笛子，邦伯从门厅里找到了一面鼓。比弗和波弗也出去了一趟，回来时拿着从放手杖的地方取来的黑管。杜瓦林和巴林说："对不起，我们把乐器放在门廊里了！"闻言，索林道："顺便把我的乐器也拿进来吧。"他们拿回来的六弦提琴和他们一样高，索林的竖琴用一块绿布包着。那是一把漂亮的金竖琴，索林一拨动琴弦，乐声立刻响了起来。音乐响起得如此突然，却悦耳动听，比尔博一时间把一切都抛在了脑后，仿佛随着乐声来到了一片黑暗的土地，奇异的月光洒下来，那里远离小河，远离他在小丘下面的霍比特洞穴。

黑夜从小丘一侧开着的小窗口进入了房间。时值四月，炉火摇曳着，矮人们仍在演奏，甘道夫胡须的影子投在墙上，摇来晃去。

黑暗弥漫了整个房间，炉火渐渐熄灭，黑影也消失了，音乐声仍在继续。忽然，他们一边演奏，一边一个接一个地唱起歌来，低沉的歌声诉说着矮人在他们的古老地下家园的生活。下面是他们那首歌的部分歌词，此时没有音乐相伴，不知还能不能品出他们所唱的韵味。

遥远的迷雾山脉，寒冷刺骨，
地下城和古老的洞穴深入地窟，

我们必须在天亮前上路,
去寻找那被施了魔法的暗淡宝物。

昔日的矮人念出强大的符咒,
伴随响铃一样的锤击鸣奏,
地下深处,邪魅之物酣睡已久,
山脚下的洞府里空洞如旧。

古代的国王和精灵的王侯,
掌握着许多闪光的宝窟金楼,
他们锻造黄金,将黄金的光芒禁囚,
藏于剑柄的宝石之间。

如花般绽放的明星,
串在银链上闪亮如晶,
龙的火焰挂于王冠之顶,
扭曲的金属线把月光和阳光缠拧。

遥远的迷雾山脉,寒冷刺骨,
地下城和古老的洞穴深入地窟,
我们必须在天亮前上路,

去寻回我们遗忘已久的宝物。

他们为自己雕刻高脚杯盏，
黄金竖琴，在无人探索的彼岸
隐藏依旧，许多歌曲传唱缱绻，
人族和精灵则无缘聆听为憾。

松树在高处咆哮，
狂风在夜间呼啸。
红色的烈焰蔓延燃烧，
树木像火把一样发出光芒闪耀。

钟声在山谷中回荡，
人族抬起头来，脸色白苍，
龙的愤怒比火焰还凶狂，
将他们脆弱的塔楼和房屋化为痍疮。

山在月光下冒出缕缕烟雾，
矮人们听见末日的沉重脚步。
月光下，他们逃离洞窟，
坠落在它的脚下，殒命于无。

> 遥远的迷雾山脉，寒冷刺骨，
> 地下城和古老的洞穴深入地窟，
> 我们必须在天亮前上路，
> 从它手里夺回我们的竖琴和宝物。

听着他们的歌声，霍比特人感受到了一种对美好事物的爱，而这些美好的东西是由双手、智慧和魔法共同创造出来的。这种爱虽然强烈，却夹杂着嫉妒，充斥着矮人心里的欲望。突然，他本性中潜藏的图克家族的特质苏醒了，他盼着去看一看山麓群峰，听一听松树的低吟浅唱和瀑布的雷霆之音，盼着深入洞穴探索，最好能佩带一把宝剑，而不是只拿着手杖。他看向窗外。星星在树林上方的黑暗天空中闪烁。他想到了矮人的宝藏在黑暗的洞穴里闪闪发光。突然，在小河另一边的树林里，一团火苗蹿了起来，八成是有人点燃了柴火。他忍不住想象掠夺的恶龙栖息在他家宁静的小丘上，把整个山头都化为了火海。他浑身一颤，很快又变回了山下袋底洞普普通通的巴金斯先生。

他颤抖着起身，作势要去取灯，其实心里根本不想去，恨不得躲到地窖的啤酒桶后面，等矮人们都走远了再出来。突然，他发现音乐和歌声都停了，他们都看着他，黑暗中他们的眼睛亮晶晶的。

"你要去哪儿?"索林道,语气似乎表明他猜透了霍比特人互相矛盾的想法。

"点盏灯好吗?"比尔博抱歉地说。

"我们喜欢黑暗。"矮人们如是回答,"隐秘的事就得摸黑谈!离天亮还有好几个钟头呢。"

"当然!"比尔博说着,赶紧坐下来,没承想一下坐偏,没坐在凳子上,反而坐到了围炉上,还啪的一声打翻了拨火棍和铲子。

"嘘!"甘道夫说,"让索林说话!"于是索林说了起来。

"甘道夫,矮人们,巴金斯先生!我们今天相聚在这里,这个地方属于最优秀、最大胆的霍比特人,他不光是我们的朋友,还是我们的同道中人。愿他脚趾上的毛永不掉!他的葡萄酒和麦芽啤酒堪称一绝!"他停顿了一下,等待霍比特人礼貌地回应两句,可惜这番赞美对可怜的比尔博·巴金斯没起任何作用,他已经彻底糊涂了。他动动嘴唇想要抗议,表示自己**胆子不大**,更不是什么**同道中人**,只是没有发出任何声音。索林接着说:

"我们在此会面,以讨论我们的计划、方法、手段和策略。我们很快就将在天亮前启程,踏上漫长的旅程了。除了我们的朋友兼顾问——聪明的巫师甘道夫,我们中的一些人,或者所有人可能再也回不来了。这是一个庄严的时刻。至于我们的目标是什么,想必大家都很清楚了。对可敬的巴金斯先生,或许还有一两名年轻的矮人（也就是奇力和菲力，我想我没有说错吧），也许应该简单解释一下当前的确切情势……"

这就是索林的风格。他是一位地位尊贵的矮人。要是情况允许，他可以一直这样口若悬河，说到口干舌燥为止，所说的还都是别人早已知晓的事。但他被粗暴地打断了。可怜的比尔博再也无法忍受了。听到"可能再也回不来了"这句时，他就恨不得开口大叫，很快，这声尖叫就爆发了出来，如同火车头冲出隧道时响彻天空的汽笛声。所有的矮人都跳了起来，还打翻了桌子。甘道夫的魔杖末端射出一道蓝光，在耀眼的火光中，只见可怜矮小的霍比特人跪在炉前的地毯上，像融化的果冻一样颤抖不止。然后，他倒在地上，不停地喊着"被闪电击中了，被闪电击中了！"，在很长一段时间里，他们只能从他嘴里听到这句话。于是他们把他抱到休息室的沙发上，在他的胳膊肘边放上一杯饮料，便接着讨论他们的隐秘之事了。

"这小家伙太激动了。"他们又坐下时，甘道夫说，"他有时就会这样怪异地发作一阵，但他是最棒的，最好的，在紧急关头，他就像龙一样凶猛。"

假如你见过巨龙拼命的样子，你就会明白，这句话用在任何一个霍比特人身上都只是诗意的夸张，即便是老图克的曾叔祖父吼牛也不例外。吼牛身形巨大（相对于霍比特人而言），甚至可以骑高头大马。在绿原之战中，他冲入格拉姆山半兽人的队阵中，用一根木棒一下子敲掉了他们的国王高尔夫酋的脑袋。那颗头在空中飞行了一百码，才掉入一个兔子洞内。就这样，他们赢得了战斗，同时也发明了高尔夫球。

此时，吼牛那个柔顺的后代在休息室里苏醒了过来。他喝了一杯酒，又歇了一会儿，才神经兮兮地踮着脚尖走到客厅门口。他听到格罗因哼了一声（反正是一声很轻蔑的哼哼声）。"你们认为他行吗？甘道夫说这个霍比特人很凶狠，这倒是不错，可他一激动就这么尖叫，一定会吵醒那头恶龙和那些龙亲龙戚，连累我们送掉小命。要我说，这哪里是激动，分明就是吓破了胆！事实上，如果不是门上的标记，我准以为我们找错了地方。我一看到这个小个子在门垫上跳来跳去地行礼，上气不接下气，我就起了疑心。他一点也不像飞贼，倒像个卖杂货的！"

就在这时，巴金斯先生转动门把手，走了进去。图克家族的遗传占了上风。他突然觉得，他宁愿不躺在床上睡觉，不吃早餐，也要在别人那里博个"狠角色"的名声。一听到有人说他是"在门垫上跳来跳去的小个子"，他可真要发狠了。后来，他身上遗传自巴金斯家族的部分有好多次都后悔此时的所作所为，他还埋怨自己："比尔博，你真是个傻瓜。你居然直愣愣地走进屋，就这么一脚掺和了进去。"

"请原谅，我无意中听到了你们说的话。"他说，"我也不想假装自己明白你们在说什么，更不懂你们所指的飞贼是什么，但我认为有一点我没想错……"（他觉得这是在维护自己的尊严。）"我想，你们都觉得我没出息。我会证明给你们看的。我家的门上根本没有标记，毕竟我一个礼拜前才刷过漆，所以我非常确定你们找错地方了。我一在门口看到你们那一张张怪脸，我就怀疑了。但我还是招待了你们，并且热情周到。说说看吧，你们想干什么，我会尽量试一试，即使我必须从这里走到极东之地，在极地沙漠里与狂暴的地蠕虫战斗。我的曾叔祖父是吼牛图克……"

"是的，是的，但那是很久以前的事了。"格罗因说，"我现在说的是你。我向你保证，这扇门上有一个标志，是我们行内很常见的标志，或者说以前很常见。这个标记通常的意思是：'有个飞贼想找份好差事，一要刺激，二要有合理的报酬。'要是你愿意，不说'飞贼'也行，就叫'职业寻宝人'吧。有些人就喜欢这么叫，不过在我们看来都一样。甘道夫告诉我们，这一带有一个这样的人正在找这样的差事，还安排好在本周三下午茶时间在这里碰面。"

"当然有记号。"甘道夫说，"是我亲手弄上去的。我有很充分的理由。你们要我为你们的远征寻找第十四个伙伴，于是我选择了巴金斯先生。要是有人敢说我选错了人，或是选错了地方，那你们就维持十三个人好了，随你们怎么倒霉，要不就回去继续挖你们的煤吧。"

他瞪着格罗因,眼中闪着怒火,那个矮人受不住,便缩回到了椅子上。比尔博张开嘴想提问,甘道夫见了,猛地转过身,皱着眉头瞧着他,浓密的眉毛向外突出,比尔博连忙紧紧闭上了嘴。"这就对了。"甘道夫说,"不要再争论了。我已经选择了巴金斯先生,这对你们来说应该足够了。我说他是飞贼,他就是飞贼,或者时机到了,他就将成为飞贼。他身上有很多特质是你们猜不到的,还有很多连他自己都不知道的潜能。有朝一日,你们(也许)保住了小命,就会为此感谢我。现在,比尔博,我的孩子,把灯拿来,来点亮光吧!"

一盏带红色灯罩的大灯放在了桌上,甘道夫借着灯光摊开了一张很像是地图的羊皮纸。

"这是孤山的地图,是你的祖父瑟罗尔绘制的,索林。"矮人们兴奋地问个不停,于是甘道夫回答道。

"我看不出这对我们有多大用处。"索林看了一眼,失望地说,"不管是孤山还是那附近的地形,我都记得清清楚楚。我知道黑森林在哪里,也了解巨龙繁衍后代的荒地。"

"孤山上有个红色的恶龙标志。"巴林道,"但只要我们能到达那里,即便没有标记,也很容易找到那条龙。"

"有一点你们没有注意到,那就是秘门入口。"巫师说,"看到西边的如尼文了吗?另外一部分如尼文处还有一只手指着一个方向。它所指的,正是一条通往地下宫殿的秘密通道。"

（地图在本书开头，上面的红色如尼文即是。）

"曾经这也许是个秘密。"索林道，"但我们怎么知道它现在还是不是秘密呢？恶龙史矛革在孤山盘踞了那么久，现在说不定已对洞穴了若指掌了。"

"也许吧，但它肯定有很多年没用过那条密道了。"

"为什么？"

"因为密道太窄了。如尼文明明白白写着，'门高五呎，可容三人并排而过'，但史矛革爬不进这种尺寸的洞，即使在它还是条小龙时也不行，况且它后来吞掉了河谷镇那么多少女，就更爬不进去了。"

"在我看来，这个洞可够大了。"比尔博尖声说（他从没见过龙，只对霍比特人的洞府有所了解）。这会儿，他又兴奋起来，来了兴致，甚至都忘了要闭紧嘴巴。他喜欢地图，他家门厅里就挂着一张周边区域的大地图，上面用红墨水标出了他最喜欢的步行路线。"且不说那条龙，这么大的一扇门，怎么可能瞒得住外面的人？"他问。你一定要记住，他只是个小个子霍比特人而已。

"有很多办法可以把洞藏起来。"甘道夫说，"但这个洞口是怎么掩藏起来的，我们得亲眼去看看才能知道。根据地图上的记载，我猜这里有一扇关着的门，大门和山体一模一样。矮人常用这样的法子，对吧？"

"确实如此。"

"还有，"甘道夫接着说，"我忘了说，跟地图一起的还有一把钥匙，很小巧，也很奇怪。这把就是！"他说着把钥匙交给索林，钥匙配有长柄，齿凸极为复杂，由白银打造而成。"好好保管！"

"我一定会。"索林一边说，一边把钥匙系在脖子上的一根精致链子上，又塞在外衣里面。"现在看来希望更大了。有了这条消息，情势就乐观多了。到目前为止，我们还不清楚该怎么办。我们原本计划尽可能谨慎地往东走，一路上掩人耳目，一直走到长湖。那之后，就该有麻烦了……"

"不会等那么久的，麻烦很快就会找上门，我太了解去东方的路了。"甘道夫打断他。

"我们可以从那里出发，沿着奔流河往上游走，"索林毫不在意地继续说，"就这样一路走到河谷镇的废墟，那里曾是笼罩在孤山阴影下的一座古老城镇，位于一个河谷之中。只是我们谁也不愿意从正门进入孤山。奔流河正是从那里流出，流经大山南边的峭壁，而恶龙也会从那里出来，这很有可能，除非它的习惯变了。"

"那可不行，"巫师说，"除非我们有一个英勇无比的战士，甚至得有个大英雄才行。我本想找个大英雄来着，但战士们在远方忙着厮杀，这一带又没几个英雄，根本找不到。这些地方的剑大多是钝的，斧头是用来砍树的，盾牌则被用来当摇篮或盘盖。恶龙在很远很远的地方，对这里构不成威胁，渐渐地就成了传说。我这才降低要求，想找个飞贼，尤其是我想起有扇秘密后门的时候。于是我找到了小个子比尔博·巴金斯，他就是飞贼，是精挑细选出来的飞贼。那么，现在我们就来制订计划吧。"

"好吧，"索林道，"这位能干的飞贼肯定能给我们出出主意、提提建议吧。"他假装礼貌地转向比尔博说。

"首先，我想多了解一些情况。"比尔博道，他根本摸不清状况，心里一点底也没有。但到目前为止，他仍然像图克家的人一样，决定坚持到底。"我指的是黄金啦，恶龙啦，所有这些东西是怎么到那里去的，它们又属于谁，等等等等。"

"老天！"索林道，"你不是看过地图了？你没听到我们的歌？我们不是已经讨论好几个钟头了吗？"

"是倒是，不过我还是希望了解得清清楚楚。"他固执地说，同时摆出一副公事公办的样子（平时他只会用这副面孔对待找他借钱的人），尽量表现得明智、谨慎和专业，不辜负甘道夫的举荐。"我还想知道都有哪些风险，需要多少支出，要去多长时间，能得多少报酬。"他这话的意思其实是："我能从中得到什么好处？我能活着回来吗？"

"好吧。"索林道，"很久以前，在我祖父的时代，一些矮人被赶出了遥远的北方，他们带着所有的财产和工具来到了地图上的这座山。他们在那里采矿，挖隧道，建造了更大的地下府邸和更大的工坊。此外，我相信他们还发现了大量的黄金和珠宝。不管怎样，他们变得非常富有，名声大噪，我的祖父又成了山下之王，受到人族的尊敬，这些人族一直居住在南方，后来渐渐沿着奔流河向上游迁徙，一直来到了孤山之下的河谷。当时，他们在那里建造了河谷镇，快乐地生活着。国王们常常派人去请我们的铁匠，即使是最不熟练的铁匠也得到了最丰厚的薪酬。父亲们求我们带他们的儿子去当学徒，还给我们丰厚的酬劳，尤其是食物，而我们从来不用费心自己去种植或寻找吃的东西。总的来说，那段时间堪称我们的黄金岁月，我们当中最穷的人也有钱花，有钱借给别人，还有闲暇打造一些漂亮的物件自娱，更不用说制造那些最奇妙、最神奇的玩具了，而如今世界上已经找不到这样的玩具了。就这样，我祖父的洞府里摆满了精美的珠宝、雕刻品和杯子，河谷镇的玩具店也成了一道风景。

"毫无疑问，正是这把恶龙引来了。你也知道，龙从人族、精灵和矮人那里偷金子和珠宝，只要有可能，通通都会偷走。恶龙只要活着就会守卫自己的战利品。可以说龙是不死不灭的，除非被斩杀。但是，哪怕是一枚黄铜戒指，它们也不会享用。事实上，它们根本分不清做工的好与坏，却往往很清楚金银财宝的当前市价。它们不能为自己制造任何东西，哪怕身上有片鳞甲松了，它们自己也不能修补。那时候北方有很多恶龙，但那里的黄金很可能越发稀少，因为矮人要么往南逃了，要么横死，而恶龙造成的破坏越来越严重。有一只妖龙特别贪婪、强大和邪恶，它叫史矛革。有一天，它飞到空中，来到了南方。我们第一次听到它的声音，就像从北方刮来了一阵飓风，山上的松树在风中吱吱作响。当时有些矮人碰巧在外面。我就是其中一个幸运儿。那时我还是个爱冒险的好孩子，总是四处游荡，那天就这样逃过了一劫。我们从很远的地方看到恶龙落在我们的山上，喷出一股火焰。接着，它爬下山坡，到了树林，将那里变成了一片火海。河谷镇的所有警钟都敲响了，战士们纷纷穿上铠甲。矮人们冲出正门。但是，恶龙已在那里恭候多时了。没有人从那条路成功逃生。河水冒起蒸汽，浓雾笼罩住河谷镇，恶龙在浓雾中向他们扑来，杀死了大多数勇士。这个故事虽然不幸，却很平常，在那个年代太常见了。这之后，它又回去，悄悄爬进矮人王国的正门，去了所有的洞府、巷道、隧道、地窖和过道。它这一圈逛下来，里面就再也没有活着的矮人了，它还把他们的财富都据为己有了。也许这就是龙的天性，它把所有财宝都堆在山底深处，堆成一大堆当成床铺，盘踞在上面睡觉。后来，它常常爬出正门，趁夜潜入河谷镇，掳走人族吃掉，尤其是少女，河谷镇就这样被摧毁了，里面的人族不是死了就是远走他乡避难。现在那里是什么样我不太清楚，但如今住得离孤山最近的，想必也不会超过长湖远处的边沿。

"我们几个正好在外面的矮人都躲了起来,一边号哭一边诅咒史矛革。出乎意料的是,我的父亲和祖父居然找到了我们,他们的胡子都烧焦了,神情严峻,却什么也不肯说。我问他们是怎么逃出来的,他们却要我闭嘴,还说有朝一日到了合适的时机我自然可以知道。那之后,我们就开始漂泊异乡,在各地游荡,想尽办法谋生,常常沦落到要去打铁,甚至去挖煤。宝藏被盗的事,我们从未有一刻的忘怀。即便是现在,我承认我们有了不少积蓄,日子过得也没那么糟糕了……"说到这里,索林抚摸着脖子上的金链子,"我们依然决心把宝藏夺回来,让我们的诅咒成真,找史矛革报仇雪恨……如果我们能做到的话。

"我时常会很好奇,想知道我的父亲和祖父是怎么逃出来的。我现在明白了,一定是有一扇只有他们知道的秘密后门。但显然他们绘制了一张地图,我现在想知道甘道夫是怎么拿到地图的,它为什么没有传到我这个正牌继承人手里。"

"不是我'拿到',是有人交给我的。"巫师说,"还记得吗,你祖父瑟罗尔是在墨瑞亚的矿井里被一个半兽人杀死的……"

"没错,那个半兽人不得好死。"

"你父亲是三月三日离开的,也就是一百年前的上个礼拜四,从那以后你就再也没见过他……"

"没错,没错。"索林道。

"你父亲让我把这个东西转交给你。即便我选择按照我方便的时间和方式交给你,你也不能怪我,毕竟我费了很大劲才找到你。你父亲把这张羊皮纸给我的时候,连自己的名字都不记得了,也没有告诉过我你叫什么名字。所以总的来说,我认为我应该受到表扬,还应该听到感谢!给你吧。"他把地图递给索林。

"我不明白。"索林说,比尔博觉得他说出了自己的想法。这个解释似乎并没有解释清楚一切。

"为了安全起见,"巫师没好气地说,语速很慢,"你的祖父在去墨瑞亚的矿井之前,把地图给了他的儿子保管。你祖父被杀后,你父亲就带着地图离开,想去碰碰运气。他经历了许多非常不愉快的冒险,甚至都没能到达孤山附近。我不知道他是怎么被抓起来的,我见到他时,他被关在死灵法师的地牢里。"

"你去那儿干什么?"索林打了个寒战,所有的矮人都打了个寒战。

"这可不关你的事。那次像往常一样,我去查探真相,实在是危险得紧啊。就连我,甘道夫,也是九死一生。我想救你父亲,可惜太迟了。他失去了神智,恍恍惚惚的,除了地图和钥匙,其余什么都不记得了。"

"我们早就让墨瑞亚的半兽人付出了代价。"索林道,"现在该教训一下死灵法师了。"

"别傻了!即便能把世界四角的矮人都集合起来联手,也伤不了他一根汗毛。你父亲唯一希望的就是他的儿子能看懂地图，把那把钥匙用上。光是对付孤山上的恶龙，就够你受了！"

"听听，多有道理！"比尔博无意中把心里话大声说了出来。

"听什么？"众人都突然转向他说。他慌张地回答道："听我说！"

"你要说什么？"他们问。

"好吧，我说你们应该到东方去查探一下。毕竟那里有个后门，要我说，龙总有睡觉的时候吧。只要你们在门口台阶上多坐一会儿，我敢说你们一定可以想出办法来的。知道吧，我想我们今晚已经聊得够久了，如果你们明白我的意思的话。那不如先上床睡一觉，明天早点出发，怎么样？你们动身之前，我会为你们准备一顿丰盛的早餐。"

"我想你的意思，是'我们'动身之前，对吧？"索林道，"你不是飞贼吗？坐在门口的台阶上不是你该干的事吗？混进门去更是不在话下。但上床睡觉、明早好好吃一顿，我很赞同。临出门前，我想吃六个鸡蛋配火腿。要煎蛋，不要水煮蛋。注意别把蛋黄弄破。"

其他人也都点了早餐，却连一句"请"都没说（气得比尔博火冒三丈），然后众人都站了起来。霍比特人只得找地方安置他们，这下所有空闲的房间都住满了，椅子和沙发也成了临时床铺，他把他们安排妥当，才筋疲力尽地回到自己的小床上，心里很不痛快。他打定了主意，绝不早起去给别人做该死的早餐。图克家族的特性正在逐渐消失，他现在不太确定自己明天早上是否要出门。

他躺在床上，听见索林仍在隔壁最好的卧室里轻声哼唱着：

　　遥远的迷雾山脉，寒冷刺骨，
　　地下城和古老的洞穴深入地窟，
　　我们必须在天亮前上路，
　　去寻找我们遗忘已久的宝物。

比尔博就这样伴随着歌声进入了梦乡，只是叫人不安的梦一个连着一个。当他醒来时，天已经大亮了。

第二章
烤羊肉

比尔博跳起来，穿上晨衣，走进了餐厅。在那里，他连一个矮人也没看到，但到处都是很多人匆忙吃早饭留下的痕迹。房间里乱七八糟，厨房里有一堆堆没洗的锅碗瓢盆。所有的锅似乎都用过了。比尔博只得动手清洗，他越洗越沮丧，这感觉是那么真实，他不得不相信前一天晚上的宴会并不像他所希望的那样，只是一场噩梦。事实上，想到他们没叫上他就离开了，甚至都没叫醒他，他着实松了一口气（"怎么连声谢谢都不说？"他心想）。然而，在某种程度上，他不由自主地感到了一丝失望。会有这种感觉，他自己也大吃一惊。

"别傻了，比尔博·巴金斯！"他自言自语道，"你都这把年纪了，还满脑子想着恶龙，想着那些荒诞不经的胡闹行为！"于是，他系上围裙，点了火，烧了水，把锅碗瓢盆都清洗了一遍。接着,他在厨房吃了一顿丰盛的早餐后才走出餐厅。外面阳光灿烂,前门开着,和煦的春风吹进来。比尔博大声吹起了口哨,想要忘记前一天晚上的事。事实上,当甘道夫走进来的时候,他正坐在餐厅开着的窗户旁边,准备享用第二顿美味的早餐。

"我亲爱的朋友,"他说,"你什么时候才跟上来?你不是说过要**早点出发**吗?现在都十点半了,你却在这里吃早饭,反正随便你说这是哪顿饭吧!他们等不及了,给你留了消息就走了。"

"什么消息?"可怜的巴金斯先生慌张地说。

"我的天!"甘道夫说,"你今天早上太不对劲了。你还没掸壁炉架上的灰呢!"

"这有什么关系?我清洗了十四个人的餐具,已经够忙了!"

"假如你掸了壁炉架上的灰,你就会在座钟下面找到这个。"甘道夫说着递给比尔博一张字条(当然是用比尔博的便条纸写的)。

上面写的是:

索林率各位同伴向飞贼比尔博问好!承蒙热情招待,我们表示衷心的感谢。承蒙提供专业协助,我们衷心接受。条款:成功即付,金额不超过利润总额(如果有的话)的十四分之一。无论情况如何，途中各项花费我们全包。若你意外身亡，丧葬费用由我们负担，但若我们身亡，而没有另作安排，则由我们的代表承担。

我们认为没有必要打扰你休息，遂提前启程以做必要准备，并在傍水镇青龙旅馆等候你于上午十一点整大驾光临。相信你必将准时到达。

索林携同伴敬上。

"现在只剩十分钟了。看来你得跑着去了。"甘道夫说。

"但是……"比尔博道。

"没时间了。"巫师说。

"但是……"比尔博又说。

"现在说什么都没时间了！你该出发了！"

比尔博到死都不记得自己是怎么走到外面的，他没戴帽子，没拿手杖，身上一个大子儿也没有，平时出门带的东西通通没带。第二顿早餐只吃了一半，碗盘也没洗。他只是把钥匙塞进甘道夫手里，迈开他那毛茸茸的双脚，飞快地穿过小径，经过大磨坊，涉过小河，然后又飞奔了一哩多路。

他气喘吁吁地奔到傍水路的时候，钟刚好敲响十一点，而他也发现自己没带手帕。

"好哇！"站在旅馆门口等他的巴林说。

就在这时,其他矮人从村子大路上的拐角处过来了。他们骑着小马,每匹小马都驮着大包小包、各种各样的行李和随身用具。还有一匹非常小的小马,显然是给比尔博准备的。

"你们两个上马,出发了!"索林道。

"我真的很抱歉,"比尔博说,"我没戴帽子,也没带手帕,连钱都没带。准确地说,我十点四十五分才看到你的留言。"

"倒也不必如此精确。"杜瓦林说,"也用不着担心!在到达目的地之前,你得适应没有手帕和其他许多东西的生活。至于帽子,我的行李里还有一套备用的兜帽和斗篷。"

就这样,他们出发了,这是临近五月的一个早晨,天气晴朗,他们骑着满载包裹的小马,离开旅馆小跑而去。比尔博戴上了一顶深绿色的兜帽(经过风吹雨打,有点褪色了),披着一条深绿色的斗篷,这两样东西都是从杜瓦林那里借来的,穿戴在他身上太大,看起来十分滑稽。他都不敢想象父亲邦戈见到他这副样子会怎么想。唯一让他感到安慰的是,他没有胡子,不会被误认为是矮人。

他们骑出去没多远,甘道夫就骑着一匹白色骏马,英姿勃勃地出现了。他带来了很多手帕,还有比尔博的烟斗和烟草。在那以后,一行人走得非常愉快。除了停下来吃饭,他们整天都骑马赶路,坐在马背上或是讲故事或是唱歌。虽然停下来休息的次数不尽如人意，但比尔博还是开始觉得冒险其实并没有那么糟糕。

这样的情况持续了很长一段时间。一路上经过了很多宽阔而体面的乡野，住在那里的人都值得尊敬，其中有人族，有霍比特人，还有精灵，道路平整易行，分布着一两家客栈，偶尔还会碰见矮人、补锅匠或农夫经过去做生意。但过了一段时间，在他们所经之处，人们开始操着奇怪的语言，唱着比尔博从未听过的歌。客栈少之又少，路况也不太好，远处的山峦越来越高。有些山上矗立着几座城堡，其中一些看起来用途存疑。之前风和日丽，正是五月该有的好天气，现在却急转直下。

"想想明天就是六月一号了！"比尔博嘟囔道，他跟在其他人后面，骑着马在一条非常泥泞的小路上啪嗒啪嗒地走着。下午茶时间已经过了。天上下着瓢泼大雨，而且已经下了一整天。兜帽上的水滴到了他的眼睛里，他的斗篷也湿透了。胯下的小马累坏了，跌跌撞撞地在碎石块之间前行。其他人脾气暴躁，根本不想说话。"我敢肯定，雨水已经渗进干衣服里，食物袋肯定也进水了。"比尔博心想，"我为什么要掺和进来，做这个飞贼呀！我真希望自己还待在漂亮的家里，烤着火，听着水开了，水壶开始呜呜响！"这并不是他第一次有这种想法。

矮人们继续前行，没有回过头来，也没有注意霍比特人。在密布的乌云后面，太阳一定已经落山了，天黑了下来。大风呼呼刮着，河岸边的柳树被吹弯了腰，发出一声声叹息。这条河叫什么名字无从得知，赤色的河水非常湍急，这些天一直在下雨，河水开始暴涨，从他们面前的群山之上奔流而下。

很快天就黑了。风吹散了乌云，飘忽的月亮出现在群山上方，周围是如破布一样飘散开的黑云。接着，队伍停了下来，索林嘟囔着说了几句晚饭的事，"到哪儿去找块干燥的地方睡觉？"

这时他们才发现甘道夫不见了。他和他们一起走了这么远，却从来没有说过他是也要参加探险，还是只陪他们走一段。他吃得最多，说得最多，笑得也最多。但现在他居然不声不响地消失了！

"偏偏是在巫师最派得上用场的时候。"多瑞和诺瑞抱怨起来（他们和霍比特人一样，都认为要按时吃饭，还要多吃、常吃）。

最后众人决定原地扎营。到目前为止，他们在这次旅行中还没有扎过营，不过他们明白，很快就得定期扎营了，毕竟他们即将进入迷雾山脉，远离体面人居住的地域，而这个雨势滂沱的傍晚似乎是个糟糕的开始。他们走到树丛中，树下倒是比较干燥，但风把树叶上的积水吹落下来，雨水没完没了地滴落，真叫人受不了。连生火也很不顺。不管有没有风，矮人可以在任何地方用任何东西生火。那天夜里却偏偏事与愿违，就连擅长此道的欧因和格罗因也做不到。

这时,一匹小马不知受了什么惊吓,拔腿就跑。他们还来不及抓住它,它就冲进了河里。他们费了很大力气才把它拖出来,菲力和奇力还差点淹死,而马身上带的所有行李都被水冲走了。当然,其中大部分都是食物,如此一来,晚饭所剩无几,第二天的早餐就更少了。

他们全都闷闷不乐地坐在那里,浑身湿透,嘴里嘟嘟囔囔,而欧因和格罗因仍在试着生火,还吵了一架。比尔博悲伤地想到,冒险并不全是在五月的阳光下骑小马。突然,一直负责瞭望的巴林说:"那边有光!"不远处有一座小山,山上有树,有些地方林木茂密。他们可以看到黑黢黢的树林里有光在闪耀,红色的光看起来温暖舒适,既像是有人点了一团火,又像是有几支火把在燃烧。

他们看了一会儿,就争论起来。有人"反对",有人"同意"。有人说应该过去看看,反正总强过晚饭吃不饱、明天的早饭没着落、穿着湿衣服熬一整夜。

另一些人说:"我们对这一带不熟悉,况且这里又在大山附近。治安官不会来这么远的地方,绘制地图的人也没来过这片区域,甚至都没听说过这里的国王。出门在外就要收起好奇心,才不会惹麻烦。"有人说:"毕竟我们有十四个人。"其他人说:"甘道夫去哪儿了?"所有人都重复了一遍这个问题。雨下得更大了，欧因和格罗因还打了起来。

问题反倒解决了。"我们还有个飞贼呢。"他们这么说。于是，他们（极为小心地）牵着马，朝有光的方向走了过去。他们来到小山上，很快就进了树林，向山上走去，不过看不到像样的路，可见附近没有房子或农场。他们摸黑穿过树林，一路上不时发出窸窸窣窣、噼里啪啦、吱吱嘎嘎的声音（当然，他们还咕咕哝哝、骂骂咧咧）。

突然，红光从前方不远处的树干间照射出来，非常明亮。

"现在轮到飞贼大展拳脚了。"他们说，指的是比尔博，"你去查探一下，看看为什么会有光，是干什么用的，安不安全。"索林对霍比特人说，"现在快去吧。没问题就赶快回来。要是有危险，就飞奔回来！要是脱不开身，就学两声仓鸮叫和一声鸣角鸮叫，到时候我们会尽全力的。"

比尔博只得硬着头皮照办，他并没有解释自己并不会学猫头鹰的叫声，就好像他不会像蝙蝠一样飞。但无论如何，霍比特人可以在树林里安静地移动，不发出半点声音，他们还为此引以为傲。一路走来，比尔博不止一次嗤之以鼻，觉得"矮人弄出的动静太大了"，不过依我看，在刮风的夜晚，就算有一整支队伍从两呎开外经过，你我也注意不到。这会儿，比尔博非常谨慎地走向红色亮光，他悄无声息，想必即便有只黄鼠狼在附近也不会动一下胡须。就这样，他顺利走到了火光跟前。没错，那光是一团火发出来的。他没有惊动任何人。而他所看到的情形是这样的。

三个非常高大的人围坐在一堆山毛榉木燃起的巨大火堆旁,正用长长的木叉烤羊肉,边烤边舔手指上的肉汁。烤肉味香喷喷的,叫人食指大动。那些人旁边还放着一桶佳酿,他们用罐子舀着喝。但这三个怪物是食人巨妖,一眼就能看出来,即使是过惯了安稳生活的比尔博也知道。毕竟那些家伙的脸又肥又大,体形又高又壮,双腿奇形怪状,更不用说他们讲的语言了,一点也不符合客厅礼貌用语的标准。

"昨天吃羊肉,今天又吃羊肉,哎呀,明天该不会又吃羊肉吧。"一个食人巨妖说。

"很久都没尝过人肉味了。"第二个食人巨妖说,"他妈的,我真搞不懂威廉到底在想什么,非把我们带到这个鬼地方来。况且酒也快没了。"他说着,用胳膊肘捅了捅正捧着酒罐喝酒的威廉。

威廉呛了一口。"闭上你的臭嘴!"他一喘匀气,就说道,"你总不能指望人们在原地不动,等着你和伯特吃吧。自从下山以来,你们已经吃光了一个村子,另一个村里的人也有一半进了你们的肚子。你们还打算吃多少?我们够走运的了。我给你们弄来了这么肥美的河谷羊肉,你们应该说声'谢谢你,比尔[1]'。"

---

[1] 威廉的昵称。——译者注

他在烤着的羊腿上咬了一大口，用袖子擦了擦嘴。

是的，恐怕食人巨妖就是这么粗鲁，即便是只长了一颗脑袋的食人巨妖。比尔博听到这番对话，应该马上采取行动才对。要么悄悄回去，警告朋友们，有三个相当大的食人巨妖在附近，心情很不好，很可能想要把矮人或是小马烤了吃，好换换口味；要么麻利地偷点羊肉走。一个真正一流、具有传奇色彩的飞贼，在这个时候会掏空食人巨妖的口袋，只要掏得到，几乎次次都会有所收获。比如把羊肉从烤肉叉上盗走，窃走他们的啤酒，然后悄无声息地溜走。其他比较务实又欠缺职业自豪感的飞贼，很可能会趁他们发现之前给他们每人一刀，解决掉他们，这样就可以愉快地度过这个夜晚了。

比尔博对此心知肚明。很多事情他虽然不曾见过或做过，却从书里读到过。此时，他惊恐万状，却也厌恶至极，真希望自己在一百哩之外，然而……不论如何，他总不能空手回到索林及其同伴身边。于是他站在暗处犹豫了一会儿。在他听说过的飞贼所做的种种事迹中，从食人巨妖的口袋里偷东西似乎难度最低，于是他蹑手蹑脚地走到威廉身后的一棵树后。

伯特和汤姆去酒桶边上了。威廉又喝了一口。比尔博鼓起勇气，把自己的小手伸进了威廉的大口袋。里面有一个钱包，对比尔博来说却像个大袋子。"哈！"他小心翼翼地把它拿出来，不禁对自己的新行当产生了兴趣，"这才只是开始！"

这的确只是个开始！食人巨妖的钱包只会带来麻烦，眼前这个也不例外。"嘿，你是谁？"钱包在离开口袋时竟然开口说话了，还吱吱地叫了起来。威廉立即转过身，一把揪住了比尔博的脖子，而比尔博根本来不及躲到树后。

"天哪，伯特，看我抓到了什么！"威廉说。

"这是什么？"另外两个食人巨妖走过来说。

"要是我知道就好了！你是什么东西？"

"我叫比尔博·巴金斯，我是飞——我是霍比特人。"可怜的比尔博全身抖如筛糠，琢磨着在被掐死前，怎么学猫头鹰叫。

"飞霍比特人？"他们有点吃惊地说。食人巨妖的理解速度很迟缓，对任何新事物都疑心很重。

"飞霍比特人跟我的口袋有什么关系？"威廉说。

"你们知道怎么吃他吗？"汤姆说。

"试试看吧。"伯特说着，拿起一根烤肉叉子。

"这东西剥了皮，去了骨头，剩下的肉还不够塞牙缝。"威廉说，他已经吃过一顿丰盛的晚餐了。

"也许附近还有像他这样的，我们可以做个馅饼。"伯特说，"喂，还有像你这样偷偷藏在林子里的吗，你这只可恶的小兔子？"他看着霍比特人毛茸茸的脚说。他抓住他的脚趾把他倒拎起来，摇晃了几下。

"是的，有很多。"比尔博说完，才想起不能出卖朋友，

"没有,一个也没有。"他随即说。

"你这是什么意思?"伯特说,这次他揪着比尔博的头发,把他头朝上拎着。

"我说的是,"比尔博气喘吁吁地说,"好心的先生们,请不要把我烤了吃!我本人就是个好厨师,我做的饭菜比我自己好吃多了,如果你们明白我的意思的话。只要你们不把我当晚饭吃了,我一定为你们做一顿美味的早餐。"

"可怜的小讨厌鬼。"威廉说。(我告诉过你,他已经吃得够饱,还喝了很多啤酒。)"可怜的小讨厌鬼!放他走吧!"

"除非他说清楚,为什么一会儿说有很多,一会儿又说一个没有。"伯特道,"我可不想睡觉的时候被人割断喉咙!把他的脚趾放在火上烤烤,看他开不开口!"

"我不同意,是我抓住他的。"威廉道。

"你就是个死胖子,大蠢蛋,威廉,"伯特说,"今晚之前我一直都是这么说的。"

"你才是笨蛋呢!"

"我不会让你得逞的,比尔·哈金斯。"伯特说着,一拳打在威廉的眼睛上。

就这样,一场激烈的混战爆发了。比尔博被一把丢在了地上,他还算没彻底丧失心智,趁着他们尚未像恶犬一样大打出手、高声用极为恰当的字眼儿互相辱骂,赶紧从巨妖的脚下爬开了。不一会儿,他们就扭打在一起,又踢又打,几乎滚进了火堆里。汤姆则用一根树枝猛抽他们两个,想让他们恢复理智,却只是让他们更狂暴了而已。

比尔博本来可以趁此时机溜走。但是,他可怜的小脚几乎被伯特的大爪子捏扁了,他疼得喘不过气,依然觉得天旋地转。他只好在火光范围之外躺了一会儿,直喘粗气。

巨妖正打作一团的时候,巴林出现了。原来矮人们从远处听到有动静,他们等了一会儿,既不见比尔博回来,也没听到猫头鹰的叫声,只得一个接一个,尽可能悄悄地去光亮的方向查看一番。汤姆一看到巴林出现在火光中,就发出一声可怕的号叫。食人巨妖一看到矮人就讨厌,更何况是生的矮人。伯特和比尔立即停止缠斗。"拿袋子来,汤姆,快!"他们说。巴林还没在这乱糟糟的地方找到比尔博的下落,就糊里糊涂地被一个袋子套住脑袋,整个人都倒在了地上。

"我没猜错的话,还有很多呢。"汤姆说,"一会儿说有很多,一会儿又说一个也没有,原来是这个意思。"他说。"没有会飞的霍比特人,倒是有很多矮人。八成就是这样了。"

"我觉得你说得对,"伯特说,"我们最好离开火光,躲到暗处。"

他们这样做了。食人巨妖拿着装羊肉和其他战利品的麻袋,到暗处潜藏起来,伺机而动。每次有矮人走上前来查看火堆、翻倒的酒罐子和啃咬过的羊肉，就会突然砰的一声，被一个又脏又臭的袋子套住脑袋，接着被撂倒在地。不一会儿，杜瓦林就躺在了巴林身边，菲力和奇力也躺在一起，多瑞、诺瑞和欧瑞则倒成一堆，欧因、格罗因、比弗、波弗和邦伯一个接一个摞在火堆旁，那姿势很不舒服。

"让他们吃点教训。"汤姆说。比弗和邦伯像矮人被逼入绝境时那样进行了疯狂的反抗，让食人巨妖费了不少周折。

最后一个摸过来的是索林。他并没有在措手不及之间被逮个正着。他早料到事情没那么简单，不需要看到朋友们从麻袋里伸出来的腿，他就知道情况不太妙。他站在一段距离外的阴影里说："这是怎么回事？是谁把我的人放倒了？"

"是食人巨妖！"比尔博在树后说。他们把他忘得一干二净了，"他们这会儿正拿着麻袋藏在灌木丛里。"他说。

"啊！是吗？"索林说着，趁食人巨妖还没来得及扑过来，他就扑向了火堆，抓起一根一端着火的大树枝。伯特还没躲到一边，就被起火那头的树枝刺进了眼睛，他吃痛不已，暂时退出了战斗。比尔博尽了最大的努力，使劲抓住汤姆一条像小树树干一样粗壮的腿，可汤姆一脚把火星踢到索林的脸上，比尔博也被甩到了灌木丛的顶端。

汤姆被树枝抽了一下，一颗门牙被打掉了。我可以告诉你，他疼得长号一声。就在这时，威廉从后面走了过来，用一个麻袋

食人巨妖

套住索林的头,一直套到他的脚趾。就这样,战斗结束了。矮人们全都被制住,五花大绑着装在麻袋里,三个愤怒的食人巨妖(其中两个不是被烧伤了,就是被打得挂了彩,他们一定会记这个仇)坐在他们旁边争论不休,不知是该把矮人慢慢烤熟,还是剁碎煮烂,又或者逐个儿坐在他们身上,把他们压成肉泥。比尔博还挂在灌木丛顶端,衣服扯破了,身上还被划出了很多伤痕,他不敢动,生怕露了行踪。

就在这时,甘道夫回来了,不过没人看见他。食人巨妖刚刚决定把矮人们烤熟,留着以后再吃。这主意是伯特出的,经过一番争论,他们都同意了。

"烤着吃可不好,那得耗上一整夜。"一个声音说。伯特以为是威廉在说话。

"别再吵了,比尔,否则要吵上一整夜了。"他说。

"谁要和你吵?"威廉说,他以为是伯特在说话。

"你呀。"伯特说。

"你是个骗子。"威廉说。于是争论又重新开始了。最后,他们决定把矮人剁碎煮熟,于是拿来一口大黑锅,还纷纷掏出了刀子。

"煮着吃可不好!我们没有水,要走上很久才有水井。"一个声音说。伯特和威廉以为说话的是汤姆。

"闭嘴！"他们说，"否则我们永远也别想吃了。你再废话，就去打水吧。"

"你们才闭嘴呢！"汤姆说，他以为是威廉在教训自己，"我很想知道，除了你，还有谁吵个没完。"

"你是个笨蛋。"威廉说。

"你才是笨蛋！"汤姆说。

于是，争论又开始了，还愈演愈烈，最后，他们决定挨个儿坐在麻袋上，把矮人压扁，以后再煮熟。

"先坐哪一个好呢？"那个声音说。

"最好先坐最后一个。"伯特说，他的眼睛被索林弄伤了。他以为是汤姆在说话。

"别自言自语！"汤姆道，"但如果你想坐最后一个，就坐吧。是哪个？"

"穿黄袜子的那个。"伯特说。

"胡说，是穿灰袜的那个。"一个像威廉的声音说道。

"我确定是黄的。"伯特说。

"是黄的。"威廉说。

"那你为什么说是灰的？"伯特问。

"我没说。"汤姆道。

"我也没说！"汤姆道，"就是你说的。"

"二比一，闭上你的嘴！"伯特道。

"你在跟谁说话？"威廉说。

"都别说了！"汤姆和伯特同时说道，"黑夜快过去了，很快天就亮了。抓紧吧！"

"愿黎明降临，将你们化为石头！"一个听起来像是威廉的声音说。不过说话的人并不是威廉。就在这时，阳光照射到了山上，树枝间传来一阵响亮的唧唧鸟鸣。威廉再也不能开口了，他弯着腰站在那里，化成了石头。伯特和汤姆也变成了石头，还保持着看向威廉的姿势。直到今天，他们依旧孤零零地站在那里，不时有鸟落在他们身上。你也许知道，食人巨妖必须在天亮前躲到地下，不然就将化为石头，而他们本就是山石变的，从此再也不能动。伯特、汤姆和威廉就是这样化为石头的。

"太好了！"甘道夫说着从灌木丛后面走了出来，又搀扶着比尔博爬下荆棘丛。比尔博这才恍然大悟。正是巫师冒充食人巨妖说话，挑拨得他们吵个不停，直到天光普照大地，结果了他们。

接下来就是解开麻袋，把矮人们放出来。他们差一点窒息而死，气得吹胡子瞪眼睛。躺在那里听食人巨妖讨论是把他们烤了、坐扁，还是剁碎，可不是什么愉快的经历。比尔博把自己的经历讲了两遍，他们才感到满意。

"你居然挑这种时候去练扒窃，真够傻的。"邦伯道，"我们只需要一堆旺火和可以吃的东西！"

"不管怎么说,不经过一番恶斗,是不可能从这些家伙身上拿到任何东西的。"甘道夫说,"现在别浪费时间了。你们难道就没想到,这附近肯定有食人巨妖的山洞或是他们挖出来的洞穴,不然他们去哪里躲避阳光?我们得去查看一下!"

他们四处搜寻,很快就发现了食人巨妖穿过树林时,他们那石头一样的脚留下的痕迹。他们沿着足迹上山,发现了一扇隐藏在灌木丛中的石门,门内是一个山洞。但他们使出全力去推,甘道夫也试了各种咒语,大门就是纹丝不动。

"这东西有用吗?"比尔博问,这时大家都是又累又气,"食人巨妖打架的时候,我在地上发现的。"他拿出一把大钥匙,不过威廉一定认为这东西很小,藏得很隐秘,肯定是他在变成石头前,非常凑巧地从他口袋里掉出来的。

"你怎么不早拿出来?"他们嚷嚷道。甘道夫一把拿过钥匙,插进钥匙孔里。众人用力推,石门旋即向后打开,他们鱼贯而入。地上散落着很多骨头,空气中弥漫着一股难闻的气味。不过,架子上和地上乱七八糟地堆放着许多食物,还胡乱放置着各种抢夺来的东西,有黄铜纽扣,角落里还立着许多装满金币的陶罐。墙上挂着许多衣服,对食人巨妖来说太小了,恐怕是从受害者身上剥下来的,衣服之间还有几把构造、形状和大小各异的剑。其中两把特别显眼,剑鞘很漂亮,剑柄上还镶嵌着珠宝。

甘道夫和索林每人拿了一把。比尔博拿了一把带皮鞘的刀。

对食人巨妖来说，它只能算作一把小折刀，但对霍比特人来说，可就相当于一把短剑了。

"这是宝剑啊。"巫师说着把剑身抽出一半，好奇地打量着，"这可不是食人巨妖打造的，也不是这一带的人族工匠近期打造出来的。等我们弄懂了上面的如尼文，也许就能知道宝剑的来历了。"

"这里太难闻了，还是出去吧！"菲力说。于是他们把一罐罐金币搬到外面，把食人巨妖没碰过、看起来能吃的食物和一桶仍然很满的麦芽啤酒也搬了出去。他们觉得该吃早饭了，所有人都饿得肚子咕咕叫，于是也顾不上嫌弃，拿起食人巨妖的食物大口小口地吃了起来。他们自己的粮食已经所剩无几了。现在有了面包和奶酪，一大桶麦芽啤酒，他们还把熏肉放在火堆的余烬上烤着吃。

折腾了一整夜，现在酒足饭饱，他们便倒头大睡，一直睡到了下午。睡醒后，他们把小马牵到山上，把装着金币的陶罐运下山，非常隐秘地埋在离河边小路不远的地方，还施了许多魔法，以备将来有机会回来挖走。忙完这件事，他们再度上马，沿小路朝东方小跑而去。

"冒昧地问一下，你之前上哪儿去了？"策马前行时，索林对甘道夫说。

"去前面看看。"他说。

"那你怎么会在关键时刻回来？"

"回过头看看。"他说。

"好家伙！"索林说，"你能说得明白点吗？"

"我去前面探探路。很快，危险就将出现，可以说是寸步难行。剩下的干粮也不多了，我想着去补充一下。不过，我没走多远，就遇到了几个从瑞文戴尔来的朋友。"

"那是什么地方？"比尔博问。

"别打断我！"甘道夫说，"运气好的话，几天之后你就能到那儿，到时候就知道了。我刚说我遇到了两个埃尔隆德的人。他们正匆匆赶路，说是很怕被食人巨妖抓住。正是他们告诉我，有三个食人巨妖下山了，就住在离大路不远的树林里。他们把这一带的人都吓跑了，还伏击陌生人。

"我立刻感到自己必须回来。我回头一看，只见远处有火，就朝着火光的方向过来了。现在你们都明白了吧。下次请你们小心点，否则我们哪儿也去不了！"

"谢谢你！"索林道。

第三章
短暂休整

那天，天气转好了，他们却没有唱歌，也没有讲故事。第二天也没有，第三天还是没有。他们开始觉得危险从两侧渐渐逼近。一行人在星空下扎营，马儿的食物多了起来。附近遍布草地，可即使加上从食人巨妖那里搜罗来的，他们袋子里的食物还是所剩无几。一天下午，他们在一个宽阔的浅滩涉水过河，水流冲击石块，水沫飞溅，发出响亮的哗哗声。远处的河岸又陡又滑。他们牵着小马爬上那道岸边，就见巍峨的山川耸立在面前，距离非常近。似乎只需要走上一天，就可抵达最近的一座山脚。褐色的山坡上倒也有几片阳光，可整座山看起来还是阴森森的，在山肩后面，皑皑雪峰的顶端闪动着光泽。

"那就是孤山吗？"比尔博瞪圆了眼睛望着大山，一本正经地问道。他从来没有见过这么壮阔的景致。

"当然不是!"巴林说,"这里只是迷雾山脉的边缘而已,我们必须穿过这些山脉,要不就翻过去,或者从地底钻过去,才能到达另一边的大荒野。即便从大山的另一边前往东边的孤山,也要走上很长一段路,才能到达我们的宝藏所在地,而史矛革就盘踞在那里。"

"啊!"比尔博说。就在这时,他忽然感到前所未有的疲倦。他又想起了霍比特洞府,在他最喜欢的起居室里,壁炉前的椅子坐起来是那么舒适,水开了,水壶呜呜作响。这不是他最后一次想家!

现在甘道夫在前面带路。他说:"我们绝不可以离开大路,否则就完蛋了。首先,我们需要食物,再找个还算安全的地方休息一下。另外,我们必须找到正确的路穿越迷雾山脉,不然一定会迷路,只能退回去重新走(如果还能退回去的话)。"

他们问他该走哪里,他回答说:"各位当中有人知道,我们如今来到了大荒野的边缘,前面有一个美丽又隐秘的山谷,名叫瑞文戴尔,埃尔隆德就住在那里,那个地方是他们最后的庇护所。我已经让我的朋友们捎信去了,他们这时正等着我们呢。"

这话听起来实在动人,让人感到安慰。我敢说,你一定认为直奔大山西边的最后庇护所应该很容易。面前似乎没有树木,没有山谷,也没有连绵的山丘,只有一道巨大的斜坡,缓缓地向上延伸，一直到最近的山脚下。这片广阔的地域长满了石楠花，到处都是崩解下来的岩石，零星分布着一片片绿色的青草和青苔，表示那些地方可能有水源。

下午的太阳照耀着大地，但在这片寂静的荒原上，没有任何有人居住的迹象。他们又骑了一会儿，很快就发现最后庇护所可能隐藏在他们和大山之间的任何地方。他们无意中遇到了一些山谷，这些山谷狭窄而陡峭，突然出现在他们脚下。众人惊讶地往下看，只见下方生长着树木，谷底还有流水。有些山壑窄到他们几乎可以一跃而过，却深到有瀑布飞流直下。有些峡谷幽暗无比，既跳不过去，也爬不进去。他们还遇到了不少沼泽，其中一些长满绿色的植物，花朵长得高大绚烂，看起来十分宜人。但要是有小马驮着行李误入其中，就再也出不来了。

从浅滩到群山之间的这片地域，确实比想象的广阔得多。比尔博见了，不由得惊诧不已。唯一的一条路上铺着很显眼的白色石头，有些石头很小，还有些半覆盖着苔藓或石楠花。总之，这条路并不好走，大家的行进速度非常缓慢，哪怕有对这条路很熟悉的甘道夫带路。

一行人小心翼翼地跟在巫师后面，走了很久似乎才走出很短一段距离。巫师一会儿脑袋转向这边，一会儿胡子转向那边，留心观察着，以免走偏。天色渐渐地暗了下来。下午茶的时间早过了，晚饭时间看似也很快就要过去了。蛾子到处乱飞，月亮还没有升起,四下里十分昏暗。比尔博的小马走在树根和石头之间,不停地磕磕绊绊。路上突然出现了一个陡坡,他们在边缘收住脚,甘道夫的马差点滑下去。

"终于到了!"他喊道,其他人都围过来,从悬崖边往下看。他们看到下方远处有一个山谷。谷底的岩石河床上水流湍急,哗哗声不绝于耳。空气中弥漫着树木的香气,河对岸的山谷里有亮光。

比尔博永远不会忘记,他们是如何在暮色中沿着陡峭弯曲的小道,三步一踉跄、五步一打滑地走进隐秘幽谷瑞文戴尔的。他们越往下走,就越暖和,松树的气味使他昏昏欲睡,他有好几次都打盹了,不是险些摔下马背,就是鼻子砰的一声撞在马脖子上。越往低处走,他们的精神就越高涨,四周出现了山毛榉树和橡树,暮色四合,气氛舒适宜人。当他们终于来到离河岸不远的一块空地时,最后一片绿色的草地也消失了。

"啊!有精灵的气味!"比尔博想着,抬头望着星辰。在蓝天的映衬下,星子发出璀璨的光芒。就在这时,树林里传来一阵笑声和歌声:

  啊!你们所做为何事,
  你们所行去何方?
  你们的小马需要把蹄铁钉!

河水在流淌,
　　啊！哗啦啦啦啦啦！
　　　　山谷幽幽在下方！

啊！你们所寻为何物？
你们漫漫向何方？
木柴的烟雾在释放,
燕麦圆饼烤得喷喷香！
　　啊！哒啦啦啦啦啦！
　　　　山谷里快意又欢畅,
　　　　　　哈！哈！

啊！你们所行去何方？
络腮的胡子摇又荡。
无从知道,亦不明朗,
在这个六月时节,
　　巴金斯先生,
　　　　还有巴林和杜瓦林,
　　　　　　为何迢迢入幽谷。
　　　　　　哈！哈！

啊！你们是否将留下客居他乡，
还是启程去别处翱翔？
你们的小马徘徊且游荡，
白日也将入梦乡！
　　启程上路真是荒唐，
　　留下小住心情多舒畅，
　　　听我们的歌声多响亮，
　　　哈！哈！

　　精灵在林间又笑又唱。我敢说你一定觉得他们唱得乱七八糟，不过他们才不在乎，假如你这样告诉他们，他们只会笑得更厉害。他们当然是精灵。很快，随着夜色的加深，比尔博瞥见了他们的身影。他很喜欢精灵，只是平时不常见到他们，但他也有点害怕他们。矮人和精灵不太合得来。即便像索林及其伙伴那样体面的矮人，也觉得精灵很愚蠢（其实，他们这样想，那才叫愚蠢呢），一看到他们就厌烦。因为有些精灵老是取笑他们，尤其喜欢嘲笑他们的大胡子。

　　"哇，哇！"一个声音说，"看呀！霍比特人比尔博骑着一匹小马，老天！真是有趣极了！"

　　"确实有趣，简直是不可思议！"

　　接着，他们又唱起了另一首歌，和我上面完整记录下来的那首一样滑稽。最后,一个高大年轻的精灵从树林里走了出来,向甘道夫和索林鞠躬。

"欢迎来到山谷!"他说。

"谢谢!"索林有些不客气地说。但甘道夫已经下马,来到精灵之间,和他们愉快地交谈了起来。

"要是你们在找唯一一条过河的小路,到对岸的庇护所去,那就有点走偏了。"年轻精灵说,"我们会带你们到正确的路上,但你们最好步行,过了桥再骑马。你们是想留下来和我们一起唱一会儿,还是立即就走?那边正准备晚饭呢。"他说,"我能闻到做饭用的柴火的味道。"

比尔博累坏了,真想多待一会儿。况且,要是你喜欢的话,在六月的星空下,精灵的歌声听来简直美妙绝伦。他和这些精灵从未谋面,他们居然知道他叫什么,对他非常了解,他真想和他们聊聊。在他看来,他们对他这次冒险的看法可能会很有趣。精灵知道很多事,他们善于打听消息,凡是这片土地上的族裔,他们就没有不了解的,他们探得这些消息的速度就像水流一样快,甚至更快。

但矮人们都想尽快吃晚饭,他们不愿留下。他们牵着小马继续往前走,终于在精灵的带领下走到了正确的路上,最后来到了河边。河水十分湍急,水流声很大。夏日傍晚,上方的雪顶经过了阳光一天的照射,山涧的水势就会这么急。河上只有一道狭窄的石桥,没有护栏,窄到每次只能容纳一匹小马经过,他们只好一个接一个地拖着缰绳,缓慢而小心地走过去。精灵们把明亮的灯笼带到岸边,他们唱着欢快的歌,目送矮人队伍走到河对岸。

"别让水沫溅到胡子上了,老爹!"他们对索林喊道。索林猫腰走着,几乎是在地上爬了,"你的胡子够长了,用不着浇水了。"

"别让比尔博把蛋糕都吃光了!"他们叫道,"他太胖,穿不过钥匙孔的!"

"嘘,嘘!各位都是大好人,晚安,再见啦!"走在最后的甘道夫说,"山谷里的耳朵多着哩,有些精灵兴致一来,就爱说个不停!晚安,再见啦!"

就这样,他们终于来到了最后庇护所,发现那里的大门全都敞开着。

说来也怪,美好的事物和美好的时光用三言两语就能讲完,听起来也没什么意思。而那些让人不舒服、让人心跳加速甚至毛骨悚然的事,却是非常好的故事,讲起来就精彩多了。他们在庇护所住了很久,至少有十四天,根本舍不得离开。比尔博真想永远待在这里,哪怕许个愿就能让他毫不费力地回到霍比特洞府。不过关于他们在那里逗留期间的情况,却没什么可说的。

庇护所的主人是一位精灵之友,在邪恶的半兽人、精灵和北方第一批人族展开混战的史前年代，这些精灵之友的祖先就出现在了奇怪的故事中。在我们故事中的这段时期，仍存在着精灵和北方人族英雄通婚的后代，而庇护所的主人埃尔隆德就是他们的首领。

他的长相像精灵王一样高贵俊美，体格像战士一样强壮，头脑像巫师一样睿智，像矮人国王一样可敬，像夏天一样和善。他出现在许多故事中，但在比尔博的伟大冒险故事中，他只是一个小角色，但这个角色非常重要。看到最后，你们就会清楚了。不管你是喜欢美食、睡觉、干活、讲故事、唱歌，还是喜欢坐在那里思考，或是把这些愉快的事通通做一遍，他的庇护所都堪称完美。邪祟是无法进入谷中的。

他们在庇护所里听到了许多故事和歌曲，真希望我有时间挑出几个给你们讲一讲。才待了几天，所有的人，包括小马，就都变得神清气爽，强壮起来。他们的衣服缝补好了，身上的擦伤治好了，火气平息了，希望再度燃了起来。他们的袋子里装满了食物和给养，携带起来很轻便，却足够支撑他们翻越一道道山口。他们还得到了最好的建议，并照此改进了他们的计划。时间过得飞快，转眼来到了仲夏前夜，而到了仲夏的早晨，太阳一升起来，他们就将再次启程。

埃尔隆德深谙各种如尼文。那天，他看了看他们从食人巨妖巢穴带来的剑，说："这两支宝剑不是巨妖打造的，它们是古剑，非常古老的精灵之剑。那些精灵现在被称为诺姆族，而剑是在贡多林打造出来的，在与半兽人的战争中使用。它们一定来自恶龙收集的宝藏，要不就是半兽人抢来的，因为在很多很多年前，恶龙和半兽人就摧毁了那座城市。索林，这把剑名为奥克瑞斯特，这是贡多林的一种古老语言，意思是斩杀半兽人之剑。这是一把名剑。甘道夫，你这把叫格拉姆德林，意思是抗敌之锤，是贡多林国王的佩剑。要好好保管这两把剑！"

"真不知道食人巨妖是从哪儿弄到的。"索林说着，饶有兴趣地看着自己的剑。

"这我就不知道了。"埃尔隆德说，"不过可以猜测，是你们遇到的食人巨妖从其他掠夺者那里抢来的，要不就是他们在大山的某个洞穴里找到了以前遗留下来的赃物。我听说自从矮人和半兽人大战以来，在墨瑞亚废弃的矿坑里，仍然有被遗忘的古老宝藏在等着被发现。"

索林琢磨着这句话。"我很荣幸可以拥有这把剑。"他说，"但愿它很快就能再次斩杀半兽人！"

"到了山里，这个愿望很快就可以实现了！"埃尔隆德道，"现在给我看看你的地图！"

他接过地图，仔细端详了很久，边看边摇头。即使他对矮人以及矮人对黄金的热爱不以为然，但他也痛恨恶龙，痛恨它们所犯下的种种邪恶暴行。一想到已化为废墟的河谷镇，那儿欢快的钟声再也不会响起,波光闪闪的奔流河两岸被烧成了一片焦土,他就痛心不已。此时此刻,一弯宽大的银色新月闪烁着光华。他举起地图,银白的月光穿透了地图。"这是什么?"他说,"这里是普通的如尼文,意思是'门高五呎,可容三人并排而过',旁边则是月亮文。"

"月亮文是什么?"霍比特人兴奋地问道。我之前告诉过你们,他酷爱地图。他还喜欢如尼文等各种文字和巧妙的笔迹,不过他自己的字体有点细长,像蜘蛛腿一样。

"月亮文也是如尼文的一种,但光用眼看是看不见的。"埃尔隆德说,"只有让月光从背面透过来,才能看见。更巧妙的是,解读的时候,月亮的形状和季节必须与写下的那天相同。是矮人发明了月亮文,并用银笔写出来的,你问问你的朋友们就知道了。这些月亮文一定是在很久以前的仲夏前夕写的,当时肯定也有一弯新月。"

"那是什么意思?"甘道夫和索林齐声问道。他们之前没有机会发现这里面的门道,而且天知道什么时候才能等到下次机会,但由埃尔隆德第一个揭露,他们还是有些恼火。

"歌鸫鸟敲呀敲,快快站在灰石边。"埃尔隆德读道,"夕阳带着都林日的最后一丝光芒,将照射在钥匙孔上。"

"都林,都林!"索林道,"他是两个矮人种族之一长须族的祖先,也是我祖父的祖先。"

"那都林日是什么？"埃尔隆德问道。

"矮人新年的第一天。"索林道，"大家都知道，就是凛冬前夕秋天最后一个月的第一天。当秋天的最后一弯月亮和太阳一起出现在天空中，这一天就是都林日，现在也这么叫。不过我估摸这对我们不会有多大帮助，如今我们预测这种日子的技术已经失传了。"

"事实如何，还有待观察。"甘道夫说，"还有没有说别的？"

"在现在这种月光下，什么都看不出来了。"埃尔隆德说着，把地图还给了索林。然后他们走到水边，去看精灵们在仲夏前夜跳舞唱歌。

第二天是仲夏，早晨空气清新，景色美轮美奂，蔚蓝的天空中不见一丝云彩，阳光在水面上跃动。甘道夫一行在告别的歌声中骑马而去，他们已经做好心理准备，迎接更多的冒险。此外，他们也知道翻过迷雾山脉、抵达大山另一边的路上有什么在等待他们。

第四章
翻过山顶，深入山底

有许多小路通向迷雾山脉，路上矗立着许多山口。但大多数山路都只是用来迷惑人的，不但很可能是死路，还可能暗藏危险。大部分山口都有邪祟出没，可谓危机四伏。凭借着埃尔隆德的英明建议和甘道夫的知识和记忆，矮人们和霍比特人走上了正确的道路，穿过了正确的山口。

在离开幽谷瑞文戴尔好几天、将最后庇护所甩在后面数哩后，他们依然在上山。脚下的小路寸步难行，处处都是危险，曲里拐弯，走来孤独而漫长。现在，他们回头就能看他们离开的那片土地，就在下面很远的地方。而在遥远的西部，在蓝天的映衬下，一切看起来都很模糊，比尔博知道那里有他安全而舒适的家乡，有他小小的霍比特洞府。他不禁打了个哆嗦。山上越来越冷了，风在岩石间呼啸而过。有时，正午的阳光照在雪顶上，巨石松动，从山坡上快速滚落，时而从他们之间滚下去（实在是幸运），时而从他们头顶飞过（实在是可怕）。到了夜里，天寒地冻，十分难熬，他们不敢大声唱歌或说话，生怕回音引发可怕的后果。寂静似乎并不喜欢有人打扰，四下里只有水声、风的哀号和石头的碎裂声。

"山下还是夏天呢。"比尔博想，"大家都在晒干草，去野餐。按照这个速度，我们还没从另一边下山，他们就已经在收割庄稼、采黑莓了。"其他人也闷闷不乐地想着同样的事，虽然他们在仲夏的早晨还满怀希望地与埃尔隆德告别，兴高采烈地谈论着怎么穿过山脉，到了山那边的开阔地域就策马飞奔。他们还设想也许可以在秋天最后一个月到达孤山上的秘门。"也许那天就是都林日。"他们这么说。只有甘道夫摇摇头，一言不发。矮人有很多年没走过这条路了，但甘道夫走过，他还知道，自从恶龙把人赶出大荒野，半兽人在洗劫墨瑞亚矿山后秘密扩张，这片土地变得有多危机四伏，邪祟有多猖獗。即使有像甘道夫这样睿智的巫师和埃尔隆德这样的好朋友制订的周密计划，在荒野边缘进行危险的冒险，有时也会行差踏错。甘道夫是个有智慧的巫师，他很清楚这一点。

甘道夫很清楚，意外随时都可能发生，周围山峦叠嶂，一座座高峰和山谷全都人迹罕至，并没有国王统辖，他可不敢奢望他们能顺顺利利地通过，不遇到可怕的危险。事实证明，真是怕什么来什么。一开始倒是顺风顺水，后来，有一天雷雨交加，那不仅仅是雷暴，应该说是一场雷战。你很清楚陆地上和河谷里的大雷雨有多骇人，尤其是在两场大雷暴汇聚在一起，发生碰撞的时候。更可怕的是两场雷暴从东方和西方而来，碰撞在一起，展开大战。夜里，群山之间雷声轰鸣，一道道闪电劈下，把山峰劈为了碎片，岩石随之颤动，巨大的撞击声划破空气，隆隆地响彻每一个山洞和山谷，黑暗中充满了势不可挡的噪声和突然亮起的电光。

比尔博从未见过这样可怕的情形，甚至都没有想象过。他们身在高山上一个很窄的地方，只要一个失足，就会掉进一侧昏暗的深谷里。众人在一块突出的岩石下面过夜，他盖着一条毯子，从头到脚都在发抖，借着电光向外张望，只见山谷对面的石巨人在玩游戏，朝对方丢巨大的石块，再把石头接住。不仅如此，它们还把石头丢进漆黑的山下，石块要么砸烂了下方的树木，要么砰的一声摔得粉碎。接着开始刮风下雨，风把雨和冰雹吹向四面八方，如此一来，一块突出的岩石根本起不到任何保护作用。很快他们就浑身湿透了，小马们低着头站在那里，尾巴夹在两腿之间，有的还吓得嘶叫起来。他们能听见巨人们的狂笑和叫喊传遍整个山坡。

"这样下去可不行！"索林道，"即便我们不被风卷走，不

山边小径

被淹死，不被闪电击中，也会被石巨人一把抓住，当成球给踢到天上去。"

"好吧，如果你知道有更好的地方，就带我们去！"甘道夫一肚子火，他自己也被石巨人弄得气不打一处来。

大吵一通的结果是，菲力和奇力奉命去寻找更好的落脚点。他们眼神锐利，是矮人中最年轻的，比其他人小了50多岁，因此，这类工作通常都落在他们身上（毕竟大家都看得出来，派比尔博去纯属浪费时间）。要想找东西，需要出色的眼神（索林就是这么对两个年轻矮人说的）。用眼睛去看，的确能找到一些东西，但找到的，并不总是所要寻找的。这一次就是如此。

很快，菲力和奇力就在风中抓着岩石爬了回来。"我们找到了一个干燥的山洞。"他们说，"就在下一个拐角不远的地方。容得下所有的小马和东西。"

"有没有*彻底搜查过里面*？"巫师说，他知道山上很少有无主的野洞。

"查了，查了！"他们说，不过大家都清楚，他们回来得这么快，肯定没有花时间仔细查。"那个洞并不大，里面也不是很深。"

当然，这就是洞穴的危险之处：有时根本摸不清它们有多深，也不知它们通往哪里，或者里面潜藏着什么危险。但现在菲力和奇力的消息似乎已经足够好了。于是众人都站起来准备出发。风还在呼啸，轰隆的雷声依然响个不停，他们牵着小马赶路可不是易事。好在并不需要走太远，没过多久，他们就来到了小路上的一块大石头前。绕过岩石，岩壁上一道很矮的拱门就出现在了眼前。卸了行李和马鞍，小马才勉强能从洞口挤进去。他们鱼贯走入洞口，在洞里听风雨声，总强过身处风雨之中听风声雨声千百倍。况且在这里也不会被石巨人的岩石砸中。但巫师不想冒险。他点亮魔杖，如果你还记得的话，那天他在比尔博家的餐厅里也是这么做的，不过那似乎是很久以前的事了。借着魔杖的光亮，他们在洞穴里彻底探索了一番。

这个洞的确大，却也没有大到弥漫神秘色彩。地面很干燥，几个小角落看起来非常舒服。一端有地方容纳小马，它们站在那里（非常高兴能换个环境），身上冒着蒸汽，嚼着挎在脖子上的马粮袋里的草。欧因和格罗因本想在洞口生火，把衣服烤干，甘道夫却不答应。他们便只把湿衣服摊在地上，从行李里面掏出干衣服换上。接着，他们铺好毯子舒服地躺在上面，拿出烟斗，开始吐烟圈。甘道夫把烟圈变成不同的颜色，让它们在洞顶飞舞，逗大家开心。他们一直聊天，忘记了外面还在下暴雨。他们讨论着要怎么处置自己那份财宝（自然要先夺回财宝，现在看来，这似乎也不是不可能）。说着说着，他们便一个接一个地进入了梦乡。这是他们最后一次使用他们带来的小马、包裹、行李、工具和各种随身用品。

从那天夜里发生的事来看,他们带小个子比尔博上路,实在是一件好事。不知怎的,他好长时间都睡不着,等终于睡着了,却接连做起了噩梦。他梦见洞后面的洞壁上出现了一条裂缝,那条缝越来越大,越来越宽,他害怕极了,但他叫不出来,也不能做什么,只能躺在那里眼睁睁看着。接着,他梦见山洞的地面开始松动,他滑了下去,一直往下滑,只有天知道他会滑到什么地方。

就在这时,他惊醒过来,发现梦里的一些情景竟然成真了。山洞深处确实出现了一道缝,甚至形成了一条很宽的通道。他刚好及时看到最后一匹小马的尾巴消失在裂缝中。他大叫起来。这可是霍比特人能发出的最响亮的叫声了,考虑到他们的体形,实在有些不可思议。

他根本来不及高喊"搬石头堵住缝隙",就有很多半兽人从裂缝跳了出来,这些家伙体形高大,样貌丑陋,而且数量众多。每个矮人都被至少六个半兽人包围了,甚至还有两个半兽人向比尔博逼近。很快,他们就都被抓了起来,并立即被抬出了裂缝,哪里还顾得上大喊"拿火绒和火石点火"。不过甘道夫不在其中。比尔博喊叫示警,作用就在于此。甘道夫一瞬间就清醒了过来,就在半兽人过来抓他之际,山洞里突然亮起一道刺眼的光,就像闪电一样,紧跟着传来一股火药味,几个半兽人也倒在地上死了。

裂缝啪的一声合上了，比尔博和矮人们则被困在了另一边！甘道夫在哪里？对这一点，他们不知道，半兽人也不清楚，不过他们没什么耐心去查探。他们抓着比尔博和矮人们，逼着他们走了起来。四下黑得伸手不见五指，只有住在大山腹地的半兽人才能视物。通道纵横交错，但半兽人知道该怎么走，就像你知道怎么去最近的邮局一样。隧道一直向下延伸，极为闷热。半兽人非常粗暴，不仅无情地掐他们，还咯咯直笑，那声音冷酷无比，听来叫人毛骨悚然。比起那次被食人巨妖拉着脚趾倒提起来，比尔博现在更难过，他一遍又一遍地盼着能回到美丽又明亮的霍比特洞府。而这，自然也不是他最后一次这么希望。

这时，他们面前出现了一丝红光。半兽人唱起了歌，其实，说他们是在嘎嘎叫更贴切，还用他们那扁平的脚踏在石头上附和节拍，一边唱还一边摇晃俘虏。

啪啪！嗒嗒！漆黑的裂缝！
握紧，抓稳！掐啊，逮啊！
向下，向下，去往半兽人的城镇，
　　快走，伙计！

咔嚓，哐当！碾啊，砸啊！
锤子和钳子！榔头和铜锣！

砰，砰，在深深的地下！

呦呵，呦呵！伙计！

嗖，啪！鞭子抽得噼啪响呀！

锤呀，打呀！哎呀呀，呜呜叫！

干啊，干啊！谁也不敢把懒偷！

半兽人大口喝酒啊，半兽人哈哈大笑啊，

一圈又一圈，深入地下，

快往下，伙计！

这歌声听起来真可怕。洞壁之间回荡着"咔嚓，哐当！"和"碾啊，砸啊！"这两句歌声，唱到"呦呵，呦呵！伙计"时，他们那刺耳的笑声回荡不止。这首歌的大意非常明显。这会儿，半兽人抽出了鞭子，唱到"嗖，啪"时，就用鞭子抽打他们，让他们以最快的速度在前面跑起来。当他们跌跌撞撞地进入一个大洞穴时，已经有不止一个矮人疼得"呜呜叫"了。

洞穴中央点着一大团红色的火焰，洞壁上插着火把，里面全是半兽人。他们一见到矮人们跑进来（可怜的小个子比尔博在最后，离鞭子最近），后面跟着的半兽人挥舞着鞭子驱赶，便全都哈哈大笑，又是跺脚，又是拍手。小马们挤在一个角落里，所有的行李和包裹都被拆开了，半兽人在里面翻来找去，用鼻子去闻，用手指去扒拉，还你争我夺，吵了起来。

恐怕这是他们最后一次看到那些漂亮的小马了，其中一匹活泼、健壮的小白马是埃尔隆德借给甘道夫的，因为甘道夫的马不适合走山路。马和驴都是半兽人喜欢的食物，他们也吃其他很恐怖的东西，他们的肚子总是很饿，怎么也吃不饱。然而，此时此刻，沦为阶下囚的矮人们能想到的只有自己。半兽人把他们的手用铁链锁在背后，把他们连成一排，拖到洞穴的尽头，小个子比尔博被拖在最后。

在阴影里一块扁平的大石头上，坐着一个巨大的半兽人，长着一颗巨大的脑袋，好几个全副武装的半兽人站在他周围，手里拿着他们常用的斧头和弯剑。半兽人既残忍又邪恶，心肠还歹毒。他们的确造不出漂亮的东西，却可以造出许多精巧的玩意儿。他们通常都脏兮兮的，邋里邋遢，可只要不怕麻烦，他们挖地道和挖矿的本领不比最熟练的矮人差。锤子、斧头、剑、匕首、鹤嘴锄、钳子，还有一些刑具，他们都做得很好，此外，他们还会找其他人来按照他们的设计制作。所谓"其他人"，就是俘虏和奴隶。由于长期不通风，见不到阳光，这些人只能干活干到死。半兽人有朝一日发明出给这个世界带来麻烦的机器，也并非不可能，尤其是那些能同时杀死很多人的机巧装置，他们向来喜欢摆弄轮子、器械和爆破这些玩意儿，有了这些东西，他们就不必亲自动手杀人了。但是，在那个时代，在那些荒芜的地方，他们的进步（所谓的"进步"）还没达到这样的程度。他们厌恶所有人和事，尤其憎恨那些过着有序、富足生活的人，并不特别讨厌矮人。在某些地方，邪恶的矮人甚至与他们结盟。然而，他们对索林一族怀着特殊的仇恨，原因就是我前面提到过的那场战争，不过在这个故事里就不赘述那段前尘往事了。不管怎样，半兽人并不在意抓的是什么人，只在意抓人的时候下手利落，无声无息，被抓的人乖乖就范。

"这些可怜人是什么来头？"半兽人首领说。

"是矮人，还有这个！"一个驱赶索林等人的半兽人说着，猛地一拽捆着比尔博的链子，把他拉得猝然跪在地上，"我们发现他们躲在我们的前廊里。"

"你们有什么图谋？"半兽人首领转向索林说，"我敢保证，你们准在打坏主意！要我说，你们就是来刺探我们的秘密的！你们这帮臭贼，我早料到了！你们八成还是谋杀犯和精灵的朋友！说话呀！你们有什么要说的吗？"

"矮人索林愿为你效劳！"他回答说，这其实只是一句客套话，"你所怀疑和想象的事，我们根本就不知道。我们只想就近找个无主的山洞躲避暴风雨而已，无意打扰半兽人。"他说的的确是实话！

"哼！你当然这么说！"半兽人首领道，"我能问问你们上山做什么吗？你们从哪里来，要到哪里去？事实上，我倒是很想了解一下你们所有的事。并不是说这对你们有什么好处,索林·橡木盾,我对你们已经了解得够多了。不过你们最好还是实话实说,否则,我就让你们吃不了兜着走!"

"我们是去看亲戚的,侄子侄女、堂兄堂弟、近亲远亲什么的,还有我们祖父的其他后代,他们住在这片环境宜人的大山的东边。"索林道,他一下子不知道该说些什么,而说真话是断然不可能的。

"他是个骗子,呵,大骗子!"一个驱赶矮人的半兽人道,"在邀请这些家伙到下面来的时候,我们有几个人在洞穴里被闪电击中,都死得透透的。他可没解释这件事!"他拿出索林佩带的剑,也就是从食人巨妖巢穴找到的宝剑。

半兽人首领一看不打紧,随即发出一声叫人肝胆俱裂的怒吼,他手下那些士兵全都咬牙切齿,把盾牌撞得咔咔响,还使劲儿跺脚。他们立刻认出了那把剑。曾几何时,贡多林的美丽精灵不是在山里猎杀他们,就是在他们的城墙前与他们开战,成百上千的半兽人全都丧命在这把剑下。精灵叫它奥克瑞斯特,意思是斩杀半兽人之剑,但半兽人只叫它"咬剑"。他们憎恨这把剑,更恨佩剑的人。

"杀人犯,精灵之友!"半兽人首领喊道,"给我劈!给我砍!给我打!给我咬!给我把他们嚼碎!把他们带到黑暗蛇洞去,永远不要让他们再见到光明!"他气得从座位上跳了起来,张着嘴朝索林冲去。

就在这时，洞里所有的光同时熄灭，中央的那团大火也"噗"的一声灭了。一股闪着火光的青烟冒了出来，升入壁顶，刺眼的白色火花飞溅到半兽人之间。

一时间场面乱成了一团，尖叫和哀号响成一片，粗哑的声音哇哇乱叫，号叫声中夹杂着咒骂，尖叫声中响起几声狂啸，简直难以形容。就算把几百只野猫和野狼一起慢慢地烤熟，那动静也无法与之相比。火星在半兽人身上烧出了一个个洞，从屋顶反弹下来的烟雾让空气变得浑浊不堪，就连他们的眼睛也看不清了。不一会儿，他们就你绊我一下，我绊你一脚，摔倒在彼此身上，在地上滚作一团，又咬又踢又打，好像都疯了似的。

突然，一支剑绽放出了光芒。比尔博看见，就在半兽人首领站在那里气得发呆的时候，宝剑刺穿了他的身体。他轰然倒地而死，半兽人士兵不等宝剑尖啸着飞回黑暗当中，就四散逃跑了。

剑又回到了鞘里。"快跟我来！"一个很轻却透着凶狠的声音说道。比尔博还没弄明白是怎么回事，就又以最快的速度在队伍的末尾小跑起来，他们穿过好几道漆黑的地道，在他们身后，半兽人山洞里的叫喊声越来越微弱了。一道微弱的光芒指引他们前进。

"快点，再快点！"那个声音说，"火把很快就会重新点起来的。"

"等一下！"多瑞说。他和比尔博都在后面，他是个正派的人，自己的双手被绑着，还是拼尽全力把霍比特人扛在肩上。接着，所有人全都狂奔起来，链条一直叮当作响，他们一路上磕磕绊绊，毕竟手都绑着，没法保持平衡。没过多久，他们就停了下来，这时他们一定已经到了大山的中心。

甘道夫点亮了魔杖。救他们的人当然是甘道夫。但此时此刻，他们有更重要的事忙，没时间问他是怎么做到的。他再次抽出宝剑，剑身又在黑暗中闪动着光芒。只要附近有半兽人出没，宝剑就会燃烧起熊熊怒火，闪烁出光芒。这会儿，宝剑正为了杀掉洞穴里的半兽人首领而大呼畅快，剑身像蓝色的火焰一样明亮。宝剑一挥，半兽人的锁链被齐齐斩断，所有的俘虏很快都得到了释放。如果你还记得的话，这把剑名叫抗敌之锤格拉姆德林。半兽人称之为"打剑"，他们对它的憎恶程度甚至超过了"咬剑"。而奥克瑞斯特宝剑也被抢救了出来，是甘道夫从一个吓坏了的半兽人卫兵手里夺过来的。甘道夫是个考虑周全的人，虽然不可能面面俱到，但在危难时刻，他总能为朋友们做很多事。

"大伙儿都在吗？"他说着鞠了一躬，把剑还给了索林，"我来数数看：第一个，索林，二，三，四，五，六，七，八，九，十，十一。菲力和奇力在哪里？在这儿！十二，十三，巴金斯先生在那里，那就是十四！很好，很好！有时候情况虽然糟糕透顶,却也有可能好转。小马没了,食物没了,我们也不清楚自己身在何处,还被一大群愤怒的半兽人追杀!我们还是快走吧!"

他们再次上路了。甘道夫说得很对:他们开始听到,在身后很远的地方,他们经过的通道里响起了半兽人弄出的动静和可怕的叫声。于是他们加快了速度。告诉你吧,要是情况紧急,矮人能以惊人的速度前进。可怜的比尔博连一半的速度都达不到,矮人们只好轮流背着他走。

不过,半兽人还是比矮人跑得快,再说了,这些半兽人对道路更熟悉(毕竟是他们挖出来的),还非常愤怒。就这样,矮人虽然拼尽了全力,半兽人的号叫声却还是越来越近。没多久,他们甚至能听到半兽人咚咚的脚步声,有很多双脚似乎已经到了最近的拐角处。在他们身后的地道里,还可以看到火把的红色火光在闪烁,可他们已经跑累了。

"为什么?啊,我为什么要离开霍比特洞府!"可怜的巴金斯先生在邦伯的背上颠上颠下的时候说道。

"为什么?啊,我为什么要带一个可怜的小个子霍比特人去寻宝呢!"可怜的胖子邦伯说。他又热又怕,汗水顺着鼻子往下淌,脚步直踉跄。

甘道夫落在了后面,索林和他一起。他们拐了个急弯。"向后转!"他喊道,"拔剑吧,索林!"

没有别的办法了，况且半兽人也不喜欢这种局面。他们大吼大叫着快速绕过拐角，却只是惊恐地见到斩妖剑和抗敌锤两把宝剑闪动着明晃晃的寒光。跑在前面的半兽人刚扔下火把，大叫一声，就死在了剑下。后面的喊得更厉害，他们向后惊逃，却与后面的半兽人撞了个满怀。"咬剑和打剑！"他们尖叫道。很快，他们都乱了阵脚，大都顺着来时的路匆匆退了回去。

过了好长一段时间，他们才敢转过拐角探查情况。而这个时候，矮人们早已在半兽人漆黑的隧道里又跑出很长一段路了。半兽人发现这一点后，就熄灭火把，穿上软鞋，挑选出听觉和眼神最敏锐、跑得最快的半兽人去追。他们向前奔跑，像黑暗中的黄鼠狼一样敏捷，无声无息犹如蝙蝠。

因此，比尔博、矮人们，甚至甘道夫都没有听到他们追了上来，也没有看见他们。但是，在后面悄悄跑上来的半兽人却看见了他们，因为甘道夫一直让魔杖发出微弱的光来，方便矮人们前进。

突然间，又在队伍末尾背着比尔博跑的多瑞被半兽人从身后一把抓住了。他大叫一声，倒在了地上。霍比特人随即从他的肩上跌落，坠入了黑暗之中，脑袋猛地撞在坚硬的石块上，顿时失去了知觉。

第五章
黑暗中的猜谜游戏

比尔博睁开眼睛,却摸不准自己的眼睛到底有没有睁开。毕竟四周和闭着眼时一样漆黑。他附近连个人都没有。啊,想想他有多害怕吧!他什么也听不见,什么也看不见,除了地上的石头,他什么也摸不到。

他慢慢起身,探手探脚地摸索着,终于摸到了一条地道的洞壁。可是,无论是上面还是下面,他什么都没找到,没有半兽人的痕迹,也不见矮人们的踪迹。他的脑袋晕晕乎乎的,他甚至连自己摔下去时他们正往哪个方向走都不确定。他尽全力猜了一个方向,往那边缓慢移动了好长一段路,突然,他的手在地面上碰到了一个东西,小小的,触手冰凉,像是一枚金属指环。这是他飞贼生涯的转折点,只是他自己并不清楚。他想也没想,就把戒指塞进了口袋里。当然,此刻戒指似乎没有什么特别的用处。他没有再往前走,只是在冰冷的地上坐了很久,沉浸在无尽的痛苦中。他想起在家里的厨房煎咸肉和鸡蛋的情景,他估摸这会儿差不多到饭点了,越想越觉得苦闷。

他想不出该怎么办,不明白发生了什么事,也不明白自己为什么会被抛下,更不明白被抛下后,半兽人为什么没有抓他。他甚至不清楚自己的脑袋为什么疼得厉害。事实上,他在一个非常黑暗的角落里躺了很久,没有发出一点声音,没人看见他,也没人想到他。

过了一会儿,他摸索着寻找烟斗。好在没摔坏,总算万幸。他又摸了摸烟袋,里面还有些烟草,这就更妙了。于是他又去摸火柴,却一根也找不到,这彻底击碎了他的希望。不过恢复了理智之后,他反倒觉得这也不错。在这个可怕的地方,到处都是漆黑的山洞,要是划亮火柴、弄出烟味,天知道会招来什么怪物。但此时此刻,他仍然感到非常崩溃。可是,就在他翻遍所有口袋、摸遍全身找火柴的时候,他的手碰到了那把短剑的剑柄,也就是他从食人巨妖那里找到的小匕首。他早就忘记它的存在了。短剑藏在他的马裤里面,这才逃过了半兽人的注意。

这会儿,他把短剑抽出来,剑身在他眼前闪着苍白而模糊的光。"这么说,这也是一把精灵宝剑了。"他心想,"近处并没有半兽人,但他们也不会离得太远。"

但不知怎的,他还是得到了安慰。这把剑是在贡多林打

85

造的,用来在战争中斩杀半兽人,而围绕着那场战争,有那么多歌曲在传唱。能佩带这把剑,他也觉得与有荣焉。他之前还注意到,追赶他们的半兽人突然出现,可一见这样的武器,他们胆子都吓破了。

"回去?"他想,"绝对不行!往侧面走?不可能!那就往前走!看来只有这么做了!那就出发吧!"于是他起身,把短剑举在身前,一只手摸着墙,小跑起来,心怦怦直跳。

此时,比尔博自然是在一个非常狭小的地方。但你一定要记住,在他看来,这种情况并不会像你我以为的那样危急。霍比特人和普通人不太一样。他们的洞穴很漂亮,住起来又舒服,通风也很好,与半兽人的地道截然不同,但他们还是比我们更习惯于在地道中穿行,不会轻易在地下失去方向感,不过前提是他们的脑袋从撞击中恢复过来。此外,他们移动起来可以不发出半点声音,也很会隐藏,就算摔得鼻青脸肿,也很快就能伤愈如初。他们还很聪明,懂得大量充满智慧的谚语,对此,其他人不是从未听说过,就是早就忘记了。

尽管如此,我也不愿意与巴金斯先生易地而处。眼前这条隧道似乎没有尽头。他只知道地道一直向下延伸,虽然转了一两个弯,方向并没有变过。或是借着短剑的光芒,或是他自己在墙上摸索,他知道侧面不时会出现几条通道。但他没有多加留意,只是快步走过去,生怕有半兽人或他想象出来的其他邪恶的怪物从里面冲出来。他不停地向下走啊走啊,除了偶尔有只蝙蝠在他耳边呼呼飞过外,他依然什么声音都听不到。起初,蝙蝠擦着他的耳朵飞过,他非常害怕,但随着这种情况越来越频繁,他也就懒得理会了。我估计不出他这样一直走了多久,他不愿意走,却不敢停下来,一直走到筋疲力尽,耗光了所有的力气。他感觉已经走到了第二天,甚至像是走了好些天。

这时,他突然毫无征兆地扑通一声踩进了水里!啊!冰冷刺骨的水冻得他一激灵。他说不准这只是路上的一个小水潭,还是一条宽大的地下河,横贯整个地道,更有甚者,这会不会是一个又黑又深的地下湖。这会儿,宝剑几乎黯淡无光了。他停下来,凝聚心神,听到有水从他看不见的洞顶滴滴答答地落到下面的水里,此外就没有别的声音了。

"如此看来,这里不是水潭,就是湖泊,但不是地下河。"他心想。然而,他还是不敢在黑暗中涉水向前走。他不会游泳,还想象水里有恶心黏滑的东西长着鼓出来的瞎眼,蠕来动去。大山深处的水潭和湖泊里生活着一些奇怪的东西,比如鱼,它们的祖先在天知道多少年前游了进来,却再也没能游出去,它们奋力在黑暗中看清东西,眼睛因而变得越来越大、越来越大,还有其他东西比鱼更黏滑。即使在半兽人为自己开凿的隧道和洞穴里,也有一些他们不知道的活物从外面偷偷溜进来,在黑暗中生活。

其中一些洞穴的历史可以追溯到半兽人来之前,他们只是把洞穴拓宽了,并打通地道,把一个个洞穴连接起来而已,而山洞原本的主人却还在那里,躲在犄角旮旯,偷偷摸摸地四处溜达,嗅来嗅去。

咕噜就在这片漆黑的水边,这个怪物又矮又小,浑身黏糊糊的。我不知道他从哪里来,也不知道他是什么怪物。他叫咕噜,如墨般漆黑,只有两只又大又圆的眼睛是浅色的。他有一只小船,他静静地在湖面上划来划去。这里的确是一个湖,湖面很宽,水很深,水里冰冷无比。他把两只大脚悬在船边划水,却不会激起一丝涟漪。的确没有。他瞪着明灯一样的浅色眼睛寻找着,一见到盲眼鱼,就立即伸出长手指把鱼抓住。他也喜欢吃肉。要是能抓到半兽人,他也会觉得他们的肉很可口。但他很小心,从未在他们面前暴露过自己。在他每每出洞捕猎的时候,要是有落单的半兽人靠近水边,他就从后面将他勒死。可惜他们很少落单,因为他们能感觉到,就在这里,就在大山的根基之处,潜藏着极大的危险。很久以前,他们在挖隧道期间来过这片湖,发现前面无路可走,地道在这个方向就此中断了。因此,除非半兽人首领有令,否则他们是不会来这里的。有时首领想吃湖里的鱼,但有几次去抓鱼的半兽人不仅没抓到鱼,连他们自己也有去无回。

实际上,咕噜就住在湖中央一个黏滑的岩岛上。这会儿,他正用望远镜一样苍白的眼睛，从远处仔细打量着比尔博。比尔博看不见他，他却对比尔博很好奇，因为他可以看出比尔博并不是半兽人。

咕噜上了船，从岛上出发，而比尔博则坐在岸边，手足无措，毫无头绪。突然，咕噜出现在他面前，压低嗓音厉声说：

"保佑我们，给我们泼水吧，我的宝贝——！我看哪，这真是一顿上等的大餐，即便不是大餐，也是美味的小点心，咕噜！"他说咕噜的时候，喉咙里还发出了可怕的吞咽声。他的名字就是这么来的，不过他一直称自己为"我的宝贝"。

这压低的嘶嘶声猝然响起，霍比特人吓得一颗心差点儿从嗓子眼里跳出来。他猛地看到一双苍白的眼睛正盯着自己。

"你是谁？"他说着，把短剑举到身前。

"他——是——谁？我的宝贝。"咕噜小声嘶嘶道（他总是自言自语，因为从来没有人跟他说话）。他过来，就是为了找到这个问题的答案。此刻他并不太饿，倒是很好奇。不然他肯定先把比尔博制服，才开口说话。

"我是比尔博·巴金斯先生。我和矮人们、巫师走散了，不知道自己在什么地方。我也不想知道自己在哪里，只要能离开就好。"

"他手里拿的是什么？"咕噜看着自己不太喜欢的那把宝剑，嘶嘶地说。

"一把剑,是在贡多林打造的!"

"嘶嘶。"咕噜说,突然变得很有礼貌,"我的宝贝,也许你可以坐在这儿跟他聊几句。他应该喜欢猜谜语,对吧?"他迫不及待地表现出友好的样子,至少暂时是这样,好多探听一些关于剑和霍比特人的消息,打听打听他是不是真的孤身一人,好不好吃,再看看咕噜的肚子是不是真饿了。这会儿,他只能想到猜谜这个办法。很久很久以前,那时半兽人还没来,他也没有和远在山脚下的朋友们断绝联系,他还会出谜语给别人猜,有时也猜别人出的谜语,这是他与其他住在洞穴里的有趣生物之间唯一的游戏。

"太好了。"比尔博说,他迫不及待地表示同意,毕竟他必须多了解一下眼前这个怪物,打听打听他是不是孤身一人,是不是很凶猛,肚子饿不饿,以及是不是半兽人的朋友。

"你先问吧。"他说,他一时间也想不出什么谜语来。

于是咕噜咬牙切齿地说:

　　什么东西有根,却没人看得着,
　　　它比树还要高,
　　　　高耸入云霄
　　　可就是不再长出一厘和一毫?

"这太简单了!"比尔博说,"应该是大山。"

"很容易猜吗?我的宝贝,他还真是我们的劲敌!要是他猜不出宝贝出的谜语,我们就把他吃掉,我的宝贝。我们要是答不出他的谜语,就送他一份礼物,咕噜!"

"好吧!"比尔博不敢表示异议,为了想出能让自己不被吃掉的谜语,他想得脑袋都要炸开了。

> 三十匹白马在红色的小山上,
> 　　首先它们大声咬啊咬,
> 　　　　然后开始用力把脚跺啊跺,
> 　接着它们站着一动也不动。

这是他唯一能想到的谜语,毕竟他满脑子想的都是"肚子饿了,想吃东西"。这也是一个相当古老的谜语,咕噜和你一样知道答案。

"老套,太老套了。"他压低声音说,"牙齿!是牙齿!我的宝贝。可我们只剩六颗牙了!"然后,他说出了他的第二个谜题:

> 没有声音却能大喊,
> 没有翅膀却能振翼,

没有牙齿却能咬断,

没有嘴巴却能自语。

"稍等!"比尔博叫道,他还在忐忑不安地琢磨着吃东西的事。幸运的是,他以前也听过类似的谜语,于是他打起精神,想到了答案。"是风,当然是风。"他说,心里一高兴,竟然还当场现编了一条谜语。"一定会难住这个可恶的地下小怪物。"他心想。

蓝脸上有一只眼

看到绿脸上有一只眼。

"那只眼和这只眼一个样,"

第一只眼睛说:

"它在低处,

我在高处。"

"嘶嘶,嘶嘶,嘶嘶。"咕噜说。他在地下待得太久了,已经忘记了这类事情。不过,就在比尔博开始猜想咕噜会送什么礼物的时候,很久以前的记忆浮现在了咕噜的脑海里,那时候,他还和祖母住在河岸边的洞府里。"嘶嘶,嘶嘶,我的宝贝。"他说,"答案是太阳照在雏菊上,肯定没错。"

但这些非常普通、在地上很常见的谜语对他来说就是大难题了，甚至还叫他想起了从前，那时的他还不那么孤单，不那么鬼祟和恶毒，想着想着，他开始大发雷霆。更重要的是，他饿了。于是他想到了一个更难、叫人听了更不舒服的谜题：

看不见，摸不着，
听不到，嗅不到。
在星星后面，在山脚下方，
　　把空洞都填满当。
它在前，也在后，
　　扼杀欢笑，终结命寿。

说来咕噜也真是倒霉，比尔博以前听过这种谜语，答案已经了然于胸了。"是黑暗！"他说，甚至连头都没挠一下，更没有苦苦思索。

一个盒，没有铰链和钥匙，没有盖子来遮掩，
　　却能把金色的宝藏来匿藏。

他问出这个谜题，好争取时间想个真正难解的谜语。他本来认为这个谜语都老掉牙了，虽然换了个问法，却还是很容易就能猜出

93

来。谁知这却把咕噜难住了。他不停地发出嘶嘶声,怎么也答不上来,一直结结巴巴地嘟囔着。

过了一会儿,比尔博开始不耐烦了。"答案是什么?"他说,"不是沸腾的水壶。从你发出的声音来看,你似乎是这么想的。"

"给我们一个机会。让他给我们一个机会吧,我的宝贝……嘶嘶……嘶嘶。"

"好吧,"过了很久,比尔博才开口,"你猜是什么?"

但突然间,咕噜想起了自己很久以前从鸟窝掏鸟蛋的经历,他还坐在河岸下面教他的祖母吸……"是蛋!"他厉声道,"是蛋!"接着,他出了一个谜语:

是活的,但没有呼吸,
像死了一样满是寒意,
从不口渴,却一直在喝,
满身锁甲,却从不响咯咯。

现在轮到咕噜认为这是个非常容易的问题了,他平时满脑子想的都是那东西,只是被蛋的谜语搞得焦头烂额,一时半会儿想不出更好的,这才提了出来。但可怜的比尔博能不靠近水就不靠近水,所以这对他来说是个大难题。想必你肯定知道答案,或者可以像眨眼一样轻松地猜出来,因为你舒舒服服地坐在家里,不用担心自己会被吃掉,结果搞得思绪烦乱,无法思考。比尔博坐下,清了一两次嗓子,却还是没有想出答案。

过了一会儿,咕噜心花怒放,嘶嘶着自言自语起来。"他好吃吗,我的宝贝?会不会鲜嫩多汁?会不会又香又脆?"他开始在黑暗中凝视着比尔博。

"再让我想一会儿。"霍比特人颤抖着说,"刚才我还给了你很长时间呢。"

"他必须快点,快点!"咕噜说着,开始从船里往外爬,准备上岸去抓比尔博。但当他把有蹼的长脚放进水里时,一条鱼吓得跃出水面,正好落在了比尔博的脚趾上。

"哎!"他说,"冷冰冰的,又很黏!"他就这样猜到了谜底,"鱼!是鱼!"他喊道,"答案是鱼!"

咕噜失望透了。但比尔博很快又出了一个谜语,咕噜只好回到船上思考。

没有腿的放在一条腿的上面,两条腿的在一旁坐在三条腿的上面,四条腿的也分到一些。

现在猜这个谜语的时机并不好,但匆忙之间,比尔博也顾不上了。假如换个时间,咕噜可能很难猜出来。事实上,他们正说到鱼,所以"没有腿"并不是很难猜,猜出这句,剩下的就迎刃而解了。"鱼放在小桌子上,人坐在桌旁的凳子上,猫可以得到鱼骨头。"答案当然是这个,咕噜很快就猜了出来。他觉得时间差不多了,可以出一道又难猜、又吓人的谜题了。他是这么说的:

这东西把万物吞噬:
以鸟、兽、树、花为食,
啃铁,咬钢,
把坚硬的石头磨成齑粉飘荡,
杀死国王,摧毁城池,
将高山夷为平地。

可怜的比尔博坐在黑暗中,想着自己在故事中听到的所有巨人和食人魔的可怕名字,但没有一个能做出这些事。他感觉答案肯定与此无关,他应该知道,可就是想不出来。他有些害怕,这下子思绪更乱了。咕噜开始下船。他扑通一声跳进水里,涉水向岸边走了过来。比尔博可以看到他那双眼睛朝自己逼近。他的舌头好像粘在嘴里了,动弹不得,他真想大叫:"再给我点时间!给我点时间!"但从他嘴里突然发出来的,只有很尖锐的两个字!

时间！时间！

谜底恰恰就是时间。比尔博捡回一条命，纯粹是运气使然。

咕噜又一次失望了。他越来越生气，也厌倦了游戏。他越往下玩，肚子就越饿。这一次，他没有回到船上，而是在黑暗中挨着比尔博坐了下来。如此一来，霍比特人感到很不自在，思维也变得混乱起来。

"他要给我们出一个谜语，我的宝贝，对，对，对。再猜一个，对，对。"咕噜说。

可是，身边坐着这么一个又湿又冷的讨厌东西，对他又抓又戳，比尔博根本想不出什么谜语来。他对着自己又是抓，又是掐，可就是毫无头绪。

"问我们！问我们呀！"咕噜说。

比尔博掐了自己一下，又扇了自己一巴掌，把短剑紧紧握在手里。他甚至把另一只手伸进口袋摸索，就这么摸到了他在地道里找到的那枚戒指，不过他早就把这事忘在脑后了。

"我的口袋里有什么？"他大声说。他其实是在自言自语，但咕噜以为这是一道谜语，不禁沮丧至极。

"不公平！不公平！"他咬牙切齿地说，"这不公平，我的宝贝，是不是？他居然问我们他那讨厌的小口袋里有什么？"

比尔博这才恍然大悟,不过他也没有更好的谜题可问,就固执地追问道:"我口袋里有什么?"他说得更大声了。

"嘶嘶,嘶嘶,嘶嘶。"嘶嘶声不停地从咕噜嘴里发出来,"他必须给我们三次机会,我的宝贝,三次机会。"

"好吧!那就猜吧!"比尔博说。

"手!"咕噜说。

"错了。"比尔博说,幸好他刚刚把手抽了出来,"再猜!"

"嘶嘶,嘶嘶,嘶嘶。"咕噜说,比刚才更烦躁不安了。他把自己口袋里装过的东西都想了一遍:鱼骨头、半兽人的牙齿、潮湿的贝壳、一小块蝙蝠翅膀、一块用来磨牙的锋利石头,以及其他令人讨厌的东西。他试着去想别人口袋里会放什么。

"刀!"他终于说。

"错!"比尔博说,他不久前把自己的刀弄丢了,"最后一次!"

现在,咕噜的状态比比尔博问蛋的谜语时更糟糕。他不断地发出嘶嘶声,气急败坏地嘟囔着,一会儿前后摇晃身体,一会儿用力跺着地面,还没完没了地扭来扭去。但他还是不敢浪费最后一次猜测的机会。

"快点!"比尔博说,"我在等!"他努力让自己的声音听起来大胆而欢快,但他完全猜不透这场游戏将如何收场,其实咕噜猜不猜得对并不重要。

"时间到了!"他说。

"细绳,要不就是什么都没有!"咕噜尖叫道,他一次给了两个答案,这可不太公平。

"都不对。"比尔博如释重负地喊道。他立刻跳了起来,背对着最近的一堵石墙,举起短剑。但说来也怪,他其实并不需要惊慌。首先,咕噜很久以前就学会了一件事,那就是永远、永远不要在猜谜游戏中作弊,毕竟这是一项神圣的游戏,有着悠久的历史。其次,那把剑也让他有所忌惮。所以他只是坐在那里低声嘟囔。

"那礼物呢?"比尔博问,这倒不是说他非要礼物不可,只是他感觉自己大获全胜,而且是在非常不利的情境下获胜的,理应得到礼物。

"我们必须把东西给他吗,宝贝?是的,必须给他!我们必须去取,宝贝,把我们答应的礼物送给他。"咕噜涉水返回小船,比尔博还以为自己再也听不到咕噜的声音了。但事实并非如此。霍比特人受够了咕噜,在漆黑的湖边也待够了,他正琢磨着要不要返回地道,突然就听到咕噜在黑暗中吱吱地叫着,越走越远。咕噜其实是在他的小岛上(当然,比尔博对此一无所知),这儿翻翻,那儿找找,却没有找到要找的东西。他还把口袋翻了个遍。

"哪儿去了？哪儿去了？"比尔博听到了他的尖叫声，"丢了，不见了，我的宝贝，丢了，不见了！保佑我们，给我们泼水！我们还没有找到答应要送出的礼物，甚至连自己的礼物都没找到。"

比尔博转过身来等着，心里纳闷是什么宝贝能叫那个怪物如此大惊小怪。后来证明这是非常幸运的。因为咕噜回来的时候弄出了很大的动静，用沙哑的声音叽里呱啦地嘟囔着，最后，比尔博终于从这些话里得知咕噜有一枚戒指，那是一枚精美绝伦的戒指，是很久很久以前别人送给他的生日礼物，而在那个年代，这样的戒指并不鲜见。有时他把戒指放在口袋里，不过通常都放在岛上的一个小岩洞里。还有些时候，他把戒指戴在手上，这时，他往往都饿得前胸贴后背，又吃腻了鱼，便爬过漆黑的地道，去抓落了单的半兽人。得手后，他甚至会冒险到点着火把的地方去，被光一照，他的眼睛就会不停地眨巴，刺痛不已，但他的安全不成问题。是的！很安全！把戒指戴在手指上就能隐形，只有到了阳光下别人才能看，但只能看到影子，而且是一道很浅、晃来晃去的影子。

我说不清咕噜求过比尔博多少次。他不停地说："我们很抱歉。但我们不愿意作弊，本来只要他赢了，我们就打算把我们唯一一件礼物送给他。"他甚至提出给比尔博抓一些美味多汁的鱼来聊作补偿。

比尔博一想到吃生鱼，就打了个寒战。"不用了，谢谢！"他尽量礼貌地说。

他苦苦思索着，突然恍然大悟，他捡到的那枚戒指一定是咕噜弄掉的，现在那枚戒指就在他的口袋里。但他很聪明，没有对咕噜实话实说。

"捡到的，就是自己的。"他心说。他眼下的处境非常危险，我敢说他这么想是对的。总之，戒指现在属于他了。

"没关系！"他说，"即便你找到了戒指，现在也是归我所有。你无论如何还是会失去戒指。我有一个条件，你答应了，这件事就过去了。"

"很好，是什么？他希望我们做什么，我的宝贝？"

"帮我离开这里。"比尔博说。

咕噜要是不想作弊，就必须同意。他仍然非常想尝一尝这个陌生人好不好吃。但现在他不得不打消这个念头。况且还有那把短剑，而且陌生人很机警，处处提防，肯定疑心咕噜喜欢把他攻击过的东西吃掉。如此看来，带他离开是最好的选择。

比尔博就是这样知道隧道到达湖边就算到了头，没有继续延伸向大山的另一边，而那里的山壁黑黢黢的，还非常坚固。他还了解到，他应该转向右边的一条地道，否则就只能走到隧道尽头。但只是叫咕噜口头描述一番，他一个人是找不到返回上面的路的，于是他让这个可怜的怪物亲自带路。

他们一起沿隧道往上走,咕噜啪嗒啪嗒走在一边,比尔博把脚步放得很轻,心想可以试试戒指效果如何,便把戒指套在了手指上。

"他去哪儿了?他去哪儿了?"咕噜马上说,用他那双长长的眼睛四处张望。

"我在这里,就跟在你后面!"比尔博说着又把戒指摘下来,发现它真和咕噜说的一样神奇,不由得为拥有这枚戒指而欣喜若狂。

他们继续往前走,咕噜数着左边和右边的岔道:"左边一条,右边一条,右边两条,右边三条,左边两条。"就这样不停地数着。他们距离湖水越来越远,他开始浑身哆嗦,还非常害怕。最后,他在他们左边一个低矮的洞口停了下来,"右边六条,左边四条。"

"就是这条地道。"他低声说,"他必须挤进去,偷偷向下走。我们不敢和他一起走,我的宝贝,不,我们不敢,咕噜!"

于是,比尔博跟那个讨人厌、又很可怜的家伙道了别,便悄悄地从拱门下走了过去。他很高兴。确定咕噜走远了,他才彻底放松下来。他把头探进主隧道,一直听着咕噜返回小船,吧嗒吧嗒的脚步声逐渐消失在黑暗中。接着,他沿着岔路向下而行。

这条隧道又矮又窄,开凿得很粗糙,不过对霍比特人来说其实还好,只是地面凹凸不平,在黑暗中,他的脚趾踩在上面总是磕磕绊绊。但这里对半兽人而言肯定是太低了，他们一定没法走。可惜比尔博不知道的是，半兽人早就习惯了这种地方，他们能把身子弯得很低，双手几乎按在地上。如此一来，比尔博竟忘了自己还很危险，可能会碰上半兽人，开始鲁莽地快速向前移动。

不久，通道又开始上升，过了一会儿，地势变得非常陡峭。比尔博只得放慢速度。但过了一段时间，坡度终于变得平缓，隧道拐了个弯，又往下延伸，在一个短坡的底部，他看见从另一个角落里透出一丝亮光。不是像火光或灯笼光那样的红光，而是普通的室外光线。比尔博飞奔起来。他迈开双腿，飞快地拐过那道弯，突然进入了一片开阔地，在黑暗中待了那么久之后，那里亮得叫人目眩。确实有一线阳光从一个门洞里倾泻进来，门洞有一扇大石门，门开着一条缝。

比尔博眨眨眼睛，突然看到了半兽人。那些半兽人全副武装，长剑已经出鞘，正坐在门里，睁大眼睛注视着大门和通往大门的通道。他尚未看到他们，他们就已经发现了他，顿时兴奋不已，大叫着冲向他。

接下来的情况是无意之举，还是镇定之下做出的决定，谁也说不清。我觉得是意外，因为霍比特人还没有用惯他的新宝贝。总之，他把戒指往左手上一戴，半兽人立马停住了脚步。他就在他们眼皮子底下消失了。他们的叫声比以前大了一倍，却高兴不起来了。

"他在哪里？"他们大喊道。

"顺着隧道跑回去了！"有些叫道。

"去这边了！"有些这么喊。"跑到那边了！"其他人那么喊。

"守住大门。"半兽人队长吼道。

一时间哨声四起，盔甲铿锵地碰撞在一起，刀剑咯咯作响，半兽人咒骂着跑来跑去，有几个摔倒了，压在彼此身上，他们的火气越来越大。场面乱作一团，呼叫声响成一片，简直可怕至极。

比尔博吓得够呛，但他很有头脑，知道发生了什么事，他偷偷溜到半兽人守卫用的大酒桶后面，这样就不会被撞到、踩死或是被摸到。

"必须去门口，必须去门口！"他不停地自言自语，但过了很长时间他才敢冒险尝试。那真像一场可怕的捉迷藏游戏。到处都是半兽人在跑来跑去，可怜的小霍比特人东躲西躲，被一个半兽人撞倒了，好在那个半兽人根本不知道自己撞到了什么。他手脚并用，匆匆爬开，及时从队长的两腿之间钻了过去，随即站起来，向门口跑去。

大门仍然虚掩着，不过有个半兽人把门缝关小了一点。比尔博使尽了全力，大门却纹丝不动。他试图从门缝中挤过去。他挤啊挤,却被卡住了!这下可糟了。他的钮扣卡在了门框和门柱之间。他能看到外面开阔的天空,有一段台阶通向高山之间的一个狭窄山谷。太阳从云层后面钻出来,阳光洒在石门之外,可他怎么也挤不过去。

突然,里面的一个半兽人喊道:"门边有个影子。外面有东西!"

比尔博的心一下子提到了嗓子眼。他赶忙用力扭动身体,结果弄得钮扣崩裂,朝四面八方飞去。他终于挤了过去,可上衣和马甲都扯破了,他像山羊一样跳下台阶,而那些糊里糊涂的半兽人还在台阶上捡他那漂亮的黄铜钮扣。

当然,他们很快就下来了,又是喊又是叫,在树林里追捕他。但是他们不喜欢太阳。阳光一照,他们的双腿就直哆嗦,脑袋还昏沉沉的。比尔博戴着戒指,在树林的阴影里狂奔,他跑得很快,还悄无声息,一直躲着阳光走,所以半兽人根本找不到他。很快,他们就嘟嘟囔囔、骂骂咧咧地回去守门了。比尔博终于逃脱了。

第六章
才出虎穴，又入狼窝

比尔博逃过了半兽人的追捕，但他不知道自己身在何处。兜帽、斗篷、食物、小马和纽扣通通丢了，他还与朋友们走散了。他走啊走啊，一直走到太阳开始西沉，**落到了山后面**。大山的影子遮住了比尔博走的小路，他回头看了看，又朝前望去，只见前面山脊连着山脊，山坡连着山坡，地势逐渐降低，从林木之间偶尔可以瞥见远处的低地和平原。

"天啊！"他大喊道，"我好像已经穿越了迷雾山脉，到了遥远之地的边缘！啊，甘道夫和矮人们到哪里去了？但愿老天保佑，他们已经逃出了半兽人的魔掌！"

他继续往前走，出了高高的小山谷，翻过山谷边缘，沿着山谷另一边的山坡往下走。但有个叫人不安的念头一直萦绕在他心头。他在想，既然有了魔法戒指，那他是不是应该回到那些特别可怕的隧道里去寻找朋友们。他觉得这是他的责任,于是下定决心回去,却还是难免苦恼不已。可就在这个时候,他听到有人说话。

他停下来仔细听。似乎不像半兽人,于是他小心翼翼地向前走了几步。他所在的这条布满岩石的小径蜿蜒向下,左手边有一堵石壁。在另一边,地面开始向下倾斜,小路下方有一些小山谷,长着灌木和矮树。在其中一个山谷的灌木丛下,有人正在交谈。

他走近了一些,突然看见一个戴着红兜帽的脑袋在两块巨石之间张望,那竟然是巴林在放哨。他真想鼓掌欢呼一番,却还是忍住了。由于比尔博唯恐遇到不愉快的意外,戒指此时仍然戴在他的手上。他看到巴林直勾勾地看着他所在的方向,却没有看见他。

"我要给他们一个惊喜。"他想着,轻手轻脚地走进小山谷边缘的灌木丛里。甘道夫正在和矮人们争论。他们是在讨论隧道里发生的事,想商量出个办法。矮人们抱怨个不停,甘道夫则在责备他们,说是不能任由巴金斯先生陷在半兽人手里就继续上路,一定要弄清楚他是死是活,或是尝试把他救出来。

"他毕竟是我的朋友,还是个不错的小家伙。"巫师说,"我觉得自己对他有责任。要是你们没有把他弄丢就好了。"

矮人们问这问那,说什么带比尔博上路究竟有什么用处,他为什么不能跟朋友们一起逃出来,为什么巫师不能选一个聪明点的人。"到目前为止,他净给我们找麻烦了,一点用都没有。"一个矮人说,"现在要我们回那些可恶的地道里找他,见鬼吧。"

甘道夫生气地回答说:"是我带他来的,我不带没用的东西。要么你们帮我去找他,要么我自己去,把你们留在这里,你们自己想办法摆脱现在这个烂摊子。如果能找到他,那么,在后面的路上,你们一定会感激我的。多瑞,你怎么只顾着自己跑,把他丢下了?"

"要是有个半兽人在黑暗中突然从背后抓住你的腿,把你绊了一跤,又在你的后背上踢了一脚,你也会丢下他的!"多瑞说。

"那你为什么不把他抱起来呢?"

"天啊!亏你问得出来!半兽人在黑暗中又是厮打,又是撕咬,大伙儿不是摔倒在地,就是撞在别人身上!你差点用格拉姆德林宝剑砍掉我的脑袋。索林呢,就挥着奥克瑞斯特到处刺。突然,你发出一道眩目的闪光,我们看到半兽人尖叫着跑了回去。你还大叫一句'大家跟我来!',那就表示所有人都得跟上你。我们还以为每个人都跟上了。当时哪有时间数清楚呢,这一点你很清楚的,后来我们冲出守卫的围堵,逃出那扇矮门,慌慌张张地跑到了这里。结果大家都在,偏偏不见了飞贼,见鬼!"

"飞贼在这里！"比尔博说着摘下戒指，走到了他们中间。

天哪，所有人都吓了一大跳！他们又惊又喜，大叫了起来。甘道夫和其他人一样惊讶，却比其他人更高兴。他把巴林叫过来，让他说说自己是怎么放哨的，竟然让人大摇大摆走到他们中间，却连警报都没发。这件事后，比尔博在矮人中的威望有了很大的提升。甘道夫之前说了这么多，他们依然认为他算不上一流的飞贼，可如今，他们不再怀疑了。巴林最为迷惑不解，不过每个人都夸赞比尔博这招绝了。

比尔博听到他们的赞美，高兴得心花怒放，但他只是在心里笑了笑，对戒指只字未提。他们问他是怎么逃出来的，他说："就是一步一步走出来的，走得很小心，没弄出半点动静。"

"好吧，以前就算有只老鼠悄无声息地从我的鼻子底下爬过，我也能发现，现在这种情况还是第一次。"巴林说，"我要向你脱帽致敬。"他说完便这么做了。

"巴林愿为你效劳。"他说。

"巴金斯愿为你的仆人。"比尔博说。

他们都很好奇比尔博在与他们走散后经历了哪些冒险，于是他坐下来，把一切都讲了一遍，只是没提到他发现了那枚戒指（"只是暂时不公开而已。"他心想）。他们对猜谜比赛那段特别感兴趣，可听到对咕噜的描述，他们虽也听得津津有味，却还是忍不住打起了寒战。

"他坐在我身边,我根本想不出别的谜题。"最后,比尔博道,"于是我只好问,'我的口袋里有什么?'他连猜三次都没猜对。所以我就要他把礼物给我,他去找,可没找到。那我就说了,'那你就帮我离开这个讨厌的地方!'他带我去了通往大门的那条隧道。我对他说了声'再见',就沿着地道往下走了。"

"你是怎么对付守卫的?"他们问,"难道没有守卫吗?"

"啊,是的!有很多。不过我都躲开了。大门只开了一条缝,我给卡在了那里,结果弄丢了很多颗扣子。"他看着自己扯破的衣服伤心地说,"不过我还是挤了过去,现在就到这里了。"

他讲着自己怎么躲开守卫、挤过门缝,似乎这不是什么难事,也没什么可怕之处,矮人们无不对他另眼相看。

"我怎么跟你们说的来着?"甘道夫笑道,"巴金斯先生身上有你们想象不出的潜能。"说这话的时候,他挑着浓密的眉毛,向比尔博投去了一个怪异的眼神,霍比特人忍不住怀疑他是否猜到自己有意隐瞒了一部分内容。

比尔博也有问题要问,甘道夫倒是向矮人们解释过了,可比尔博没听到。他想知道巫师怎么会再度突然出现,他们现在要到哪里去。

说实话,巫师并不介意把自己运用才智化险为夷的经历再讲一次,于是他告诉比尔博,他和埃尔隆德早就料到这片山区里有邪恶的半兽人。但是,半兽人的正门以前是在另一个山口,那里比较容易通行,所以他们常常把在正门附近赶夜路的人抓走。显然如今不再有人走那条路了,半兽人便在矮人所走的山口顶端另开了一个入口,这一定是最近的事,因为到目前为止,人们还都以为那里相当安全。

"我得看看能不能找到一个多少还算正派的巨人把那道门堵上。"甘道夫说,"不然很快就没法过山了。"

之前在山洞里,甘道夫一听到比尔博的喊声,就明白发生了什么事。借着那道杀死围攻他的半兽人的闪光,他赶在裂缝迅速闭合之前溜了过去。半兽人驱赶沦为俘虏的矮人,他就跟在后面,来到那座大殿的边缘,在那里坐下来,在暗处使出了他所能使出的最厉害的魔法。

"必须小心从事,行动一定要快。"他说。

不过,甘道夫对火焰与光芒的魔法有特别的研究(你应该记得,就连霍比特人比尔博也对老图克仲夏前夜派对上的魔法烟火表演念念不忘)。至于剩下的事,我们都知道了,但有一点除外:甘道夫早就知道有那扇后门,也就是比尔博弄掉扣子的那扇低矮石门。事实上,凡是熟悉这一带山峦的人都知道那扇门。但一个巫师必须在隧道里保持头脑清醒,才能带领他们朝正确的方向前进。

"那道门是半兽人很久以前开凿出来的。"他说,"既是为了在必要时逃生,也是为了方便去大山另一边,他们还是会在天黑以后去那里,搞得当地乌烟瘴气。他们一般都派人守门,所以没人能把它堵住。经过这件事,他们的守卫肯定加强了。"他大笑着说。

其他人也都笑了。他们损失了不少,但也杀死了半兽人首领和其他许多半兽人,再说了,他们全都安全逃了出来,所以到目前为止,他们可以说是占了上风。

但是巫师叫他们恢复了理智。"休息够了,该动身了。"他说,"天一黑,他们就会倾巢出动来追我们,数量能有成百上千。现在影子已经开始拉长了。就算过去了好几个钟头,他们也能闻到我们的脚步的气味。趁现在天色还没暗下来,我们必须再走几哩路。天气要是能一直这么晴朗,会有月光,那就太幸运了。倒不是说他们害怕月亮,只是我们能借着月光照亮而已。"

"啊,是的!"他回答了霍比特人更多的问题,"在半兽人的地道里,很容易忘记时间。今天是礼拜四,我们是在礼拜一晚上或礼拜二早上被抓的。那之后,我们走出了很远一段距离,穿过大山腹地来到了另一边,可以说是抄了近路。不过我们并没有到目的地,眼下向北偏离得太远了,前面乡村的路很难走。而且,我们还在山上呢。走吧!"

"我的肚子都饿扁了。"比尔博呻吟着说,他突然意识到自己从前天晚上到现在还没吃过东西。想想吧,这对霍比特人来说简直是闻所未闻的事!此时兴奋劲儿过去了,他的肚子里空空如也,两腿直打颤。

"没办法。"甘道夫说,"除非你想回去,低三下四地请求半兽人把小马和行李还给你。"

"那还是算了吧!"比尔博说。

"那好,我们只能勒紧腰带,继续跋涉,不然的话,我们就将成为别人的晚餐,那可比我们自己没的吃糟糕多了。"

他们继续往前走,比尔博看看这边,又望望那边,想找点吃的。但黑莓还在开花,尚未结果,当然也没有坚果,甚至连山楂都不见一个。他吃了一点酸叶草,喝了点横穿小径的山间小溪里的水,在溪水边捡了三颗野草莓吃了,可惜肚子依然是瘪的。

他们继续前行,连脚下这条崎岖的小路也到了尽头。灌木丛、巨石之间茂密的野草、一片片遍布兔子啃咬痕迹的草皮、百里香、鼠尾草、香花薄荷和黄色的岩蔷薇通通都消失了,他们来到了一道宽阔而陡峭的斜坡的顶端,坡上有许多发生滑坡时掉落的石头。他们沿着斜坡向下而行,小石子纷纷从他们脚下滚落。不一会儿,就有更大的碎石哗啦哗啦地落下来,他们脚下的石块也跟着滑动。接着,大块的岩石受到震动,轰然落下,激起了漫天的尘土。没过多久,他们上方和下方的整个山坡似乎都在移动,他们抱成一团,也滑了下去,到处都是滑落的石头,碎裂的石板和石头嘎嘎作响,一时间场面一团乱,叫人生惧。

山坡底部的树木救了他们。他们滑进了一片松树林的边缘,这片松树林从下面山谷较深的黑暗森林一直延伸到山坡上。有些人抓住树干,荡到较低的树枝上,有些人(比如小个子霍比特人)躲在树后避开岩石的冲击。危险很快便过去了,滑坡停歇,最大的松动的石块也翻滚着坠入下方深处的蕨类植物和松树根之间,可以听到最后微弱的碰撞声。

"很好!我们现在的优势又多了一点。"甘道夫说,"就连追踪我们的半兽人想下来,也得吃点苦头。"

"是倒是。"邦伯嘟囔道,"不过他们还是可以扔石头砸我们,这对他们来说肯定不是什么难事。"矮人们(还有比尔博)一点也高兴不起来,只是一个劲儿地揉着满是瘀伤的腿和脚。

"胡说八道!我们现在就转向,远离这条滑坡的小路。我们必须快点了!天色越来越暗了!"

太阳早已落到山后去了。他们周围的阴影逐渐加深,不过透过远处的树林和低矮树木的黑色树梢,仍然可以看到平原上的晚霞。这会儿,他们一瘸一拐地沿着松林的缓坡尽可能快地走下去,他们选的这条倾斜的小路一直向南延伸。有时他们在如海洋一般的蕨类植物中穿行,高大的叶子甚至比霍比特人还要高;有时他们走在落满松针的地面上,不会发出半点声响。与此同时,森林里的黑暗越来越重,寂静越来越深。那天晚上没有风,树枝之间连沙沙声都听不到。

"我们非得继续赶路吗?"比尔博问,这时天已经黑得他只能看见索林的胡子在他身边摇摆,周围安静得连矮人的呼吸声都能听见,那声音听来就像巨大的噪声。"我的脚趾都破了皮,弯曲变形了,我的两条腿疼得厉害,我的肚子像个空袋子一样摇来摆去。"

"再往前走一点。"甘道夫说。

他们又往前走了似乎很长时间,突然来到了一片没有树木生长的开阔地。月亮升起来了,照在空地上。不知怎的,大家都觉得这地方一点也不漂亮,不过也没发现什么不对劲。

突然,山下传来一声长嚎,这声嚎叫很长,带着颤音。右边也响起了一阵嚎叫,这个声音离他们近得多。接着,左边不远处也传来了长嚎。这是狼群在对着月亮嚎叫。群狼正在聚集!

巴金斯先生的洞府附近没有狼,但他很清楚这是什么声音。他在故事里听过很多次了。他的一个表兄(老图克这边的亲戚)是个很伟大的旅行家,这个人经常模仿狼嚎来吓唬他。此时,在月光下的森林里听到这声音,比尔博实在受不了。即使有魔法戒指,也对付不了群狼,尤其是生活在半兽人出没的大山的阴影下、在大荒野边缘的未知边界活跃的邪恶狼群。这种狼的嗅觉比半兽人更灵敏,不需要看见猎物,就能将其抓住。

"我们该怎么办,我们该怎么办!"他喊道,"刚从半兽人手里逃出来,现在又进狼窝了!"他说,他的这句话后来成为了一句谚语,只是稍稍有所改动,我们现在遇到同样糟糕的境地,会说"才出虎穴,又入狼窝"。

"快上树!"甘道夫喊道。他们跑到林间空地边上的树林里,寻找那些树枝比较低,或者树干足够细的树,方便他们往上爬。你可以猜到,他们很快就找到了这样的树,只要树枝撑得住,他们就尽量往高处爬。要是你看到矮人们坐在树上,胡子垂下来,像一群疯老头扮孩子玩游戏,你(在安全的距离外)一定会笑出声来。菲力和奇力站在一棵巨型圣诞树一般的高大落叶松的树顶上。多瑞、诺瑞、欧瑞、欧因和格罗因就舒服多了,他们躲在一棵巨大的松树上,树枝长得很有规则,每隔一段距离便长有一根枝杈,和车轮的辐条差不多。比弗、波弗、邦伯和索林在另一棵树上。杜瓦林和巴林爬上了一棵又高又细、树枝不多的冷杉,想在枝头的绿叶中找个地方坐下来。甘道夫的个子比其他人高得多,他找到了一棵别人爬不上去的树,那是一棵矗立在空地边缘的大松树。他把整个身体都藏在树枝里,但可以看到他的眼睛在月光下闪闪发光,向外张望着。

那比尔博在哪儿?他什么树也爬不上去,在树干间跑过来,又跑过去,就像一只找不到洞的兔子,后面还有条狗在追。

"你又把飞贼丢下了!"诺瑞对多瑞说,他们低头往下看。

"我又不能一直背着他,下隧道背,上树也背!你以为我是什么人?搬运工吗?"多瑞说。

"我们要是撒手不管,他会被吃掉的。"索林说,现在嚎叫声已经响彻他们四周,而且越来越近了。"多瑞!"他喊道,因为多瑞所在的树最好爬,他离地面也最近,"快点,把巴金斯先生拉上来!"

多瑞虽然爱发牢骚,但确实是个正派的矮人。可即使他爬到最下面的树枝上,把胳膊尽量垂下去,可怜的比尔博依然够不着他的手。于是,多瑞便从树上爬了下来,让比尔博站在他的背上往上爬。

就在这时,群狼嚎叫着,小跑进了空地。突然有几百只狼眼齐刷刷地盯着他们。不过多瑞并没有让比尔博下来,他一直等到比尔博从他的肩膀爬到树枝上,他自己才向上一跃,也爬了上去。这还真是千钧一发!就在他向上爬的时候,一只狼咬住了他的斗篷,差点儿把他拽下去。不一会儿,就有一大群狼围着树叫了起来,蹦跳着扑向树干,它们的眼睛闪闪发光,舌头耷拉在嘴巴外面。

但是,即使是野生的座狼(大荒野边缘的恶狼就叫这个名字),也不会爬树。众人暂时还算安全。幸好天气和暖,没有风。任何时候,在树上坐太久都不会舒服,要是寒风吹着,还有恶狼在下面等着,可就苦不堪言了。

这片树木环绕的林间空地显然是狼群的聚集地。狼越聚越多。它们留下几只狼守在多瑞和比尔博所在的树下，然后四处嗅来嗅去，闻出了所有藏着人的树。它们在每棵树下面都派了狼守着，其余的狼（似乎有成百上千只）都到林间空地上围成一个大圈坐了下来。在圆圈的中央有一只体形巨大的灰狼。他用座狼那可怕的狼语对群狼说着什么。甘道夫懂它们的语言。比尔博听不懂，但他觉得这声音很可怕，仿佛群狼说的都是些残忍、邪恶的事，事实也的确如此。每隔一会儿，圈子里所有的座狼都会一起回应灰狼头领，它们的叫喊声太骇人了，霍比特人吓得差点儿跌下松树。

比尔博听不懂，甘道夫都听懂了，现在我来说说他都听到了什么。座狼和半兽人经常勾结在一起干坏事。半兽人通常不会冒险去离山脉太远的地方，除非是遭到驱赶，要去寻找新的家园，或是要去发动战争（我很高兴地说，这种情况已经很久没有发生过了）。但在那个年代，他们有时会大肆抢劫，特别是抢食物，或是抓奴隶来为他们做苦力。他们经常找座狼来帮忙，还把抢来的东西分给群狼。有时他们骑在狼身上，就像人骑在马上一样。现在看来，就在那天晚上，半兽人似乎又要去大肆抢劫了。座狼是来同半兽人碰头的，可半兽人迟到了。至于其中的原因，一方面当然是因为半兽人首领死了，另一方面也是因为矮人、比尔博和巫师引起了骚动，而半兽人很可能还在四处追捕他们。

尽管这片遥远的土地危险重重，勇敢的人们最近还是从南方回到了这里，他们砍伐树木，在山谷和河岸边比较宜人的森林中为自己建造住所。他们人数众多，不仅勇敢，而且装备精良，如果他们很多人在一起，或者在大白天，即使座狼也不敢轻易攻击他们。但现在，群狼计划伙同半兽人，趁夜袭击距离大山最近的几个村庄。假如计划得以实施，第二天那些村庄就连一个活口也不会剩下，所有人都将被杀，不过半兽人会从狼群那里截下一些俘虏，押回去关进他们的洞穴。

这番话听起来恐怖至极，不仅是因为勇敢的樵夫和他们的妻儿有可能惨遭屠戮，也因为甘道夫和他的朋友们正面临着危险。座狼在会面地点发现了他们，虽然很生气，却也想不通这是怎么一回事。它们还以为甘道夫一行是樵夫的朋友，是来暗中监视它们的，还会把它们袭击山村的消息通知山谷里的人，这样半兽人和群狼就得面对一场恶仗，不能趁人们还在睡梦中，轻易把他们抓走当奴隶，或是把他们吞进肚子里。因此，座狼不打算离开，那样树上的人就逃走了。它们要耗到第二天早上。它们说，到不了第二天早上，半兽人士兵就会从山上下来，他们不光会爬树，还可以把树砍倒。

现在你应该明白，甘道夫虽然是巫师，但听着群狼的咆哮和尖叫，为什么也怕得要死了，他觉得他们的境地糟透了，根本就没有逃脱的可能。他被困在一棵大树上，地上全是狼，虽然做不了什么，他还是不愿意任由它们为所欲为。他从树枝上收集了很多巨大的松果，用明亮的蓝色火焰点燃了一颗，嗖的一声扔进了狼群的圈子里。松果砸中了其中一只的后背，皮毛立即起火，它疼得跳来跳去，发出可怕的尖叫。接着，他又投出去几颗，一颗是蓝色火焰，一颗是红色火焰，最后一颗是绿色火焰。它们在圆圈中间的地面上炸开，迸发出五颜六色的火花，还冒出了滚滚烟雾。一颗特别大的松果砸中了头狼的鼻子，它蹿起来足有十呎高，接着，它又气又怕，围着圈子跑来跑去，又是撕又是咬，甚至咬伤了其他恶狼。

矮人们和比尔博都欢呼起来。暴怒的狼群异常恐怖，搅得整片森林都骚动不安。无论什么时候，狼都怕火，可眼前的火太过骇人，太过离奇。只要有火星溅到皮毛上，就会粘在上面，将皮毛烧穿，除非它们能快速打滚，不然很快就会被火焰吞噬。没过多久，整个林间空地上的狼都在不停地打滚，想把背上的火星扑灭，而那些身上已经起火的狼则在四处奔跑，嚎叫着，还引燃了其他狼的皮毛，最后，它们的朋友将它们驱走，它们便惨叫着逃下山坡，去找水灭火了。

"今晚森林里怎么这么吵？"巨鹰之王说。它盘踞在群山东部边缘一块孤岩的顶端，月光照在它漆黑的身上。"我听到狼群的声音了！是不是半兽人在森林里搞破坏了？"

它展翅腾空，两个护卫立即从左右两边的岩石上跟着飞了起来，跟在它后面。它们在天空中盘旋，俯视着围成一圈、看来就像下方远处一个小点的座狼。但鹰有敏锐的眼睛，可以看到远方很小的东西。迷雾山脉鹰王的眼睛可以一眨不眨地望着太阳，即使在月光下也能从一哩的高空看到地面上有兔子在动。所以，虽然它看不见树林里的人，但能分辨出狼群乱作了一团，能看见微弱的火光，还能听见从下面很远的地方隐隐传来的嚎叫。它还看到月光照在半兽人的长矛和头盔上，反射着光芒。这些邪恶的半兽人排成长龙，从正门悄悄走下山坡，蜿蜒进入树林。

鹰并不是友善的飞禽。有些鹰的确懦弱而残忍。但是，北方山脉这个古老的鹰族是禽类之王，它们骄傲、坚强、心地高尚。它们不喜欢半兽人，也不怕他们，要是发现了半兽人（这样的情况并不多见，它们不吃这种怪物），就会猛扑过去，吓得他们惊声尖叫，把他们赶回洞里，什么坏事都干不成。半兽人憎恨这些巨鹰，却也惧怕它们，他们够不到高处的鹰巢，无法将巨鹰赶出大山。

今晚，巨鹰之王满心好奇，想知道发生了什么事。于是，它召集了许多巨鹰，它们飞离山峰，慢慢地盘旋了一会儿，便向下飞向围成一圈的狼群和狼群与半兽人碰面的地点。

它们来得太及时了！下面发生的事太恐怖了。身上起火逃入森林的狼把林子里的好几个地方都点着了。时值盛夏，这片大山东侧有段时间没下过雨了。泛黄的蕨类植物、落在地上的树枝、高高堆起的松针，以及四处遍布的枯树，很快就燃起了熊熊火焰。大火在座狼所在的空地周围跃动。但是，狼群并没有离开树林。它们气得发了疯，围着树转了一圈又一圈，又是往上蹿，又是嚎叫，用它们可怕的语言诅咒矮人们，舌头耷拉在嘴巴外面，眼睛像火焰一样红彤彤的，闪着凶狠的光芒。

突然，半兽人尖叫着跑了过来。他们还以为群狼正在与樵夫交战，但很快就弄清了真实的情况。有些半兽人居然一屁股坐下，哈哈大笑起来。其他的则挥舞着长矛，用矛杆敲击盾牌。半兽人是不怕火的，他们很快就想出了一个在他们看来非常有趣的计划。

有些半兽人把座狼都召集在一起；有些把蕨类植物和灌木堆在树干周围；另一些则跑来跑去，不停地踩脚、拍打，把各处的火都扑灭了，却偏偏没有扑灭离矮人们所在的树最近的火焰，不仅如此，他们还朝火里扔树叶、枯枝和蕨类植物。没多久，矮人们就被一圈火焰和烟雾团团围住，半兽人还不让火圈向外扩散，而是慢慢向里合拢，最后，燃烧的火焰开始舔舐堆在树下的燃料。烟雾刺痛了比尔博的眼睛，火焰的热量直扑到他身上。透过滚滚浓烟，他能看到半兽人围成一圈不停跳舞，就像人们在仲夏夜围着篝火跳舞一样。在挥舞着长矛和斧头跳舞的战士圈外，群狼站在一段距离之外观察着，伺机而动。

他听见半兽人唱起了一首可怕的歌：

五棵冷杉树上有十五只小鸟，
它们的羽毛在狂风中乱搅！
但是，小鸟多滑稽，连翅膀都没长！
啊，我们该把这些奇怪的小东西怎么弄来尝？
把它们活活烤着吃，还是在锅里炖得稀巴烂？
把它们煎了，还是煮熟趁热往下咽？

然后他们停下舞步，大声喊道："飞走吧，小鸟们！飞走吧，只要你们有这个能耐！下来吧，小鸟们，不然的话，你们就要被烤熟在巢里啦！唱吧，唱吧，小鸟们！你们为什么不唱歌？"

"走开！小东西！"甘道夫大声答道，"现在不是掏鸟窝的时候。小东西调皮捣蛋玩火，当心吃不了兜着走。"他说这话是为了激怒他们，让他们知道他并不害怕，可事实上他虽然是个巫师，和半兽人对阵心里还是发怵的。不过他们没有理会，继续唱着歌。

树啊，蕨啊，烧吧，烧吧！
烧得皱缩，烧得焦黑！烧得就像一根嘶嘶响的火把，
照亮黑夜，让我们乐开怀，

呀嘿!

把它们烘啊，烤啊，把它们炸啊，烤啊!
烧掉它们的胡须，烧瞎它们的眼睛。
烧得它们的头发满是烟味，皮肤满是裂纹，
脂肪熔化，骨头变黑
　　化为一堆灰烬
　　在这天空下!
　　所以矮人都将送命，
照亮黑夜，让我们乐开怀，
　　呀嘿!
　　呀哈哩嘿!
　　呀嚯!

随着"呀嚯"声落下，火焰一下子烧到了甘道夫的那棵树下。眨眼的工夫，火焰也烧到了其他几棵树。树皮起了火，较矮的树枝噼里啪啦地烧着。

甘道夫爬上了树顶。他的魔杖突然发出一道闪电般的光芒，他准备从高处一跃而下，跳到手举长矛的半兽人之间。那样的话，他就算活到头了，虽然当他带着雷霆之势冲下去，能杀死不少半兽人。不过，他并没有跳下去。

原来就在这时,巨鹰之王从空中俯冲下来,爪子一伸,一把将他抓住,转瞬间就飞远了。

半兽人又是愤怒,又是震惊,不停地嗷嗷叫。巨鹰之王发出一声声长啸,这是甘道夫在跟它交谈。跟在他身边的巨鹰们仿佛一道道巨大的黑影,又俯冲下去。群狼大声嚎叫着,把牙齿咬得咯咯响。半兽人狂吼不止,气得直跺脚,把沉重的长矛抛向空中,可惜什么作用也起不了。群鹰向他们俯冲过去,漆黑的翅膀拍打着,扇起一阵阵劲风,不是将他们刮倒在地,就是把他们赶得远远的,它们还伸出鹰爪,对着半兽人的脸抓呀扯呀。其他巨鹰飞向树梢,抓起了壮着胆向高处爬的矮人们。

可怜的小个子比尔博差点又被丢下了!眼见着多瑞最后一个被巨鹰抓起来,比尔博费了九牛二虎之力,总算抓住了多瑞的腿。他们两个一起被带离了嘈杂的地面和燃烧的大火,比尔博在空中荡来荡去,胳膊都快断了。

此时,在下面很远的地方,半兽人和狼群在森林里四散奔逃。几只鹰仍在战场上空盘旋掠过。树木周围的火焰突然蹿到了最高的树枝上。火焰噼啪燃烧,向上蔓延,爆发出一阵阵火花和黑烟。比尔博逃得正是时候!

没过多久,下面的火光就暗淡了下去,漆黑的地面上只剩下点点红光。它们在高高的空中,不停地快速盘旋上升。比尔博永远也忘不了那次飞行,他死死抓着多瑞的脚踝,不住地呻吟:"我的胳膊,我的胳膊!"多瑞则呻吟着:"我可怜的腿,我可怜的腿!"

即使是在年富力强的年纪,只要一登高,比尔博也会头晕目眩。即便是从一个低矮的悬崖向下张望,他也感觉浑身不舒服。他向来不喜欢爬梯子,更别提爬树了(以前从不需要躲避狼群)。所以,你可以想象,当他从晃来晃去的脚趾间往下看,只见黑暗的大地在他身下张开,不时还可以看到满是岩石的山坡或平原上的溪流沐浴在月光之下,他的眼前有多少金星在乱转啊!

苍白的山峰越来越近了,笼罩在月光下的岩峰从黑影中直刺出来。不管是不是夏天,山上看起来都很冷。他闭上眼,不知道自己是否还能坚持下去。他想象着自己万一松了手会发生什么,想着想着,甚至感觉恶心想吐。

飞行终于结束了,对他而言时机正好,否则再多飞一会儿,他的手臂就该撑不住了。他倒吸了一口气,松开多瑞的脚踝,坠落在一个粗糙的鹰巢上。他躺在那里,一句话也说不出,一方面震惊于自己竟被救出了大火,另一方面则害怕从这个狭窄的地方摔下两侧深不见底的暗影当中。三天以来,他经历了一连串恐怖的冒险,几乎什么东西也没有吃,这会儿,他感觉脑袋昏昏沉沉的,不由自主地大声说道:"现在我总算知道一块咸肉突然被人用叉子从锅里叉起来,又重新放回架子上是什么感觉了!"

"算了吧，你才不知道！"他听见多瑞答，"咸肉很清楚自己迟早还会回到锅里去，但愿我们不必如此。再说了，巨鹰又不是叉子！"

"啊，不！一点也不像勺子……我的意思是，一点也不像叉子。"比尔博说着坐了起来，不安地看着栖息在旁边的大鹰。他不知道自己还说了些什么废话，那只大鹰会不会觉得这很粗鲁。可不能对鹰无礼，毕竟你只是个霍比特人，才那么点大，还要在高处的鹰巢里过夜！

那只巨鹰一会儿在一块岩石上磨鹰喙，一会儿梳理羽毛，并没有注意比尔博。

不久，另一只鹰飞了上来。"鹰王有令，要你把俘虏带到大岩架上去。"它说完呼啸一声就飞走了。剩下的巨鹰用爪子抓住多瑞，带着他飞入了黑夜当中，只留下比尔博一个人。他所剩无几的力气只够他思考信使所说的"俘虏"是什么意思，接着他开始琢磨轮到他的时候，他会不会像只兔子一样被撕碎，成为人家的晚餐。

巨鹰回来了，用爪子抓住他外衣的背面，飞入了空中。这次它只飞了一会儿。很快，比尔博就被放到了山坡一块巨大的岩架上，他吓得浑身哆嗦个不停。除非飞上来，否则根本没有路能上到这片岩架，而要想下去，则只有跳下悬崖这一个办法。他看到其他人都背靠岩壁坐在岩架上。巨鹰之王也在，它正与甘道夫说话。

如此看来，比尔博是不会成为别人的盘中餐了。巫师和鹰王似乎是旧相识，甚至还有点交情。事实上，甘道夫常在山里活动，曾经帮助过巨鹰，还为它们的鹰王治好了箭伤。所以你看，"俘虏"的意思只是"从半兽人手里解救出来的俘虏"，而不是巨鹰的俘虏。比尔博听了听甘道夫的话，这才意识到他们终于要真正地逃离这可怕的大山了。甘道夫正在和鹰王商量计划，要巨鹰们把矮人、他自己和比尔博送到山下，继续他们穿越平原的旅途。

鹰王不肯送他们到靠近人族居住的地方。"他们以为我们要抓他们的羊，就总拿紫衫木做的大弓射我们。"它说，"话说回来，他们平时这么以为其实也没什么问题。所以不行！我们很乐意破坏半兽人的如意算盘，也很乐意报答你，但我们不会为了几个矮人就飞去南部的平原，拿自己的性命冒险。"

"好吧。"甘道夫说，"你们最远能飞到哪里，就把我们送去那里好了！我们已经对你们感激不尽了。不过，我们还饿着肚子呢。"

"我都快饿死了。"比尔博说，他的声音太微弱了，别人都没听见。

"这件事嘛，就包在我们身上了。"鹰王说。

很快，你就能看到岩架上燃起了明亮的火焰，矮人们的身影在火堆周围动来动去，他们在忙着烧烤食物，一股烤肉的香味飘散开来。老鹰们带来了干树枝做燃料，还抓来了几只兔子和一只小绵羊。至于准备工作，都是由矮人们来完成的。比尔博身体太弱了，帮不了什么忙，况且无论是剥兔子皮还是切肉都不是他的拿手好戏。在家里的时候，一直都是肉铺把处理好的肉送到他家，他只要做熟就好了。欧因和格罗因弄丢了火绒盒（矮人们那时还没开始用火柴），甘道夫就帮忙生了火，那之后，他也一直在躺着休息。

迷雾山脉的探险至此画上了句点。很快，比尔博的肚子就吃得饱饱的，舒服自在的感觉又回来了，他觉得自己可以心满意足地睡上一觉了，虽然他其实更想吃黄油面包，而不是用树枝叉着的烤肉。他蜷缩在坚硬的岩石上，比在家中小洞里的羽毛床上睡得还香甜。不过，一整夜他都梦见自己在家里，穿梭在各个房间找东西，可他不仅没找到，还想不起要找的是什么。

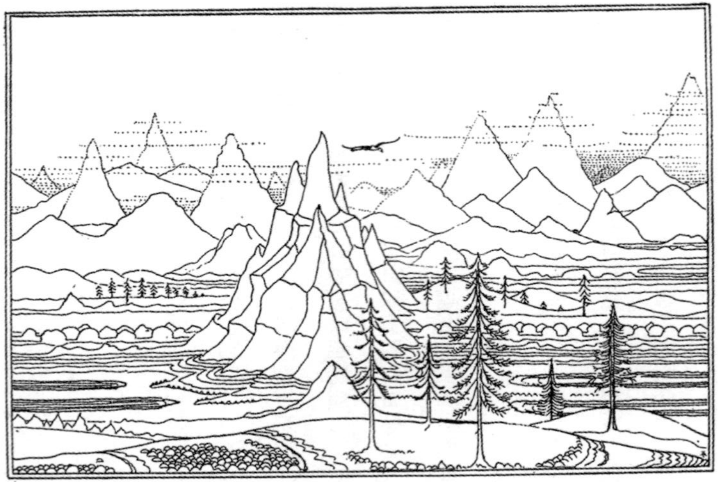

迷雾山脉的鹰巢，朝西正对着半兽人的大门

第七章
奇怪的住所

第二天一早,比尔博醒来,初升的太阳进入了他的眼帘。他一跃而起,想看看时间,再去把水壶烧上,却突然发现自己根本不在家。于是他坐下来,明知不可能,却还是盼着能好好洗漱一番。可惜他既不能洗也不能漱,更没有热茶、烤面包和咸肉做早餐,只能吃冷掉的羊肉和兔肉。吃完了,他就必须做好准备,再次上路。

这一次,他得到许可,可以爬到一只巨鹰的背上,抓着它的两只翅膀。一阵阵风吹过来,他连忙闭上了眼睛。十五只大鸟从大山一侧起飞,矮人们呼喊着告别,还保证只要能做到,他们一定会报答巨鹰之王。太阳仍在东方,早晨有点凉,薄雾弥漫在山谷里,有些山峰上云雾缭绕。比尔博睁开一只眼睛偷偷看去,发现群鹰飞得很高,世界离他们那么远,群山也在他们身后渐渐远去。他又闭上眼睛,抓得更紧了。

"别捏我!"驮着他的鹰说,"你也用不着吓得像只兔子吧,虽然你看上去倒是挺像兔子的。今天早晨天气不错,风也不大。还有什么比飞翔更美好的呢?"

比尔博本想说更好的是"洗个热水澡,在草坪上吃顿晚一点的早餐",但他觉得还是不开口为妙,只把手上的力道松开了一点点。

过了好一会儿,即使在高空中,巨鹰们也看到了目的地,便开始绕着很大的圈子盘旋向下飞去。它们这样飞了很久,最后,霍比特人终于再次睁开了眼睛。地面近得多了,下面的树看起来像是橡树和榆树,还有广袤的草原,一条大河蜿蜒流过。不过地面上矗立着一块巨大的岩石,说是一座小山丘也不为过。这块巨石正好处在河道上,河水绕过岩石继续流淌。这块岩石仿佛是远处群山的最后一个前哨站,也很像是被最厉害的巨人从很远的地方抛过来的。

巨鹰一个接一个迅速地飞到这块岩石的顶端,让身上的乘客下去。

"再见!"巨鹰们喊道,"无论到哪里,希望到了旅程的终点,你们都能回到自己的巢中!"巨鹰喜欢这样祝福彼此。

"愿你们羽翼下的风能带你们去太阳航行的地方,去月亮行走的疆域。"甘道夫也祝福了它们,他很清楚怎么说巨鹰听着最顺耳。

他们就这样分手了。后来巨鹰之王成为了万鸟之王,头戴一顶金冠,它手下的十五名首领则戴着金项圈(使用矮人送给它们的黄金打造而成),不过比尔博再也没见过它们,只是在五军之战期间,远远地看见它们从高空飞来。不过具体情况要在本书末尾才会讲到,在此就不赘述了。

这块巨石的顶端有一块平地,那有一条非常破旧、有许多台阶的小径一直通向河边,河对面是一片布满扁平巨石的浅滩,过了这片河滩就是草地。在石阶脚下,靠近石滩尽头的地方,有一个小洞穴(很干净,地上都是鹅卵石)。他们来到洞穴里,一起讨论接下来该怎么办。

"如果可能的话,我一直希望带你们平安翻过大山。"巫师道,"现在,在运筹帷幄之间,再加上很好的运气,我做到了。说实在的,我们现在所处的位置已经远远超出了我当初的设想,我原本没打算和你们一起向东边走这么远,毕竟这不是我的历险。在你们结束冒险之前,我也许会回来看看,不过我现在有别的要紧事去办。"

矮人们闻言无不呻吟哀叹,看起来非常痛苦,比尔博还哭了。他们都以为甘道夫会一路相伴,永远在一旁帮助他们脱离困境。"我也不是马上就走。"他说,"我可以再待一两天。也许我能帮你们把眼下的麻烦先解决了,因为我自己也需要一点帮助。我们没有食物,没有行李,没有小马可骑,你们也不清楚自己身在何处。不过我现在就可以为你们解答这个疑问。这里位于我们该走的那条小路以北,有几哩的距离,要不是我们匆匆离开了山口,我们本该走那条小路的。现下住在这一带的人很少,即便有,也是在我几年前离开这里后迁来的。但我认识一个人,他就住在附近。就是这个人在这块岩石上开凿了台阶,我还记得他管这块石头叫卡尔岩。他不常来这儿,尤其是在白天,所以在这里是等不到他的。事实上,在这里等反而非常危险。我们必须去找他。要是与他见面一切顺利,到时我就该和你们分道扬镳,像巨鹰们一样祝你们'一路顺风'了。"

他们求他不要离开,还提出从恶龙那里夺回金银珠宝后与他分享,但他说什么也不肯改变主意。"我们会再见面的,一定会的!"他说,"再说了,我觉得恶龙的金银珠宝本就应该有我一份,不过还是等你们拿到了再说吧。"

这之后,他们也就不再恳求了。众人脱下衣服去河里洗澡,这片河滩水很浅,十分清澈,有很多石头。这会儿阳光明媚,照在身上暖暖的,他们洗完了就把身体晒干,虽然浑身都疼,还有点饿,却都觉得神清气爽。很快,他们就背着霍比特人渡过了浅滩,开始穿越长长的绿草地,沿着枝杈粗壮的橡树和高大的榆树前进。

"为什么叫卡尔岩?"比尔博走在巫师身边问道。

"他叫它卡尔岩,因为他喜欢这么叫。他把这种东西都叫卡尔岩,那块岩石叫卡尔岩,是因为他家附近只有一块这种岩石,他很熟悉。"

"你口中给岩石起名字,又很熟悉那块岩石的人是谁?"

"我提到的这个人……是一个非常伟大的人。等我把你们介绍给他的时候,你们一定要谦恭有礼。我想我会慢慢地介绍你们,就两个一组吧。你们一定要小心,**千万**别惹他生气,否则只有天知道会发生什么。他要是发起脾气,后果可就严重了,不过他心情好的时候,倒也和善得很。可我还是要提醒你们,他这人动不动就爱发火。"

矮人们听到巫师和比尔博聊这件事,便纷纷围拢过来。"你现在带我们去找的,就是这个人吗?"他们问,"你就不能找个脾气随和点的人吗?你能不能解释得更清楚一些?"他们问了一大堆诸如此类的问题。

"没错,当然就是他!不,我不能!我已经解释得很清楚了。"巫师气哼哼地答,"如果你们非要多了解一点的话,那就告诉你们吧,他叫贝奥恩,非常强壮,是换皮人。"

"什么!他是皮货贩子吗?这些贩子就算不用兔子皮充当松鼠皮,也总是以次充好。"比尔博问道。

"天哪，不，不，不是，不是的！"甘道夫说，"巴金斯先生，请你控制自己，别冒傻气了。看在一切奇迹的分上，在他家方圆一百哩的范围内，都别再提'皮货贩子'这几个字了，也别说什么毛毯、毛披肩、皮手筒，反正这类字眼通通都不能提，不然会倒大霉的！他是换皮人。他能换皮。有时候，他是一头巨大的黑熊；还有时候，他是一个强壮的黑发巨人，胳膊又粗又壮，留着大胡子。我能说的就这么多了，不过知道这些已经足够了。有人说他是熊，祖先是在巨人来之前居住在山里的远古大熊。还有人说他是人，祖先是居住在此地的第一批人族，那时史矛革或其他恶龙尚未到来，半兽人也没来到北方的这片山地。至于真相如何，我也说不清，但我觉得第二种是真的。他这人不喜欢别人问他问题。

"不管怎么说，除了他自己的魔法，任何魔法对他都不起作用。他住在一片橡树林中，有一座大木屋。他以人的样子存在时，养了很多牛和马，它们几乎和他本人一样了不起。它们为他干活，和他交谈。他不会把它们吃掉，他也不捕猎或吃掉野兽。他还养了很多凶猛的大蜜蜂，他主要靠奶油和蜂蜜果腹。变成熊的样子时，他四处游荡。有一天晚上，我看见他独自坐在卡尔岩顶上，看着月亮向迷雾山脉沉落，听到他用熊的语言咆哮道：'总有一天，他们会灭亡，那时候就是我的归期了。'因此，我才相信他是从大山里来的。"

比尔博和矮人们现在有很多事需要考虑，便没有继续追问。未来还有很长的路要走。他们吃力地爬上山坡，爬下山谷。天气变得非常炎热。有时他们在树下休息，比尔博腹中饥饿难耐，要是树上的橡子熟了掉在地上，他一定会吃掉。

下午过了一半，他们才注意到周围出现了大片大片绽放的花朵，都是同一个品种生长在一起，好像是有人有意为之。尤其是三叶草，有一片片随风摆动的鸡冠三叶草，有紫色的三叶草，还有大片的白色三叶草，这种三叶草很矮，散发着香甜的蜂蜜味。嗡嗡声不绝于耳。无数的蜜蜂飞来飞去，忙个不停。蜜蜂太多了！比尔博从没见过这么多蜜蜂。

"要是有一只蜇我一下，"他心想，"我一准儿浑身肿得有两个自己那么大！"

这些蜜蜂比黄蜂还大。雄蜂的个头儿甚至比拇指都大很多，深黑色的身体上布满黄色的条纹，像燃烧的黄金一样闪闪发光。

"快到了。"甘道夫说，"这里是他的蜂场边缘。"

过了一会儿，他们来到了一条古老高大的橡树林带，后面是一道高高的多刺绿篱，既看不见绿篱后面是什么，也爬不过去。

"你们最好在这儿等着。"巫师对矮人们说，"我喊你们，或是吹口哨，你们再跟上来，就顺着我走的方向走。不过记住了,你们只能两个两个地过去,每次间隔五分钟。邦伯最胖,一个顶两个,所以他最好一个人去,还得排在最后。走吧,巴金斯先生!附近有扇门。"说完,他就带着吓坏了的霍比特人沿着树篱走了。

不久,他们来到了一扇又高又宽的木门前,可以看到门后是个花园和一片低矮的木造建筑,有些屋顶铺着稻草,用粗糙的圆木盖成:有谷仓、马厩、棚屋,还有一栋长而矮的木屋。大树篱的南面立着一排排蜂箱,顶部是钟形的,用稻草做成。巨大的蜜蜂飞来飞去、爬进爬出,嗡嗡声响彻四周。

巫师和霍比特人推开那扇吱吱作响的沉重大门,沿着一条宽阔的小路朝房子走去。有几匹马在草地上小跑着,它们膘肥体壮,皮毛梳得很整齐,脸上闪动着智慧,马儿专注地看了他们一会儿,便向建筑飞奔而去。

"它们是去通知他有陌生人来了。"甘道夫说。

不一会儿,他们来到一个院子里,场院的三面分别是长木屋和两栋耳房。院中间倒着一棵巨大橡树的树干,边上堆着许多砍下来的树枝。一个身形巨大的男人站在树边,他留着浓密的黑胡子和头发,粗壮的胳膊和双腿裸露在外,可以看到发达的肌肉。他穿着一件长及膝盖的羊毛外衣,倚在一把大斧头上。马儿站在他身边,鼻子抵着他的肩膀。

"哎!他们来了!"他对马儿说,"看起来倒也没什么危险。你们可以走了！"他哈哈大笑，放下斧头，走上前来。

"你们是谁，来干什么？"他粗声粗气地问道，他站在他们面前，比甘道夫还高得多。至于比尔博，他完全可以轻松地从此人的两腿间小跑过去，就算不低头，也不会碰到他那件棕色外衣的边缘。

"我是甘道夫。"巫师说。

"没听说过。"那人咆哮道，"这个小家伙是什么？"他说着弯下腰，打量着霍比特人，两道浓密的黑色眉毛皱在一起。

"这位是巴金斯先生，他是霍比特人，家世良好，名声清白。"甘道夫说。比尔博鞠了一躬。他没有帽子，无法脱帽致意，他还知道自己的纽扣掉了好几颗，不禁有些难为情。"我是个巫师。"甘道夫继续说，"即便你没听说过我，但对你的大名，我却如雷贯耳。不过，也许你听说过我的好表弟瑞达加斯特？他就住在黑森林的南部边界附近。"

"这倒是听说过。在我看来，以巫师的标准来说，他还不赖。我以前偶尔与他碰面。"贝奥恩说，"好吧，现在我知道你是谁了，不，应该说，我知道你自报的身份了。你们来这里，到底想干什么？"

"老实告诉你吧，我们丢了行李，还差点迷了路，所以急需帮助，就算没有帮助，能得到一些建议也是好的。可以说，我们在山里和半兽人大战了一场。"

"半兽人？"大块头的语气没那么粗暴了，"哦嚯，这么说来，你们的麻烦是他们造成的了？你们怎么会去他们的地盘？"

"我们不是故意的。我们夜里正穿过一个山口，他们却来突袭。我们是从西方大地一路来到这里的，不过这事可就说来话长了。"

"那你最好进来给我讲讲，但愿不必花上一整天。"大块头男人带他们穿过一扇黑洞洞的门，从院子走进屋里。

他们跟着他来到一个宽阔的大厅，大厅中间有一个地炉。虽然正值夏季，地炉里还是有一堆柴火在燃烧，浓烟升到被熏黑的橼子上，从屋顶的一个开口飘了出去。他们穿过这个只由炉火和上方开口照亮的昏暗大厅，穿过另一扇较小的门，来到一个看起来像是游廊的地方，这里用一些树干做成的木柱支撑。游廊朝南，依然很暖和，洒满了斜射进来的夕阳的光芒，金色的阳光照在种满鲜花的花园里，花朵一直延伸到游廊的台阶。

他们坐在木头长椅上，甘道夫开始讲述他们的经历，比尔博的两条腿悬着，晃来晃去，他打量着花园里的花朵，琢磨着它们叫什么名字，有一半花儿他以前都没见过。

"我和一两个朋友翻越大山……"巫师说。

"一两个？我只看到一个，还是个小个子。"贝奥恩说。

"好吧，实话告诉你，我们有很多人，不过我想先确定你忙不忙，免得打扰到你。如果可以的话，我可以招呼他们进来。"

贝奥恩家的大厅

"那就招呼吧。"

甘道夫吹了一声又长又尖的口哨,不久,索林和多瑞就从花园小径绕过房子过来,在他们面前鞠躬致敬。

"我明白了,你不该说一两个,应该说三个!"贝奥恩道,"不过他们不是霍比特人,他们是矮人!"

"索林·橡木盾愿为你效劳!多瑞愿为你效劳!"两个矮人又鞠了一躬。

"我不需要你们为我效劳,谢谢。"贝奥恩说,"但我估摸你们需要我为你们效劳。我不太喜欢矮人。但假如你真是索林(相信你就是瑟莱因之子,瑟罗尔之孙),你的同伴值得尊敬,假如你与半兽人为敌,还不会在我的地盘上捣乱,那么……顺便问一句,你们此行的目的地是哪里?"

"他们要去祖先生活过的土地,就在黑森林的东边。"甘道夫插口道,"我们闯入你的地盘,纯属意外。当时我们正在穿越高山山口,从那里可以到你的地盘南边的一条大路,可就在这个时候,我们受到了邪恶半兽人的攻击……我刚才就是讲到了这里。"

"那就继续讲吧!"贝奥恩说,他向来不太有礼貌。

"后来下了一场很大的暴风雨,石巨人还扔石头,我们只好去山口上的一个山洞里躲躲。我、霍比特人和几个同伴……"

"不是两个吗?怎么又说几个?"

"啊，事实上，不止两个。"

"那他们在哪儿？被杀了，被吃了，还是回家了？"

"不是的。我刚才吹了口哨，不过他们并没有全都过来。想必是害羞吧。你知道，我们非常担心我们人太多，你不愿意招待。"

"你就再吹一次口哨吧！看来我要办聚会了。多一两个也没关系。"贝奥恩咆哮道。

甘道夫又吹了口哨。不过没等他把口哨吹完，诺瑞和欧瑞就到了，如果你还记得的话，甘道夫让他们每五分钟就来两个。

"你们好！"贝奥恩说，"来得真快……刚才藏在哪里了？是从弹跳玩偶盒里跳出来的吧！"

"诺瑞愿为你效劳！欧瑞愿为……"他们说，可贝奥恩打断了他们。

"谢谢你们！要是什么时候需要你们效劳，我会开口的。坐下吧，继续讲故事，不然还没讲完就到吃晚饭的时间了。"

"我们刚睡着，"甘道夫接着说，"山洞后面就出现了一条裂缝。半兽人冲了出来，抓住了霍比特人和矮人，我们的一群小马也被抓了……"

"一群小马？你们是干什么的来着，巡回马戏团？还是你们带了很多货物？要不就是你向来都把六个称为一群？"

"啊，不是的！事实上，我们的小马不止六匹，因为我们不止六个人……啊,又来了两个!"就在这时,巴林和杜瓦林出现了,他们深深地鞠了一躬,甚至胡子都扫过了石头地面。大个子男人一开始皱着眉头,但他们尽量表现得彬彬有礼,不停地点头、弯腰、鞠躬,在膝盖前方挥动兜帽(这是矮人的礼仪),过了一会儿,他紧皱的眉头总算松开了,还咯咯地笑了起来:他们看上去真滑稽。

"确实是一群。"他说,"还是很滑稽的一群。请进来,我的伙伴们,你们叫什么名字?我暂时不需要你们效劳,只想知道你们的名字。坐下吧,别再来回晃了!"

"我们是巴林和杜瓦林。"他们不敢生气,只能这么说,接着扑通一声坐在地上,显得相当惊讶。

"现在继续讲吧!"贝奥恩对巫师说。

"我讲到哪里了?啊,对了,他们没有抓住我。我用闪光打死了一两个半兽人……"

"很好!"贝奥恩咆哮道,"这么看来,巫师还是有点用的。"

"趁着裂缝还没合上,我就溜了过去。我跟着他们来到山底的大殿,里面挤满了半兽人。半兽人首领就在那里,他手下有三四十个全副武装的护卫。我心想,'即便他们没有全被锁链锁在一起,一打的人对付得了这么多半兽人吗?'"

"一打!我第一次听到有人管八个叫一打。或者说,还有玩偶没从盒子里跳出来？"

"没错，我想现在就又来了两个，他们是菲力和奇力。"甘道夫说，他们两个走过来，微笑着站在那里鞠躬。

"够了！"贝奥恩说，"坐下吧，安静点！快讲，甘道夫！"

于是甘道夫继续讲了下去，讲到黑暗中与半兽人大战、发现了那扇低矮的门，以及后来发现巴金斯先生失踪，他们全都吓坏了。"我们清点了人数，却发现没看见霍比特人。我们只剩下十四个人了。"

"十四个！我还是第一次听到十个人少了一个，竟是十四个。你是想说九个人吧，还是你没有把你们所有人的名字都告诉我。"

"你当然还没见过欧因和格罗因。啊，真是太棒了！他们来了。希望你不会怪他们打扰你。"

"让他们都来吧！快点！来吧，你们两个，坐下！可是你看，甘道夫，现在还是只有你和十个矮人，以及那个走丢过的霍比特人。算来算去也只有十一个人和一个走丢的霍比特人，不是十四个，除非巫师数数的方式和其他人不一样。不过现在请接着讲故事吧。"贝奥恩表面上不露声色，但实际上已经开始产生浓厚的兴趣。要知道，在过去，他对甘道夫描述的那部分山脉非常熟悉。当他听说霍比特人又出现了、他们爬下岩石崩落的山坡、群狼在树林里将他们团团围住时,他点了点头,还咆哮了一声。

听到甘道夫说起众人爬到树上,而座狼则聚在树下,贝奥恩猛地站起来,大步走来走去,嘴里嘟囔道:"我当时要是在场就好了!那我赏给他们的,就不只是烟花了!"

"是呀。"甘道夫说,很高兴看到自己的故事给对方留下了好印象,"我已经尽力了。树下的狼群发了狂,森林里好多地方都起了火,后来半兽人从山上下来,发现了我们。他们高兴得大喊大叫,还唱歌取笑我们。五棵冷杉树上有十五只小鸟……"

"天哪!"贝奥恩咆哮道,"可别假装半兽人不会数数。他们可会数哩。十二和十五可不一样,他们清楚得很。"

"我也清楚得很。还有比弗和波弗。我一直没敢介绍他们,不过他们来了。"

比弗和波弗走了进来。"还有我!"邦伯气喘吁吁地跟在后面。他胖乎乎的,气不过被安排在最后一个,说什么也不肯再等五分钟,便跟在另外两个人后面走了过来。

"好吧,现在你们有十五个人了。既然半兽人会数数,我想上过树的人都在这里了。现在,也许我们可以把故事讲完,不必再受打扰了。"巴金斯先生这才看出甘道夫有多聪明。一次又一次打断,其实是想吸引贝奥恩对故事更感兴趣,而为了听故事,他才没有立刻把矮人们像可疑的乞丐一样打发走。他从不邀请别人来家里做客,对此是能免则免。他的朋友不多,他们都住在非常远的地方。他每次只邀请两三个人来家里做客。而现在，竟然有十五个陌生人坐在他家的游廊上！

等到巫师讲完故事，讲了巨鹰怎么把他们救出来，又怎么把他们送到卡尔岩，太阳已经落到了迷雾山脉的山峰后面，贝奥恩的花园中出现了长长的阴影。

"故事不错！"他说，"我很久都没听过这么好的故事了。如果所有的乞丐都能讲出这样精彩的故事，我肯定出手更慷慨。当然，这一切可能都是你编造的，但你们仍然有资格为这个故事得到一顿晚餐。我们吃点东西吧！"

"好啊，来吧！"他们异口同声地说，"非常感谢！"

大厅里一片漆黑。贝奥恩拍了拍手，四匹漂亮的白色小马和几条身体很长的灰色大狗小跑了进来。贝奥恩用一种奇怪的语言对它们说了些什么，听来很像动物的叫声。它们出去了，不一会儿便叼着火把回来，用炉火点燃火把后，将其插在中央地炉周围立柱上的低矮支架里。这几只狗要是愿意，就能用后腿站立，用前面的爪子拿东西。它们很快从旁边的墙上取来木板和支架，在火旁搭起了桌子。

随着一阵"咩咩咩！"的声音，一只黑色的大公羊带着几只雪白的绵羊走了进来。一只羊身上还驮着一块白色的桌布，边缘绣着动物图案，其他几只宽阔的背上则驮着托盘，上面放着碗、大浅盘、刀子和木勺,狗接过餐具,很快就摆在了搁板桌上。桌子非常低,即使比尔博坐在桌边也很舒服。在它们旁边,一匹小马推来了两条低矮的长凳,宽大的凳面是用灯芯草编织而成的,凳子腿又短又粗,是给甘道夫和索林坐的。小马把贝奥恩那把灰色大椅子放在桌子的另一头,椅子和长凳的式样都是一样的(贝奥恩坐在椅子上,两条粗壮的腿伸到桌子下面)。这些是大厅里的全部座椅,现在都搬了出来。贝奥恩把椅子做得和桌子一样低矮,八成是为了方便那些奇妙的动物服侍他。那其他人坐什么呢?他们并没有受到怠慢。其他小马滚着圆鼓形的木桩走了进来,木桩都打磨得很光滑,还非常矮,就连比尔博也可以坐上去。很快,他们就都坐在贝奥恩的桌旁,大厅里已经有好多年没有举办过这样的聚会了。

他们在那里吃了一顿晚饭,自从与埃尔隆德道别、离开西方最后庇护所以来,这还是他们第一次吃上一顿像样的饭菜。火把和炉火的光芒在他们周围摇曳,桌上燃着两支高高的红蜡烛。用餐期间,贝奥恩一直用他那低沉而浑厚的嗓音,讲述着大山这边的荒野上的故事,尤其是那片黑暗而危险的森林。那片森林纵贯南北,骑马一天才能穿过,就挡在他们前往东方的道路之上。那里就是危险恐怖的黑森林。

矮人们一边听着,一边抖动着胡须,他们知道自己很快就将进入那片森林。如今迷雾山脉已过,而要直捣龙穴,就必须穿越黑森林这个最危险的地方。吃完饭,他们讲起了自己的故事,但贝奥恩似乎越来越困,没怎么留意听。他们一张嘴就离不开黄金、白银、珠宝、锻造手艺什么的,而贝奥恩似乎对这些东西并不感兴趣:他的大厅里没有金银物品,除了刀子,几乎没有什么是金属做的。

他们在桌边坐了很久,端着木碗喝蜂蜜酒。外面的天黑了下来。大厅中央的炉火添了新柴,火把也已经熄灭了。火焰闪动,他们仍然坐在火光里,屋柱高高耸立在他们身后,屋顶黑乎乎的,像是在长满树木的森林。不管是不是魔法,比尔博都觉得自己好像听到橡子上响起了风吹过树枝的声音,还有猫头鹰的叫声。不久,他打起了瞌睡,那些声音似乎越来越远了,可他突然又惊醒过来。

大门嘎吱一声开了,接着砰的一声关上。原来是贝奥恩出去了。矮人们盘腿坐在火堆周围的地板上,不一会儿便唱起了歌。有些歌词是这样的,但这只是其中一部分,他们一直唱了许久。

风吹过枯萎的荒原,
但在森林里,没有一片树叶被风搅乱。
日日夜夜,那里黑影不曾散开,
邪祟之物无声地在暗影下方爬行。

山上袭来寒风阵阵,

如潮水一般咆哮狂奔。

树枝在呻吟,森林在呜咽,

树叶落在泥土之上。

风从西刮向东,

森林里的一切活动都已止终。

但风穿过沼泽,尖锐而刺耳,

风声呼啸,阵阵不绝。

草儿嘶嘶,穗子吹弯了腰,

芦苇咔咔,狂风从未有片刻停消,

掠过颤动的冰凉水池,

在那里,疾驰的云被风吹得四分又五裂。

风吹过光秃的孤山,

掠过恶龙的巢穴。

那里一片漆黑,布满黑黢的巨石,

空中弥漫着烟雾。

风离开了世界,驰骋空中,

吹过夜晚宽阔的海面。

月亮在狂风中扬帆，

星辰吹动，发出跳跃的光芒。

比尔博又开始打盹了。甘道夫突然站起来。"我们该睡觉了。"他说，"我是说我们，但我想这其中不包括贝奥恩。在这个大厅里，我们可以安安稳稳地休息，但我提醒各位，不要忘记贝奥恩离开我们之前说过的话：太阳升起之前，不要去外面游荡，否则会有危险。"

比尔博发现，在大厅一侧，柱子和外墙之间一个凸起的平台上已经铺好了床。他的床上有一张小小的草垫和几条羊毛毯子。尽管现在是夏天，他还是很高兴地躺在上面，盖上了毯子。小火燃烧着，他进入了梦乡。可到了夜里，他醒了过来。火里只剩一些余烬。从呼吸可以判断，矮人们和甘道夫都睡着了。月亮高挂在空中，透过屋顶上的出烟孔，一抹青白的月光倾泻在地板上。

外面传来一声咆哮，还有大型动物在门口拖着脚走路的窸窣声。比尔博不知道是怎么回事，是不是贝奥恩变成了熊，要进来杀掉他们。他赶紧钻到毯子下面蒙住头，尽管很害怕，最后还是睡着了。

比尔博醒来时，天光已经大亮了。一个矮人从他躺着的阴影里经过,被他绊了一跤,砰的一声从平台滚到了地板上。原来是波弗。比尔博睁开眼睛,就见到他在发牢骚。

"起来吧,懒虫。"他说,"不然早餐一点都不剩了。"

比尔博立刻跳了起来。"早餐!"他叫道,"早餐在哪里?"

"大部分都在我们的肚子里。"在大厅里走来走去的其他矮人答,"不过剩下的都在游廊。出太阳后,我们一直在找贝奥恩,可到处都不见他的影子,不过我们一出门就发现早餐已经摆好了。"

"甘道夫呢?"比尔博一边问一边以最快的速度去找吃的。

"啊!他出去了。"他们告诉他。但到了傍晚,他才再次见到巫师。快到日落的时候,他走进了大厅,霍比特人和矮人们正在那里吃晚饭,贝奥恩那些神奇的动物则在服侍他们,整整一天,它们一直侍奉左右。至于贝奥恩,从昨天晚上开始,他们既没看见他,也没听到关于他的消息,他们都弄不清这是怎么回事。

"主人家呢?你一整天都跑到哪里去了?"他们一起喊道。

"一次问一个问题……等我吃完了晚饭再问!早饭后我连一口东西也没吃过。"

最后,甘道夫终于推开了盘子和酒壶。他吃了整整两条面包(涂满了黄油、蜂蜜和凝脂奶油),还喝了至少一夸脱的蜂蜜酒。他掏出了烟斗。"我要先回答第二个问题。"他说，"……天哪！这地方太适合吐烟圈了！"确实，有很长一段时间，他们从他嘴里连一个字都没问出来。他只顾着吐出一个又一个烟圈，让它们在大厅立柱之间绕来绕去，把它们变成各种各样的形状和颜色，最后把它们一个接一个地送出屋顶的通风口。它们接连飘到外面，有绿的、蓝的、红的，还有银灰的、黄的、白的，从外面看一定很奇怪。有的大，有的小，小的从大的里面穿过，合在一起，组成数字8的形状，又像一群鸟飞向远方。

"我去追踪熊了。"他终于说，"昨晚一定是大熊们定期见面的日子。我很快就发现有很多头熊，大小都有，不可能全是贝奥恩一个人变出来的。应该说，有的熊很小，有的熊很大，有的熊很普通，还有的熊个头巨大，它们都在外面跳舞，从天黑一直跳到快天亮。它们来自四面八方，但除了河对岸的西边，也就是迷雾山脉所在的方向。在那个方向，只有一组脚印，是从这里往那边走的，而没有从那里来的足印。我跟着那些脚印一直走到卡尔岩。到了那里，脚印延伸到河边就不见了，不过卡尔岩另一边的河水太深，水流又太急，我过不去。你们应该还记得，顺着浅滩从这边的河岸到卡尔岩很好走，但卡尔岩的另一边是一个悬崖，那边的河道满是漩涡。我走了好几哩，河水才浅了一些，但那里的水面很宽，我又是涉水，又是游泳，总算过了河，然后，我又往回走了好几哩，才再次找到了熊的痕迹。到那时，我已经跟不上了。那些脚印径直朝迷雾山脉东侧的松林延伸，而前一天晚上正是在那里，我们与座狼有一次愉快的小聚会。现在，我想你们的第一个问题也得到了答案。"甘道夫说罢，静静地坐了好一会儿。

比尔博觉得自己明白了巫师的意思。"如果他把座狼和半兽人都引到这里来，我们该怎么办？"他大声道，"我们都会被抓住，丢掉小命的！我记得你说过他不是他们的朋友。"

"我确实说过。别傻了！你最好去睡觉，你的智慧困了。"

霍比特人沮丧极了，再加上没有别的事可做，只好上床睡觉。矮人们还在唱歌，他则沉沉睡去，小脑袋还在为贝奥恩的事而困惑。他做梦了，梦中有成百上千只黑熊在月光下的院子里缓慢而费力地跳着舞。后来，他醒了过来，其他人则睡着了，他又听见了那种刮擦声、拖脚声、鼻息声和咆哮声。

第二天早上，贝奥恩亲自叫醒了他们。"你们还在啊！"他说着揪起霍比特人，哈哈大笑着说，"看来还没有被座狼、半兽人或邪恶的熊吃掉。"他非常无礼地戳了戳巴金斯先生的马甲。"小兔子吃了面包和蜂蜜，面色好了，又长胖了。"他咯咯笑着，"来吧，再吃点！"

于是他们一起去吃早餐。贝奥恩像是变了个人，十分开朗活泼。的确，他似乎心情很好，讲了许多有趣的故事，把大家都逗笑了。至于他去了哪里，为什么对他们这么好，他们并没有困惑太久，很快他自己就一一道了出来。原来他过了河，去了迷雾山脉，从这里你可以猜到，他变成熊后赶路的速度非常快。他看到座狼聚集的空地被烧得焦黑，立即确认甘道夫的故事有一部分是真的。但他发现的不止这些。他还抓住了在森林里游荡的一头座狼和一个半兽人，从他们口中探到了一些消息：半兽人的巡逻队仍在和座狼一起搜捕矮人们。半兽人首领死了，半兽人怒不可遏，座狼首领的鼻子被巫师放的火烧伤了，它的很多得力手下也被烧死了，它们也气得够呛。贝奥恩只从他们口中逼问出这些，但他猜测还有比这更邪恶的事情在进行：整个半兽人军队及其座狼盟友可能很快就将进入大山阴影下的土地，发动一场大规模的突袭，他们要搜寻矮人，或者向居住在那里的人族和生物，以及他们认为在庇护矮人的人们，展开复仇。

"你们的故事很不错。"贝奥恩说，"现在确定故事是真的，我就更喜欢了。你们务必要原谅我之前不相信你们的话。但凡住在黑森林的边缘，就不可能轻信任何人，除非是你的兄弟或关系更亲近的人，你很了解他们。事实上，我只能说我已经尽可能快地赶回家来确认你们的安全，并尽我所能为你们提供任何帮助。从此以后，我对矮人的印象会更好。他们居然杀死了半兽人首领，杀死了半兽人首领！"他大笑起来。

"你把抓住的半兽人和座狼怎么了？"比尔博突然问道。

"来看看吧！"贝奥恩说。他们跟着他绕过房子，只见一个半兽人的脑袋插在门外，远处的一棵树上则钉着一张狼皮。贝奥恩真是个厉害的敌人。但现在他是他们的朋友了，甘道夫觉得最好还是把整个故事和这次远征的目的向他道明，这样他们才能得到他所能提供的最大帮助。

贝奥恩答应为他们提供的帮助包括：他会给他们每人准备一匹小马，给甘道夫准备一匹高大的骏马，让他们骑着前往森林。他还会给他们带上大量的食物，只要精心分配，足够他们吃上几个礼拜，他还将尽量把食物包装得便于携带，包括坚果、面粉、装在密封罐里的干果、装在红色陶罐里的蜂蜜，还有烘焙过两次的蛋糕，可以保存很长时间，只要吃上一点，他们就有体力走很久。至于蛋糕是怎么做出来的，就是他的秘密了，不过里面含有蜂蜜，他家的大多数食物里都含有蜂蜜，吃起来美味可口，不过吃了会感到口渴。他还说，在森林的这一侧，他们不必带水上路，沿路有不少小溪和泉水。"但进入黑森林后，里面很黑，危险重重，很不好走。"他说，"在那里，水很难找，食物也不容易找。现在还不到坚果成熟的季节（不过不等你们到另一边，坚果季节就可能已经过去了），而黑森林里生长的东西，只有坚果适合吃。在森林之中，野兽都很邪恶，怪异而凶猛。我会给你们带上一些用来装水的皮囊，还会给你们一些弓箭。我知道那儿有一条河，水是黑的，水势很猛，正好横贯你们要走的路。绝不能喝河里的水，也不能在河里洗澡。听说那是一条魔河，河水能叫人昏昏欲睡，还会让人忘事。森林里暗影幢幢，照我估计，你们无论射杀什么东西，不管能不能吃，都会使你们偏离正途。所以不管出于什么原因，你们都绝对不能那么干。

"我能给你们的建议就是这些了。一旦进入了黑森林，我就没什么能帮你们的了。到时候就看你们自己的运气和勇气，以及我给你们带上的食物了。在进入森林之前，就把我的大马和小马打发回来。我祝你们一切顺利，假如你们回来的时候还路过这里，随时欢迎你们来我家做客。"

众人对他表示了感谢，鞠了很多次躬，把兜帽从膝盖前扫过很多次，说了很多次"愿为你效劳，宽大木厅的主人家！"。不过，贝奥恩把黑森林说得这么可怕，他们都有些萎靡不振，觉得这次历险比他们想象的要危险得多，而且，即使他们成功地闯过了一路上所有的难关，最后还有恶龙在等待他们。

整个上午他们都在忙着准备。中午过后不久，他们和贝奥恩一起吃了最后一顿饭，饭后，他们骑上了贝奥恩借给他们的骏马，和他告别了许多次，这才出了他家的大门，奔驰而去。

他们离开了贝奥恩那用篱笆围起来的领地，出了高大的树篱，转向北方，然后向西北方向前进。按照他的建议，他们不再从他的土地以南，走那条通往森林的大路。假如走这条山道，就会遇到一条从山上流下来的小河，这条河将汇入卡尔岩以南几哩处的一条大河。在河水的交汇处,有一片水很深的河滩,那时如果小马还在的话,他们倒是可以穿过河滩,越过浅滩后,有一条小路通向森林的边缘,古老森林小路的入口就在那里。但贝奥恩警告他们,现在半兽人常走那条小路。而他听说,那条森林小路的东端杂草丛生,无人使用,通向无法通行的沼泽,而到了沼泽附近,就没有路可走了。黑森林东面的出口向来距离孤山以南最远,所以即便出了黑森林,他们依然需要继续向北艰难跋涉,走很长一段路。而在卡尔岩以北,黑森林的边缘距离大河的边界比较近,虽然这里距离迷雾山脉也比较近,但贝奥恩还是建议他们走这条路。骑马向卡尔岩正北方向走上几天,就能来到一条鲜为人知的小路,从这条小路穿越黑森林,可以直达孤山。

"半兽人不敢在卡尔岩以北一百哩的范围内渡过大河,也不敢靠近我的房子,这里晚上戒备森严!"贝奥恩说,"不过要是我的话,我会快马加鞭。他们若是真要发动突袭,就会过河南下,把森林边缘的所有地方都扫荡一空,很可能就此截断你们的去路,而座狼跑起来可比小马快多了。然而,你们往北走依然比较安全,虽然看起来好像你们是绕了回去,距离他们的要塞更近了。那里是他们最意想不到的地方,他们要绕很多路,才能赶上你们。现在就启程吧,越快越好!"

正因如此,他们现在才不声不响地策马而行,只要是平坦的草地,他们就飞奔赶路,他们的左边是黑黢黢的山峦,远处大河和树木的线条越来越近。出发时，太阳刚刚滑向西方，在傍晚之前，他们周围的大地都笼罩在金色的阳光下。景色如此瑰丽，确实很难想象半兽人就在后面穷追不舍。离开贝奥恩家几哩后，他们又开始聊天、唱歌，忘记了很快就将进入漆黑的林间小路。不过，到了黄昏时分，暮色四合，群山巍峨耸立，一座座山峰在夕阳的映衬下显得格外险恶，他们扎了营，还派人放哨，大多数人都睡得很不安稳，梦见狼群出来狩猎，嚎叫不止，半兽人呼喊着杀将过来。

然而，到了第二天早晨，天气还是那么晴朗，万里无云。地面上笼罩着一层秋日才有的白色薄雾，有些寒气逼人，但不久，红色的太阳从东方升起，雾散了。影子还很长的时候，他们便上路了，骑马又走了两天，在这段时间里，他们看到的只有草、花、鸟和零星的树木，偶尔还能看到小群的马鹿中午在树荫下吃草或卧倒。有时，比尔博看到雄赤鹿的鹿角从茂密的草丛中伸出来，起初他还以为那是枯树枝。到了第三天晚上，他们迫不及待地继续赶路，因为贝奥恩说过，他们必须在第四天尽早到达森林的入口，所以黄昏过后，他们依然骑马向前走，一直走到黑夜笼罩，月亮升了起来。天色渐暗，比尔博好像看到一头大熊朝着与他们相同的方向潜行，时而在右边，时而在左边。可当他鼓起勇气把这个发现告诉甘道夫，巫师只是回答说："别吭声！不要多事！"

第二天，晚上他们只休息了很短一段时间，天还没亮就又出发了。天色亮起来后，可以看到黑森林就在前面迎接他们，或者说，黑森林就如同一堵黑色的高墙矗立在他们面前，看起来凶险万分。地势开始越来越陡，霍比特人感觉到四周越来越安静。鸟鸣声少了。不再有鹿出现，甚至连兔子都没了。到了下午，他们来到了黑森林的边缘，在森林外沿的巨大树枝下面休息。这里的树木树干粗壮，长满瘤节，枝权是扭曲的，叶子又黑又长。藤蔓爬满树身，还拖在了地上。

"好了，黑森林到了！"甘道夫说，"这里就是北方世界最大的森林。但愿你们喜欢它的样子。现在必须把借来的这些能干的小马打发回去了。"

矮人们听了这话都想发牢骚，但巫师提醒他们别犯傻。"贝奥恩离我们并不像你们以为的那么远，不管怎样，你们最好信守诺言，毕竟与他为敌，纯属自找苦吃。巴金斯先生的眼神可比你们锐利多了，他看到每天天黑后都有一只大熊跟着我们，要不就是远远地在月光下留意着我们的营地。这不仅是在保护你们，引导你们，也是为了照看小马。贝奥恩是你们的朋友，但他也爱自己的牲畜，就像爱自己的孩子一样。你们根本猜不到，他允许矮人把小马骑得这么快，赶这么远的路，已经讲了多大的情面，可要是你们骑马进森林，你们也猜不到自己会落得怎样的下场。"

"那你的马呢？"索林道，"你没有提到把它也打发回去。"

"的确没有，因为我不会把它打发回去。"

"你这不也是违背诺言了吗？"

"我自有道理。我不会把马打发回去，我要骑着它走！"

这时，众人才明白甘道夫要在黑森林的边缘与他们分道扬镳，不禁感到绝望至极。但无论他们说什么，他都不可能改变主意。

"刚到卡尔岩的时候，这件事就已经说好了。"他说，"现在争论根本没意义。我告诉过你们，我去南方办很重要的事。我一路护送你们，已经耽搁了很多时间。在一切结束之前，我们也许还能再见面，当然也有可能再也不会碰面。这要看你们运气如何，有多大的勇气，有多少智慧了。我让巴金斯先生跟你们一起去。我以前就告诉过你们，他身上有很多你们猜不到的优点，用不了多久，你们就会发现的。比尔博，打起精神来，别闷闷不乐的。振作起来，索林和同伴们！说到底，这是你们的探险。想想你们最后能得到的宝藏吧，至少在明天早上之前，忘掉森林和恶龙吧！"

到了第二天早晨，他还是那样说。其他人别无选择，只能在靠近森林入口的清澈泉水里装满水袋，再把小马身上的行李卸下来。他们尽量公平地把行李分配给每个人背着，不过比尔博还是觉得自己那份太重了，他一点也不喜欢背着这些东西跋涉数哩的路程。

"不用担心!"索林道,"很快行李就会变轻了。过不了多久,等到食物所剩无几,估摸我们都会希望当初的行李能重一点。"

最后,他们与小马告了别,它们便掉头回家了。它们欢快地小跑着,似乎很高兴能远离阴影重重的黑森林。就在小马跑走的时候,比尔博可以发誓自己看到一头熊走出满是暗影的树林,摇摇晃晃地跟在它们后面迅速离开了。

现在,甘道夫也要告别了。比尔博坐在地上,心里难过极了,只盼着自己能坐在巫师那匹高大的骏马上,和他一起离开。吃过早饭后(少得可怜),他朝黑森林里面走了一小段,森林里的早上和晚上一样黑,看起来非常诡秘。"好像有人在监视,就等着我们送上门去。"他心想。

"再见!"甘道夫对索林说,"再见了,各位,再见!现在,你们要做的就是径直穿过森林。不要偏离正轨!否则的话,你们十有八九再也找不到正确的路,也永远走不出黑森林了。那样,我或任何人都再也见不到你们了。"

"我们真的必须穿越森林吗?"霍比特人发起了牢骚。

"想去另一边的话,就必须如此!"巫师说,"要么穿越森林,要么放弃探险。我绝不允许你现在反悔,巴金斯先生。你竟然有这种想法,我真为你感到羞耻。你得替我照顾这些矮人。"

他大笑着说。

"不！不！"比尔博道，"我不是那个意思。我是说，难道没有别的路可以绕过去？"

"有，假如你愿意往北走上两百哩，再往南走上两倍的距离，但即使这样，路上也不安全。这一带就没有安全的道路。记住，你们现在已经越过了大荒野的边缘，无论朝哪个方向走，都可以享受到各种各样的'乐趣'。要是从北边绕过黑森林，半路上就会进入灰色山脉的一道道山坡，那里到处都是半兽人、大半兽人，以及最可怕的奥克斯。要是从南边绕，则会进入死灵法师的地盘。即便是你，比尔博，也不需要我赘述那位邪恶死灵法师的故事了吧。我的建议是，但凡是在他那座黑塔势力范围之内的地方，你们都不要靠近！必须走森林里的这条路，打起精神，抱着最好的希望，运气好的话，总有一天你们能走出去，到时候就能看到长沼泽在你们脚下延展，过了沼泽，孤山就巍峨矗立在东方，而老史矛革就盘踞在那座山上，不过我希望它没有预料到你们会来。"

"你还真会安慰人呀。"索林咆哮道，"再见！既然你不和我们一起上路，最好还是别再说话了，快走吧！"

"那么再见了，真的再见了！"甘道夫说着掉转马头，向西奔去。但他忍不住还要最后叮嘱几句。趁着尚未走远，别人还能听到他的声音，他转过身，把手拢在嘴边，朝众人喊话。他们听到他微弱的声音传来:"再见了!听话,多保重……千万不要离开小路!"

说罢,他便策马而去,很快就消失在了视线中。"噢,再见,快走吧!"矮人们嘟囔着,现在失去了他,他们心里沮丧,就更气愤了。整个旅程中最危险的部分就此拉开了序幕。他们背起了各自那份沉重的背包和水袋,离开了阳光明媚的广阔天地,进入了黑森林。

第八章
苍蝇和蜘蛛

众人排成一路纵队向前进发。小径的入口两边各长着一棵巨树，两棵树互相靠在一起，犹如一道拱门，门后则是一条阴森昏暗的隧道。这两棵树非常古老，树身上爬满了常春藤，还覆盖着地衣，所以树上没有多少发黑的树叶。这条小路本身很窄，在树干间蜿蜒延伸。很快，入口处的亮光就变成了身后远处的一个小亮点，四周万籁俱寂，衬托之下，他们的脚步声犹如一声声重击，而所有的树木似乎都在俯身倾听。

等到他们的眼睛习惯了黑暗，能看清小路两边近处的情况，他们看到这些地方笼罩着暗绿色的微光。偶尔有一缕细细的阳光幸运地穿过高处树叶的缝隙，偷偷照射下来，若是没有被下方缠结在一起的大小树枝挡住，那就更幸运了。就这样，会有细而明亮的阳光斜刺在他们面前，不过这种情况十分罕见，很快就不再

黑森林

出现了。

　　黑森林里有黑松鼠出没。随着比尔博那双敏锐而好奇的眼睛看惯了眼前的事物，他可以瞥见它们迈着又碎又快的步子，迅速从小径跑到树干后面。林子里还有一些奇怪的声响，矮树丛里响着咕噜声、窸窣声和快速跑过的声音，而在森林地面上堆积的厚厚的树叶里也会传出这类怪声。只是他看不清弄出声音的是什么东西。他们看到的最脏的东西就是蜘蛛网了。黑乎乎的蛛网密密麻麻，上面的蛛线特别粗，常常从这棵树延伸到那棵树，或者缠在路两边较低的树枝上。小路上倒是没有蜘蛛网，不过这是魔法使然，还是有什么其他原因，他们就不得而知了。

　　没过多久，他们就开始讨厌这片森林，就像他们曾经讨厌半兽人的隧道一样，而这里更让他们觉得希望渺茫。他们迫不及待地想看看太阳和天空，盼着吹吹风，感受风拂过脸庞的感觉，但他们还是不得不走啊走啊。在茂密的树冠之下，空气并不流动，似乎处在停滞而沉闷的永恒黑暗之中。就连矮人也有这种感觉，即便他们早就习惯了挖隧道，有时还会在没有阳光的地方生活很长一段时间。然而，霍比特人虽然喜欢在洞里安家，夏天却不喜欢待在洞中，他觉得自己正在慢慢窒息。

　　晚上的情况最糟糕。一到晚上，四周就变得一片漆黑，什么也看不见。比尔博把手在眼前晃了晃，却连一根指头都没瞧见。好吧，也许说什么也看不见并不准确。他们能看到很多双眼睛。

大家只好紧紧地挤在一起睡觉，还轮流守夜。轮到比尔博的时候，他注意到周围的黑暗中闪烁着一个个小光点，有时会有一对对黄色、红色或绿色的眼睛从不远处盯着他，然后慢慢地消失，又在另一个地方慢慢地亮起来。有时，那些眼睛在他上方的枝杈间闪着光，而这才是最恐怖的。但他最不喜欢那种苍白的眼睛，圆鼓鼓的，非常骇人。"那是昆虫的眼睛。"他心想，"不是动物的，不过也太大了。"

天气并不是很冷，但他们还是试着在晚上生火，不过很快就放弃了。火焰吸引来了成百上千双眼睛聚集在他们周围，不管这些生物是什么，都非常谨慎，从未让自己的身体暴露在哪怕是微弱的火光之中。更糟糕的是，成千上万只深灰色和黑色的飞蛾也被吸引了过来，有些几乎有手掌那么大，在他们的耳朵周围拍打着翅膀，呼呼作响，搅得他们不胜其烦，此外，他们也受不了那些黑得像礼帽的巨大蝙蝠。于是他们放弃生火，整夜坐在无边无际又神秘莫测的黑暗中打盹。

在霍比特人看来，这一切似乎持续了好几个世纪。众人在分配食物的问题上极为谨慎，他就没吃饱过。尽管如此，日子还是一天天过去，森林依然如故，他们不免心生焦虑。食物不可能永远吃不完，事实上已经开始变少了。他们试着射松鼠，浪费了很多箭后，才在小路上射死了一只。不过烤熟的松鼠简直叫人难以下咽，于是他们不再射猎松鼠。

水源也是一大问题，他们的水剩得不多了，而且一路上既没看到泉水，也没碰到河水。有一天，他们就是在这种状态下发现有流水挡住了去路。河水流得又快又猛，不过河面并不宽，河水是黑色的，或者说，在黑暗中看起来是黑色的。幸亏贝奥恩警告过他们，否则他们一定顾不得河水是什么颜色，趴在岸边先喝个痛快，再把空了的水袋灌满。现在，他们满脑子思量的则是该怎样过河才能不弄湿身体。河上本来有一座木桥，但桥身已经腐烂、坍塌，只剩下河岸附近的几根折断的桥桩。

比尔博跪在河边，朝前方看了看，喊道："对岸有只船！要是在河这边就好了！"

"你认为有多远？"索林问，他已经知道比尔博是他们当中眼神最好的。

"并不远，我估摸不超过十二码。"

"十二码！我还以为至少有三十码，不过我的眼睛不像一百年前那么好使了。可十二码和一哩也没有区别。我们跳不过去，也不敢涉水或游泳过去。"

"你们谁会扔绳套？"

"那有什么用？船肯定是拴着的，即使能套住也没用，何况我怀疑根本套不中。"

"我倒觉得小船没有拴住，不过在这种光线下我自然不能肯定。"比尔博说，"但在我看来，船好像只是被拉到了岸上，那里地势低洼，小路就在是那个地方没入水里的。"

"多瑞最强壮，但菲力最年轻，眼神也是最好的。"索林道，"过来，菲力，看看你能不能看到巴金斯先生说的那条船。"

菲力认为自己看得见。所以，当他盯着看了很久、找准方向之后，其他人为他取来了一根绳子。他们随身携带着好几根绳索，这会儿，他们在最长那根的一头绑上了一个用来把背包钩在肩膀背带上的大铁钩。菲力把它拿在手里，找了一下平衡，便朝河对岸抛了过去。

只听"扑通"一声，绳钩掉进了水里！"还不够远！"比尔博盯着前方说，"再多扔两三呎，就能落在船上了。再试试。依我看，你只是碰一碰湿绳子，是不会中魔法的。"

菲力收回绳索，捡起钩子，心里有些七上八下。这一次，他用力把钩索扔了出去。

"稳住！"比尔博说，"扔到对面的树林里了。轻轻地拉回来。"菲力慢慢地把绳子往回拉，过了一会儿，比尔博说，"当心！绳钩在船上了。希望能钩得住吧。"

确实钩住了。绳子绷得紧紧的，菲力拽了一下，小船却没有动。奇力来帮他，欧因和格罗因也来了。他们拖啊拖啊，突然全都四仰八叉地摔倒在地。一直在观察的比尔博连忙伸出手，抓住绳子一拉，一条黑色的小船便从河对岸漂了过来，他用一根树枝把船挡住。"快来帮忙！"他喊道，巴林及时抓住了小船，它这才没有顺着水流漂走。

"到底还是栓着的。"他说，看着依然挂在船上的断了的系船索，"拉得好呀，伙计们。幸好我们的绳子更结实。"

"谁先过河？"比尔博问。

"我来。"索林道，"你和我一起过去，还有菲力和巴林。船一次只能载这么多人。之后是奇力、欧因、格罗因和多瑞，接下来是欧瑞和诺瑞、比弗和波弗。最后是杜瓦林和邦伯。"

"我总是最后一个，我不喜欢这样。"邦伯道，"今天该轮到别人了。"

"谁叫你这么胖。既然你这么胖，那就只能排在最后，在人最少的时候上船。服从命令吧，不要发牢骚，否则不好的事情会发生在你身上。"

"没有桨。你打算怎么把船划到对岸去？"霍比特人问。

"再给我一根绳子和一个钩子。"菲力说。等他们准备好后，他把绳子扔到前面的黑暗中，尽量抛得高一些。绳钩没掉下来，估摸是卡在树枝上了。"上船吧。"菲力说，"我们一个人拉住这根卡在对岸树上的绳子，再找一个人抓住我们一开始用的绳钩，等我们安全到达对岸后，这个人就把钩子钩上，剩下的人就能把船拉回去了。"

就这样，他们很快就安全地渡过了魔河，登上了对岸。就在杜瓦林胳膊上挂着一圈绳子刚爬出小船，邦伯（仍在抱怨）正准备跟上的时候，不幸的事发生了。前面的路上传来一阵飞驰的蹄声。黑暗中突然出现了一只鹿，只见那只鹿飞奔而来。它冲向矮人们，把他们撞翻在地，然后纵身高高跃起，凭借这有力的一跳，便跃过了水面。但是它并没有安全到达对岸。此时，只有索林还站着，保持着清醒的头脑。他们一上岸，他就给弓装上了箭，以防暗地里看守小船的人冲出来发动袭击。此时，他向跳跃的野兽射去一箭，射得又快又准。它到达河对岸时，脚步有些踉跄。黑暗把它吞没了，但他们都听到蹄声很快开始蹒跚，随即停了下来。

然而，他们尚未来得及称赞这一箭射得好，比尔博就发出了一声可怕的号叫，让他们忘记了要大吃一顿鹿肉的念头。"邦伯落水了！邦伯要淹死了！"他呼喊道。事实的确如此。邦伯刚把一只脚踏在岸上，那头雄鹿就朝他冲了过来，还从他身上跃了过去。他一下子就被绊倒在地，顺势一带把小船推离了岸边，他自己也倒进了漆黑的水里，他想抓岸边的草根，可草根太滑，根本抓不住，与此同时，小船转了几圈，消失在了黑暗之中。

众人跑到岸边时，还能看见邦伯的兜帽露在水面上。他们立即向他扔了一根钩绳。他抓住了绳子，众人合力将他拽向岸边。当然，他从头到脚都湿透了，但这还不是最糟糕的。当他们把他放在岸上时，他竟然在熟睡，一只手还紧紧地抓着绳子，他们怎么也掰不开。大家想尽办法弄醒他，可他依然睡得很熟。

他们一直站在他身边，暗骂自己运气不好，又怪邦伯笨手笨脚，再加上小船丢了，他们就更心痛了，因为这样一来，他们就不能回去找鹿了，可就在这时，他们听到树林里隐隐传来号角声，还有狗在远处吠叫。他们立即安静下来，坐在地上，似乎能听到小路北边正在进行一场大型狩猎，只是他们什么也看不见。

他们在那里坐了很久，一动也不敢动。邦伯还在沉睡，胖脸上挂着一丝微笑，似乎他不再关心他们的烦扰了。突然，前面的小路上出现了几只白鹿，是一只母鹿带着几只小鹿，刚才那只雄鹿浑身漆黑无比，这几只鹿的皮毛则洁白无瑕，在暗处闪闪发光。索林还没来得及大声阻止，三个矮人已经一跃而起，放出了箭。不过他们好像都没射中。白鹿转身消失在树林里，就像它们出现时一样悄无声息，矮人们又射了几支箭，却无一命中。

"住手！住手！"索林喊道，可惜已经太迟了，矮人们太兴奋了，把最后几支箭都浪费掉了，现在，贝奥恩送给他们的弓已经没用了。

那天晚上，大家都有些闷闷不乐，在接下来的几天里，他们的心情更加沉重了。他们的确渡过了魔河，可过河后，小路似乎还像以前一样蜿蜒向前，他们也看不出森林有任何变化。然而，假如他们对森林有更为深入的了解，并考虑一下那场狩猎和路上出现白鹿的意义，他们就会知道自己终于走到了东边的边缘，假如他们能鼓起勇气和希望，很快就能走到树木稀疏的地方，再次沐浴在阳光下了。

然而，他们并不清楚这一点，还不得不背着身胖体重的邦伯。他们使出了全力，四个人一组，轮流承担这一艰巨的任务，其他人则负责背负行李。要不是这些天行李的重量轻了很多，他们根本不可能做到。然而，比起抬着处在沉睡中、脸上还挂着笑容的邦伯，众人宁愿去背装满食物的背包。几天后，食物耗尽了，水也喝干了。他们没看到森林里长着任何可以吃的东西，有的只是真菌，以及长着苍白的叶子、散发出难闻气味的野草。

离开魔河的四天后，他们来到了一个大都是山毛榉树的地方。起初，见到这样的变化，他们还很高兴，毕竟这里没有灌木，阴影也不那么深。四周泛着绿光，在一些地方，他们可以看清路两边很远的地方。然而，借着绿光，他们能看到的只有一行行灰色的笔直树干，仿佛昏暗大厅里的一根根立柱。这里有风拂过，风声隐约可闻，只是这风声有些凄凉。几片树叶沙沙地落下来，提醒他们外面就快到秋天了。他们的脚在无数个秋天积累的枯叶间踩来踩去，落叶如同给森林铺上了深红色的地毯，还漫过小路两边，飘到路上。

邦伯仍然在熟睡，众人已经累得筋疲力尽了。有时他们会听到令人不安的笑声。有时，远处有歌声响起。那笑声很动人，并不是半兽人发出来的，歌声婉转，只是听起来有些许怪异。他们并不能放下心来，便拿出仅剩的力气，匆匆离开了那个地方。

两天后，他们发现脚下的路开始向下倾斜，没过多久，他们就进入了一个长满高大橡树的山谷。

"这该死的森林没有尽头吗？"索林道，"得找人爬到树上，看看能不能把头伸出树冠观察一下周围的情况。唯一的办法就是选一棵路边最高的树。"

当然，这个人指的就是比尔博。他们之所以选他，是因为要想达到目的，上树的人必须把脑袋探出最高处的树叶，因此，这个人的体重必须很轻，哪怕是最高处的细树枝也能支撑得住。可怜的巴金斯先生从来没有多少爬树的经验，不过矮人们还是把他抬到小路旁一棵高大橡树最矮的树枝上，接下来，他就必须尽自己最大的努力往上爬了。他穿过纠缠在一起的树枝，有好几次被树杈抽到了眼睛。粗树枝的老树皮把他身上弄得青一块黑一块。他不止一次滑了下去，好在每每都及时稳住了身体。最后，他爬到一个很难落脚的地方，那里似乎根本没有树枝可供踩踏，但经过一番心惊肉跳的挣扎，他终于接近了树顶。在向上爬的过程中，他一直在琢磨树上有没有蜘蛛，以及观察完之后怎么才能爬下去（而不是摔下去）。

最后，他终于把头探出了树冠，果然发现了蜘蛛，不过好在只是普通的小蜘蛛，正在追逐蝴蝶。乍见阳光，比尔博的眼睛差点儿瞎了。他能听见矮人们在下面很远的地方冲他大喊大叫，但他无法回答,他能做的就是紧紧抓住树枝不放,猛眨眼睛。阳光闪耀,过了很久他才适应。他睁开了眼睛,放眼望去,四周的森林就如同一片深绿色的海洋,微风吹过,树叶晃动,如同波浪在起伏。到处都有蝴蝶在飞舞。依我看,它们是紫蛱蝶,这种蝴蝶喜欢在橡树树梢上飞来飞去,但这些蝴蝶并不是紫色的,而是天鹅绒一般的黑色,黑得非常纯粹,看不到任何斑纹。

他久久地注视着这些"黑蛱蝶",享受着微风拂过头发和脸庞的惬意感觉。但矮人们在下面等得不耐烦了,一边跺脚,一边喊叫,终于让他想起了自己真正的任务。情况不太妙。他竭尽全力极目远眺,可无论朝哪个方向看,枝繁叶茂的树木都没有尽头。本来阳光灿烂,清风徐徐,他的心情刚刚放松下来,此刻却再度变得凝重。他无法带着好消息回到下面了。

事实上,正如我告诉过你的,他们离森林的边缘并不远。假如比尔博眼神好使的话,就会发现他爬上的那棵树虽然高,却位于一个宽阔山谷的底部附近,因此从树顶一眼望去,周围的树像一个大碗的边缘一样向外扩张,他不可能看清到底还有多远才到边缘。就这样,他没有任何发现,只能怀着绝望的心情爬了下去。他终于回到地面上,满身都是刮伤,浑身燥热,痛苦不堪。到了下面的黑暗中,他再次什么都看不见了。等他把情况一说,很快其他人就和他一样沮丧了。

"四面八方都是森林,无边无际!我们该怎么办?派个霍比特人来又有什么用呢！"他们大声喊道，仿佛这是他的错。他们一点也不关心蝴蝶。比尔博还讲了吹风的感觉有多舒畅，矮人们听了更是气不打一处来，因为他们全都太笨重，爬不了树，没法享受一番。

那天晚上，他们吃光了仅剩的一点点食物碎屑，第二天早上醒来，发现的第一件事是他们仍然饿得要命，第二件事是下雨了，到处都有雨滴重重地落在森林的地面上。而这只是让他们注意到了另一个问题：他们的嘴巴干渴得厉害，而雨水并不能缓解焦渴。站在巨大的橡树下，等着雨水滴到舌头上，是不能解渴的。唯一的一点安慰来得有些始料不及：邦伯醒了。

他是突然惊醒过来的，坐起来后便使劲儿挠着头。他根本不知道自己身在何处，也不清楚肚子为什么这么饿。他把他们从很久以前那个五月的早晨出发以来发生的一切都忘了。他所记得的最后一件事是在霍比特人家里举行的聚会，他们费了好大劲才让他相信他们经历的那些奇遇是真的。

听说连一口吃的都没有了，他一屁股坐在地上，号啕大哭起来。他感觉自己非常虚弱，双腿直打晃。"我醒过来干什么啊！"他哭号道，"我正做着美梦呢。我梦见自己走在一片森林里，那儿和这片森林很像，不过很明亮，树干上插着火把，树枝上悬着提灯，地上燃着火，正在举行一场永远都不会停的盛大宴会。森林里住着一个国王,他戴着用树叶做成的王冠,欢快的歌声此起彼伏,我数不清,也说不清有多少美食可以吃,有多少美酒可以喝。"

"那就别说了。"索林道,"事实上,如果你不能谈谈别的话题,最好还是保持沉默。你已经给我们找了不少麻烦了。你要是再不醒,我们就把你丢在森林里做你那愚蠢的梦。你即便几个礼拜不吃不喝,抬起来也不轻松。"

现在没有别的办法,只能在空空如也的肚子上勒紧裤带,拎起空无一物的袋子和背包,沿着小路继续艰难地前行,他们看不到任何希望,很可能走不到尽头,就已经饿死了。他们精疲力竭,就这样缓慢地走了一整天,邦伯号哭不止,嚷着双腿一步也走不动,只想躺下来睡觉。

"不行,你不能那么做!"他们说,"你的腿也该卖卖力气了,我们抬着你走得够远了。"

可是,他突然不肯再往前走一步,一屁股倒在地上。"你们要是一定得走,那就走吧。"他说,"我就是要躺在这里睡觉,去梦里吃点好吃的,反正我在现实里一口也吃不上。但愿我永远也不会醒来。"

就在这时,走在前面不远处的巴林喊道:"那是什么?我好像看到森林里有光。"

他们一起定睛望去,只见在很远的地方,黑暗中闪烁着一个红色光点。接着，旁边又亮起了一个光点。就连邦伯也站起身来。众人快步朝那个方向赶去，不在乎那是食人巨妖还是半兽人。光亮就在他们前方，位于小路的左侧。等终于来到齐平的地方，可以看到那是树下燃烧着的火把和火堆，不过距离小路有一定的距离。

"看来我的梦变成真的了。"邦伯气喘吁吁地跟上来说。他说完就要径直冲进树林，去火光所在之处。但其他人对巫师和贝奥恩的警告都记得很清楚。

"命都没了，吃再好也没用。"索林道。

"可要是没东西吃，我们也活不了多久。"邦伯说，比尔博衷心地同意他的看法。他们就这件事来回争论了很久，最后终于同意派两个探子，爬到火光附近摸摸情况。但是，在派谁去的问题上，他们的意见不一致了：谁也不愿意冒这个险，毕竟有可能迷路，再也找不到朋友们了。最后，尽管收到过警告，饥饿还是左右了他们的决定，因为邦伯一直在描述他梦中的森林盛宴上可以吃到的各式美食。于是他们全都离开了小路，一起走进了森林。

他们悄悄走了很久，走一会儿就从树干后面张望一下，终于看到了一片林间空地，那里的一些树都被砍倒了，地面也被收拾得很平整。有很多人聚在空地上，看起来像精灵，都穿着绿色和棕色的衣服，坐在砍断的圆木桩上，围成了一个大圈。他们中间生着一堆火,周围的树上固定着一些火把。但最令人愉快的是他们一边吃一边喝,还开心地笑着。

烤肉的香味太诱人了,他们也顾不得商量一下,全都站起来,争先恐后地进入空地,一心想着讨些吃的。然而,他们当中刚有人踏入空地,所有的火光便齐齐熄灭,就像被施了魔法一样。有人踢了一下火堆,一时间闪亮的火花四溅,接着便消失了。浓得化不开的黑暗立即笼罩下来,他们连彼此都找不到,不过好在这样的情况持续时间不长。他们在黑暗中跌跌撞撞摸索了一阵,像发了狂似的,不是被木桩子绊倒在地,就是撞在树上,又喊又叫,一定把方圆几哩范围内的所有生物都弄醒了。最后,他们终于靠在了一起,用手摸着清点人数。到这个时候,他们已经全然忘记了小路位于哪个方向,他们彻底迷路了,至少在天亮之前是这样。

他们无计可施,只好留在原地过夜,甚至不敢寻找地上残存的食物,就怕再次走散。但他们躺了没多久,比尔博刚开始昏昏欲睡,第一个负责守夜的多瑞就低语道:

"那边又有火光亮了,比刚才还多。"

他们都跳了起来。果然,不远处有几十个闪耀的亮光,他们清楚地听到了说话声和笑声,于是排成一列,慢慢地摸过去,每个人都扶着前面那个人的后背。来到近处,索林道:"这次不要再往前冲了!没有我的命令,谁也不许从隐藏的地方出来。我先派巴金斯先生单独去和他们谈谈。他不会吓到他们……"（"那要是他们吓到我了呢？"比尔博心想。）"不管怎么说，我希望他们不会对他做出什么恶劣的行径来。"

到了光圈的边缘，矮人们猛地从后面推了比尔博一把。他还没来得及戴上戒指，就跌跌撞撞地冲进了熊熊火焰和火把的火光中。这真是不太妙。所有的火光再度熄灭，四周陷入了漆黑当中。

如果说刚才重聚起来很难的话，这次就更难了。他们到处都找不到霍比特人。每次清点人数，都只有十三个。他们大声喊道："比尔博·巴金斯！霍比特人！你这个可恶的霍比特人！嗨！霍比特人，该死的，你在哪里？"他们喊了很多诸如此类的话，却没有得到回答。

就在他们即将放弃希望的时候，多瑞碰巧踩到了他。黑暗中，他以为自己是被一根木头绊倒的，结果却发现原来是蜷缩在地上呼呼大睡的霍比特人。他们摇晃了好一会儿，才把他唤醒，醒了以后，他一点也不高兴。

"我正做美梦呢。"他嘟囔道，"在梦里，我正在享用豪华的盛宴。"

"天啊！他居然和邦伯一样。"他们说，"用不着讲你都梦见了什么。梦里的晚餐有什么用，我们根本吃不到。"

"在这个鬼地方，我也只能在梦里吃个饱了。"他一边喃喃道,一边在矮人们身边躺下,想继续睡觉,重温梦境。

但是,森林里的火光并没有就此彻底消失。过了一会儿,夜深了,负责值夜的奇力又来叫醒了他们,说:

"又有光出现了,就在不远的地方。足有几百支火把,火堆也有很多,肯定是有人用魔法突然点燃的。听呀,有歌声,还有竖琴的乐声!"

他们躺着听了一会儿,发现自己忍不住想去火光那里,再试试能不能寻求到帮助。他们又站了起来。这一次的结果还真是一场灾难。他们此时看到的盛宴比之前更丰盛、更诱人。有很多人参加宴会,而坐在首席位置的是一位森林国王,金色的头发上戴着用树叶做成的王冠,很像邦伯描述的梦中人物。这些很像精灵的人在火上方传递着一个个碗,有的在弹竖琴,还有许多人在唱歌。他们闪亮的头发上插着花朵,绿色和白色的宝石在他们的衣领和腰带上闪闪发光。他们的脸上和歌声里都洋溢着欢乐。歌声嘹亮、清晰、动听,索林走到他们中间。

他话还没说完,四周就陷入了死寂。所有的火光都熄灭了。滚滚黑烟冒了出来。灰烬直往矮人们的眼睛里钻,树林里再次充满了他们的叫嚷声。

比尔博发现自己一直在绕着圈子跑(事实确实是他以为的那样),不停地喊着:"多瑞、诺瑞、欧瑞、欧因、格罗因、菲力、奇力、邦伯、比弗、波弗、杜瓦林、巴林,索林·橡木盾。"与此同时,他看不到也触碰不到的矮人在他周围做着同样的事(偶尔能听到有人喊"比尔博!")。但其他人的呼喊声越来越远,越来越微弱,过了一会儿,他觉得那些声音变成了远处的呼救声,最终彻底消失,只剩下他一个人在一片死寂之中,被黑暗笼罩。

这堪称比尔博人生中最痛苦的时刻之一。不过,他很快就认定现在做什么都没用,只能等到第二天早上,有点亮光了再做打算。到处乱撞不仅没好处,还会把自己累得筋疲力尽,也不可能有早餐让他恢复体力。于是,他背靠着一棵树坐下,又一次想起了远方的霍比特洞府,里面的食品室里装满了诱人的食物,而这并不是他最后一次想家。他正想着培根、鸡蛋、烤面包和黄油,突然感到有什么东西在碰他。他的左手像是被一根又黏又结实的绳子缠住了,当他想挪动一下的时候,发现双腿也被同样的东西缠了个紧,就这样,他本想试着站起来,却马上跌倒在了地上。

就在这时,趁他打盹儿时用蛛丝将他缠起来的大蜘蛛从后面朝他扑来。比尔博虽然只能看到那家伙的眼睛,却可以感觉到它毛茸茸的腿把那讨厌的蛛丝一圈圈缠绕在他的身上。幸好他及时醒了过来,否则用不了多久,他肯定就完全不能动弹了。事实上,他经过了一场殊死搏斗才挣脱了出来。他不停地挥动双手击打那个怪物,它本想把毒素注入他的体内,让他安静下来,小蜘蛛就是这么对付苍蝇的。后来,他想起自己有支剑,就把剑拔了出来。大蜘蛛见状忙向后退开,于是他趁机割断了腿上的蛛丝。之后,就轮到他进攻了。那只蜘蛛显然没怎么遇到过身上带刺的对手,否则它会逃得更快。比尔博趁它还没消失,就扑了过去,一剑刺在它的眼睛上。蜘蛛吃痛,发起狂来,来回蹦跳,腿剧烈地抽动着,比尔博又给了它一剑,结果了它的性命。接着,他自己也摔倒在地,很长一段时间里,他脑海里一片空白,什么都记不起。

等他终于回过神来,只见和往常一样,周围的森林再度笼罩着白天那种昏暗的灰色光线。蜘蛛在他旁边,已经死透了,他的剑刃上染着黑色的血。巴金斯先生在黑暗中以一己之力杀死了一只巨大的蜘蛛,没有巫师、矮人或其他人的帮助,这对他产生了很大的影响。他把宝剑在草地上蹭干净,收回剑鞘,感觉自己变了一个人,比以前更凶狠,也更有胆量了,虽然肚子里依然空空如也。

"我给你起个名字吧,"他对宝剑说,"就叫刺叮好了。"

之后,他开始四处查探。森林里阴森森的,寂静无声,但显然,他首先要做的就是去找朋友们,他们不太可能离得很远,除非是被精灵(或更糟糕的东西)俘虏了。比尔博觉得大声喊叫不安全,于是他站了很久,思考着小路在哪个方向,应该先去哪个方向寻找矮人。

"啊!我们怎么就不牢记贝奥恩和甘道夫的忠告呢!"他哀叹道,"现在真叫一个惨啊!我们这些人啊!要是我们都在一起就好了,落单的感觉实在糟糕。"

最后,他尽可能猜测了一下那天夜里呼救声传来的方向,而幸运的是(他天生运气好),他基本上猜对了,这一点你很快就会知道。打定主意后,他尽可能谨慎地往前走去。霍比特人可以不发出任何动静,尤其是在森林里,这一点我在前面已经说过了。比尔博出发前还戴上了戒指。因此,大蜘蛛既没看到,也没听见他来了。

他蹑手蹑脚地走了一段路,突然注意到前面有一片黑影,即便是在森林里,那片暗影也有些过于浓重,仿佛有一片午夜的夜色仍滞留不去。来到近处,他发现那片暗影其实是由蜘蛛网组成的,一层又一层,纵横交错,缠结在一起。突然间,他又看见一些可怕的大蜘蛛栖在他头顶的树枝上,不管有没有戒指,他都吓得浑身发抖,生怕被它们发现。他站在一棵树后面,盯着那些蜘蛛看了一会儿,接着,在寂静的森林里,他意识到这些可憎的怪物是在交谈。它们声音粗哑,时不时发出阵阵嘶嘶声,但他能听懂大部分,竟发现它们是在谈论矮人!

"这一仗打得真够费劲,不过也值了。"一只蜘蛛说,"那些家伙的皮又脏又厚,不过我敢打赌,他们的肉吃起来一定多汁又美味。"

"是呀，先把他们挂在那里晾一段时间，到时候一定很好吃。"另一只说。

"可别挂太久。"第三只说，"他们本应该更胖才对，我猜他们最近一直在挨饿。"

"要我说，把他们都宰了算了。"第四只厉声道，"现在就杀，把尸体挂起来晾一段时间。"

"我敢保证，他们现在已经死了。"第一只说。

"才没有。我刚才还看见有一个在挣扎呢。我说啊，他们是刚做完美梦醒过来。我来弄给你看。"

话音刚落，有只胖蜘蛛就沿着一根蛛丝，跑到了一排十二个挂在高处一根树枝上的东西前，比尔博这才注意到它们在阴影里晃来晃去，不禁吓了一跳，因为他看到这里有一只矮人的脚从底部伸出来，那里则露着一个鼻尖、一撮胡子或一顶兜帽。

蜘蛛朝最大的那一捆走去。"我敢打赌，那一定是可怜的邦伯。"比尔博心想。蜘蛛狠狠地咬了一口伸出来的鼻子。里面随即传来一声低沉的尖叫，一只脚趾猛地伸了出来，重重地踢在蜘蛛身上。邦伯还活着。随着一声踢在没气了的足球上的声音，愤怒的蜘蛛从树枝上掉了下去，幸亏及时抓住蛛丝才稳住了身体。

其他蜘蛛大笑起来。"你说得对。"它们说，"肥肉还活着，还有劲儿乱踢呢！"

"我马上就结果他。"愤怒的蜘蛛恶狠狠地说，又爬上了树枝。

比尔博明白自己该做点什么了。他打不过这些怪物，也没有可以用来射击的武器。但他环顾四周，发现这里有一条干涸的窄小水道，里面有很多石块。比尔博最擅长丢石子了，他很快就找到了一个鸡蛋形状的光滑石块，拿起来很称手。他小时候练习过丢石块，后来，兔子、松鼠，甚至是飞鸟，只要看到他弯腰，就会像闪电一样迅速地闪开。哪怕后来长大了，他依然经常投环、投飞镖、射木杖、打地滚球、玩九柱戏，以及其他一些瞄准和投掷的悠闲游戏。除了吐烟圈、猜谜和做饭，他还擅长很多事，只是我一直没时间告诉你而已。现在也没时间说这些。就在他捡石头的时候，蜘蛛已经爬到了邦伯身边，眼瞅着他就小命不保了。千钧一发之际，比尔博丢出了手里的石头。石头正好砸在蜘蛛的头上，一下子就把它砸蒙了，它从树上落了下去，扑通一声倒在地上，腿蜷成一团。

第二颗石头嗖的一声打穿了一张大蛛网，扯断了蛛丝，盘踞在网中央的蜘蛛啪嗒一声掉下去摔死了。之后，蜘蛛的领地里乱成了一锅粥，我可以告诉你，它们一时间忘记了矮人的存在，虽然看不见比尔博，却能猜出石头是从哪个方向飞过来的。它们以闪电般的速度向霍比特人奔来，向四面八方抛出长长的蛛丝，空中仿佛到处都是摆动的陷阱。

然而，比尔博很快就溜到了另一个地方。他突然有了一个主意，如果可能的话，他要把愤怒的蜘蛛从矮人身边引开，而且越远越好。他要让它们好奇、激动，同时还要勾起它们的怒火。当大约有五十只蜘蛛奔到他之前站过的地方时，他又朝它们丢了几块石头，还朝停在它们后面的蜘蛛也扔了石头。接着，他一边在林间来回穿梭，一边唱起了歌，要把它们激怒，引它们过来追赶，他这么做，也是为了让矮人听到他的声音。

他唱道：

蜘蛛，蜘蛛，老又胖，它们在树上忙织网！
蜘蛛，蜘蛛，老又胖，偏偏就是看不见我！
 毒蜘蛛！毒蜘蛛！
  你们怎么不停下来？
别再织网啦，快快来找我。

老蜘蛛，笨又胖，
老蜘蛛，瞧不见我！
 毒蜘蛛！毒蜘蛛！
  快快下来！
在树上可逮不到我！

这首歌可能不太好，但你必须记住，他是在眼前万分紧急的情况下现编出来的，而且确实起效了。他一边唱，一边又扔了几块石头，还不停地跺脚。这下子，这里所有的蜘蛛都来追他了。有些落到地上，有些从一棵树荡到另一棵树上，在树枝之间狂奔，还有的在黑暗的空间里吐出蛛丝。它们朝他发出动静的方向冲来，速度比他预料的快得多。大蜘蛛气坏了，那样子实在恐怖。它们不光不喜欢被人用石头砸，还很讨厌有人说它们是"毒蜘蛛"，而且谁也不喜欢被人说"笨"。

比尔博赶紧跑到另一个地方，但这片空地的不同地方都有蜘蛛，它们在树干之间的所有空间都织上了网。用不了多久，四周的蛛网就会像厚栅栏一样，到时霍比特人就是插翅也难逃了。至少蜘蛛是这么想的。比尔博站在那里，周围有那么多大虫子在织网，在追捕他，他还是鼓起勇气，又唱了一首歌：

懒蜘蛛，疯蜘蛛，
不停地把网织，要把我缠住。
我的肉，香又甜，
可惜你们偏偏找不到！

我就在这儿，顽皮的小苍蝇，
你们肥又胖，懒又散，

拼了命把网织,

就是不能套住我。

唱到这里,他一转身,就见两棵大树之间最后的空隙也被网封住了,不过所幸那张网还没织成,只是匆忙间用粗大的蛛丝在树干之间绕了几圈。他抽出小剑,斩断蛛丝,唱着歌一溜烟儿跑了。

蜘蛛们看到了那把剑,但我想它们并不清楚剑的来历。于是,所有的蜘蛛立刻沿着地面和树枝,迅速去追霍比特人,毛茸茸的腿摆动着,钳子一样的尖爪和丝囊咔嚓咔嚓直响,它们的眼睛鼓鼓的,嘴边吐着白沫,看样子恼火至极。它们跟着比尔博进了森林,比尔博一直跑到不敢再跑了,才偷偷折返回去,脚步比老鼠还轻。

他知道,在蜘蛛们追得厌烦、返回悬挂矮人的树这里之前,他只有一点点非常宝贵的时间。他必须趁着这段时间把他们都营救出来。完成这项任务,最艰难的部分就是爬上那根挂着矮人的长树枝了。我想,如果不是运气使然,有只蜘蛛留下了一根蛛丝悬在树枝上,他根本做不到。他拉着那根蛛丝爬了上去,虽然蛛丝粘在他的手上,害他受了伤。可树枝上还有一只老蜘蛛,这家伙又肥又坏,动作迟缓,是留下来看守俘虏的,它不停地捏他们,看看哪个最肥美多汁、最好吃。它本想趁其他蜘蛛都不在时享受一顿大餐，可巴金斯先生太着急了，蜘蛛还没反应过来，就挨了他一剑，滚下树枝死掉了。

比尔博接下来要做的是先放开一个矮人。他该怎么办？假如他割断悬挂矮人的蛛丝，那个倒霉蛋就会从这么高的地方重重地摔下去。他扭动着身体，沿着树枝往前爬（他这一动，可怜的矮人们全都晃来晃去，活像一颗颗成熟的果子），终于来到了最近那个矮人所在的地方。

"是菲力，还是奇力？"他看到从顶部伸出来的蓝色兜帽，便琢磨了起来，"多半是菲力。"看到从缠绕的蛛丝之间伸出来的长鼻子，他猜测道。他探过身，割断了大部分缠在矮人身上的黏韧蛛丝，接着，有一只脚一蹬，果然是菲力探出了大半个身体。菲力伸着僵硬的胳膊和腿，整个身体被腋下的蛛丝拖着来回摇晃，活像个在钢丝上来回摆动的滑稽玩具，恐怕比尔博见了，肯定哈哈大笑了一通。

菲力费了很大力气终于爬上了树枝，开始尽他所能去帮助霍比特人，虽然他感觉非常恶心，整个人都不舒服，毕竟他身上的蜘蛛毒素还没解，又在树上挂了整夜和第二天一个白天，只有鼻子伸在外面呼吸。他花了好长时间才把眼睛和眉毛上那讨厌的蛛丝弄掉，至于胡子，他不得不把大部分胡须直接剪掉了事。他们开始把一个个矮人拉上来，斩断他们身上的蛛丝。他们的情况没有一个好过菲力，有些甚至更惨。有几个几乎连气都喘不上来

（你看，长鼻子有时倒也很有好处），还有的中毒比较深。

就这样，他们救出了奇力、比弗、波弗、多瑞和诺瑞。可怜的邦伯耗尽了体力，他最胖，还被蜘蛛又是捏又是戳的，最后从树枝上滚了下去，扑通一声掉到地上，还好地上有树叶，之后他就一直躺在那里。但是，就在仍有五个矮人悬在树枝末端的时候，蜘蛛纷纷开始返回，还比以前更愤怒了。

比尔博立刻爬到距离树干最近的树枝末端，挡住了爬上来的蜘蛛。他救菲力的时候把戒指摘了下来，此时却忘记戴上，蜘蛛见到他，就发起狠来，气急败坏地说：

"现在我们看到你了，你这个讨厌的小东西！我们要把你吃掉，再把你的骨头和皮挂在树上。嘿！他有根刺，是不是？我们照样能抓住他，把他头朝下吊上一两天。"

与此同时，其他矮人则用刀子砍断蛛丝，解救剩下的俘虏。很快，所有矮人都将重获自由，只是那之后会怎么样，情况依然不明朗。前一天晚上，蜘蛛没费力就抓住了他们，但他们当时没有防备，何况周围又很黑。但此时，似乎要进行一场恶斗了。

突然间，比尔博注意到一些蜘蛛包围了地上的邦伯，又用蛛丝把他绑住，正拖着他离开。他大叫一声，砍向面前的蜘蛛，迅速将它们逼退，接着他连滚带爬地从树上下来，来到地上的群蛛之间。蜘蛛们从未见过他手中这样的刺，宝剑挥来晃去，刺向它们，剑身上闪动着兴奋的光芒。六只蜘蛛成为了剑下亡魂，剩下的慌忙逃窜,比尔博就这样救下了邦伯。

"下来!快下来!"他对着树枝上的矮人们喊道,"别待在上面,不然又会被困住的!"他看到附近的树上爬满了蜘蛛,有些还沿着树枝爬到了矮人们的头顶上方。

矮人们要么爬,要么跳,要么坠了下来,十一个人滚成一团,大都摇摇晃晃,腿脚也不听使唤。算上可怜的邦伯,他们十二个人终于聚齐了,邦伯由他的表弟比弗和他的兄弟波弗搀扶着。比尔博一边挥舞着刺叮,一边跳来跳去。成百上千只愤怒的蜘蛛正从四面八方瞪着他们。这一次,他们看来是九死一生了。

就这样,战斗开始了。矮人们有的拿刀,有的拿树枝,所有人都可以捡石头,比尔博则手执精灵短剑。蜘蛛一次又一次地被击退,许多蜘蛛被杀死了。但这种情况持续不了多久。比尔博已经累得没有力气了,只有四个矮人还能稳稳地站着,很快就会像疲倦的苍蝇一样被制服。蜘蛛已经开始在他们周围的树木之间织网了。

最后,比尔博除了把戒指的秘密告诉矮人们外,别无他法。他也不想这么做,可惜为形势所逼,也只能如此。

"我马上就要隐形。"他说,"我去把蜘蛛引开,你们必须聚在一起,向相反的方向撤退。你们从那边往左走,差不多就能到我们最后一次看到精灵火焰的地方。"

矮人们这会儿头昏脑涨,四周叫喊声不断,又是拿着树枝抽打,又是抄起石头乱砸,很难让他们理解这话的意思。但最后,比尔博觉得不能再拖延了。蜘蛛开始收缩包围圈了。他立即戴上戒指,在矮人们的惊诧中隐去了身形。

不一会儿,从右边远处的树木之间传来了"懒蜘蛛"和"毒蜘蛛"的声音。蜘蛛一听,立即大为光火。它们停止前进,有些朝着声音传来的方向追去。"毒蜘蛛"这个字眼儿可把它们气得够呛,让它失去了理智。巴林比其他人更能领会比尔博的计划,便带头发起了进攻。矮人们靠在一起,向左边的蜘蛛扔了一阵石头,趁机冲出了包围圈。这时,他们身后的喊声和歌声突然停止了。

矮人们一边衷心盼望比尔博没有被抓住,一边继续撤退。可惜他们的速度不够快。他们病的病,累的累,尽管后面有许多蜘蛛穷追不舍,还是只能一瘸一拐,摇摇晃晃地逃跑。他们不得不时转过身来,和追赶他们的怪物搏斗。有些蜘蛛爬到了他们头顶的树上,把长而黏的蛛丝抛下来。

情势再度告急,这时比尔博突然出现,从侧面出其不意地向受惊的蜘蛛冲去。

"继续撤!继续撤!"他喊道,"我来刺它们!"

他果然说到做到。他来回奔跑,一会儿斩断蛛丝,一会儿砍掉蛛腿,要是它们追到近处,他还用剑刺向它们那肥胖的身体。蜘蛛气坏了,嘴里噼里啪啦地吐着唾沫,嘶嘶地发出冷酷的诅咒。但它们对刺叮怕得要命，现在见到刺叮再度出现，都不敢靠前。它们一直骂骂咧咧，但猎物还是缓慢但稳步地逃掉了。撤退的过程费尽周折，他们似乎一直跑了好几个钟头。但最后，就在比尔博觉得自己的手再也举不起来刺戳的时候，蜘蛛们突然放弃，不再追捕，纷纷失望地返回了黑暗的巢穴。

矮人们这才注意到，他们来到了一片圆形林地的边缘，精灵火焰曾在这里出现过。至于是不是他们头天晚上见到的火焰，他们就无从得知了。不过这些地方还遗留着一些正义的魔法，叫蜘蛛望而却步。不管怎么说，这里的光线泛着更深的绿色，树枝也不那么浓密，不那么吓人，他们可以趁机休息休息，喘口气了。

众人喘着粗气，在那里躺了一会儿。但很快，他们就开始抛出一个又一个问题。他们要比尔博详细解释一下他为什么能隐形，还对找到戒指的经过非常感兴趣，一时间竟忘了身处的困境。巴林非要比尔博再讲讲是怎么认识咕噜的，怎么和他玩猜谜游戏，又是怎么得到了戒指。但过了一段时间，光线开始变暗，于是有人提出了其他问题。比如，他们在哪里，小路在何处，去什么地方弄点吃的，下一步该怎么做？他们一遍又一遍地问这些问题，似乎还希望从小个子比尔博那里得到答案。由此你可以看出，他们对巴金斯先生的看法有了很大的改观，开始对他产生了极大的尊敬（这与甘道夫说的一模一样）。事实上，他们确实希望他能想出绝妙的计划来帮助他们，而不是一直抱怨个没完没

195

了。他们非常清楚，如果不是霍比特人，他们撑不了多久就会没命，为此，他们感谢过他很多次。有些人甚至站起来，朝他深深地鞠躬，头甚至都贴在地面上，结果脱力摔倒在地，好长一段时间都站不起来。即便得知了凭空消失的真相，他们对比尔博的印象也没有打折扣。他们很清楚，除了运气和魔法戒指，比尔博还很有智慧，这三种特质都能派上大用场。事实上，他们对比尔博极尽溢美之词，他听后甚至开始感觉自己终于成为了一个勇敢的探险家，而且，要是能有点吃的，他觉得自己还可以更有勇气。

可惜一点食物也没有了。他们当中谁也不适合去找吃的，也不适合去寻找原本走的那条小路。小路啊！比尔博身心俱疲，再也想不出别的主意了。他只是坐在那里，盯着面前无尽的树木。过了一会儿，他们全都沉默了。但巴林除外。在其他人都停止说话、闭上眼睛很久以后，他还在自言自语，咯咯地笑着。

"咕噜！真是的！他就是这样从我身边溜过去的，是吗？现在我知道了！巴金斯先生，你是悄悄过去的，对吗？纽扣掉在了台阶上！老好比尔博……比尔博……比尔博……博……博……博……"说着说着，他睡着了，在接下来的很长一段时间里，四周都鸦雀无声。

突然，杜瓦林睁开了一只眼睛，环顾四周。"索林去哪里了？"他问。

这真是一个巨大的打击。果然只剩下十三个人了，其中十二个是矮人，剩下的那个是霍比特人。索林到底在哪里？他们不知道他遭遇了什么样的厄运，是中了魔法，还是遭到了邪恶怪物的袭击？他们在森林里，不辨方向，瑟瑟发抖。天色越来越暗，夜晚来临，他们一个接一个地睡着了，睡得很不踏实，做了许多可怕的噩梦。他们身体虚弱，疲惫不堪，找不出人来放哨或是轮流值夜，对于他们，我们暂且按下不表，先来看看索林的情况。

索林中招的时间，比他们早得多。还记得比尔博跨进光圈时，像一根木头一样睡着了吗？接下来是索林率先走进了火光的范围，当火光熄灭时，他像一块被施了魔法的石头一样倒下了。矮人们在夜里发出的叫喊，被蜘蛛俘虏并困住后发出的呼救，以及第二天战斗的声响，他全都一无所知。后来，林地精灵找到了他，将他绑起来带走了。

在森林里举办宴会的自然是林地精灵。他们不是坏人，如果说他们有什么缺点，那就是不信任陌生人。他们拥有强大的魔法，即便如此，近来他们也保持着高度的警惕。与西方的高等精灵不同，他们的威胁更大，却不太聪明。因为他们（以及他们分布在山间的亲戚）大都是从未去过西方仙境的古老部族的后裔。光明精灵、渊博精灵（也称诺姆族）和海洋精灵则在那里生活了很长时间，因此进化得更美丽、更聪明，也更为博学，他们发明了自己的魔法和巧妙的工艺，可以打造出美丽和神奇的物件，后来，他们中的一些才返回了广阔世界。而在广阔世界里，林地精灵在太阳和月亮升起之前的朦胧光线中四处游走，之后，他们在日出下的森林里漫步。他们最喜欢森林的边缘，有时在那里打猎，还有时在月光或星光下开阔的土地上骑马驰骋。人族来了以后，林地精灵便越来越喜欢昏暗的天色。然而，他们依然是精灵，心地很善良。

在距黑森林东部边缘几哩处有一个巨大的洞穴，里面住着林地精灵当时最伟大的国王。在巨大的石门前，一条河流从森林高处流出，流进树木繁茂的高地脚下的沼泽地。这个巨大洞穴四面连接着无数的小洞穴，蜿蜒延伸到很深的地下，里面有许多通道和宽阔的大殿。不过，这里比半兽人的住处更明亮、更干净，既不那么幽深，也不那么危险。事实上，这位国王的臣民大多在开阔的森林里生活和狩猎，在地上和树枝上建有房屋。他们最喜欢的树是山毛榉。国王的洞穴是他的宫殿，那里坚不可摧，他用来收藏宝藏，那里也是堡垒，他的子民在里面抵御外敌。

这里还是地牢，他把抓来的俘虏关在里面。因此，他们把索林拖进了洞里，他们的动作可不算温和，毕竟他们不喜欢矮人，还觉得索林是敌人。在远古时代，他们指责有些矮人偷了他们的财宝，还与他们发生过战争。公平起见，还得听听矮人们给出的解释，而他们的解释完全不同。据他们说，他们只是拿了自己应得的东西而已。精灵国王曾和他们做过交易，要他们打造黄金和白银器具，完工后却拒绝支付报酬。如果说精灵国王有什么弱点的话，那就是太过贪恋财宝，尤其喜爱白银和白色宝石。他的宝窟里有许多财宝，但他总是迫切地想要得到更多，因为他的宝藏并没有其他古代精灵王那么多。他的子民既不采矿，也不加工金属或珠宝，更是从不花太多精力从事贸易或耕种土地。每个矮人都知道这段往事，不过索林的家族与我提到的很久以前的这段争端并无牵扯。因此，当精灵解除咒语，索林恢复清醒后，他见到自己受到如此对待，登时气不打一处来。他还下定决心，绝不吐露任何有关黄金或珠宝的消息，一个字也不会。

国王严厉地盯着被带到自己面前的索林，问了他许多问题。但索林只说自己饿坏了。

"我的子民正在狂欢，你和你的人却发动了三次袭击，到底有什么目的？"国王问。

"我们没有发动攻击。"索林答，"我们只是很饿，想去讨点吃的。"

"你的朋友们此时在哪里？他们在做什么？"

"我不知道，但我估计他们在森林里，全都饿着肚子。"

"你们来森林做什么？"

"寻找食物和水，我们饿坏了。"

"你们到底来森林做什么？"国王生气地问。

听到这里，索林索性闭上了嘴，再也没说一句话。

"很好！"国王道，"带他下去，保证他的安全，等他有一天愿意说出真相，哪怕要等上一百年。"

精灵用皮带将索林绑住，把他关进了最深的洞穴，那里装着非常结实的木门。他们给了他食物和水，虽然谈不上丰盛，却不吝数量。林地精灵毕竟不是半兽人，哪怕是擒住了最凶狠的敌人，也不会不讲情面。他们只对巨型蜘蛛下手不留情。

可怜的索林躺在国王的地牢里，吃了面包和肉，喝了水，心里非常感激，却也非常担心自己那些不幸的朋友，不知他们现在怎么样了。用不了多久他就能知道，但那要在下一章提及，届时将展开一场全新的冒险，而霍比特人也将再次彰显自己的作用。

第九章
木桶大逃亡

在大战蜘蛛之后的第二天,比尔博和矮人们做了最后一次绝望的努力,想在饿死和渴死之前找到一条出路。他们站起来,踉跄着朝他们十三个人中的八个猜想的小路所在的方向走去。不过他们从未有机会确定自己的猜测是否正确。白天就这样过去了,入夜,四周又一次渐渐变成漆黑一片,突然,周围出现了许多火把,火光如同数百颗红星一般。林地精灵们拿着弓箭和长矛跳了出来,叫矮人们停下。

他们压根儿就没想过反抗。即便比现在状态好,矮人们其实也很乐意被俘,毕竟他们手里只有小刀,而这样的武器根本不足以抵挡能在黑暗中射中飞鸟眼睛的精灵弓箭。于是,他们干脆停下,坐下来等着。不过比尔博除外,他赶紧戴上戒指,迅速溜到一边。因此,精灵虽然把矮人们绑在一起,一个接一个排成一长串，还清点了数目，却压根没发现霍比特人，清点的人数里也没有他。

他们押着俘虏进入森林，却没有听见，也没有感觉到比尔博跟在他们的火把后面小跑着。矮人们的眼睛都被蒙住了，但这无关紧要，毕竟即便是能视物的比尔博，也看不出精灵在往哪里走，况且他和其他人也不清楚出发的地方是何处。比尔博使出浑身的力气跟在火把后面，矮人们又病又累，精灵还是逼着他们以最快的速度前进。是国王命令他们快去快回的。突然，火把不动了，在他们开始过桥之前，霍比特人刚好赶了上来。过了桥，便可以到达国王的宫门了。桥下的河水黑乎乎的，水流迅疾。远端有几扇门，穿过这些门就是一个巨大洞穴的入口，洞穴通向一道长满树木的陡峭山坡。在那里，高大的山毛榉一直延伸到岸边，树根扎在河水里。

精灵推着俘虏过了桥，比尔博却在后面犹豫起来。他一点也不喜欢洞穴口的样子，但他还是下定决心，绝不丢下朋友们，于是，趁着国王大门哐啷一声关闭前，他及时跟着最后几个精灵跑了进去。

里面的通道被红色的火把照得通明，精灵卫士们一边唱着歌，一边穿过蜿蜒曲折、纵横交错、回响不绝的小路。这里和半兽人城市中的地道很不一样，比较窄小，并不太深，空气也较为清新。精灵国王坐在一个大殿里，里面的立柱都是用活石开凿出

精灵国王的魔法门

来的，国王所坐的是一把雕花木椅。现在又是秋天了，他的头上戴着一顶由浆果和红叶编织而成的王冠。等到了春天，他的王冠将采用林地花朵编织。他手里握着一根雕花橡木手杖。

俘虏们被带到他面前。他恶狠狠地看着他们，见他们衣衫褴褛，疲惫不堪，便吩咐手下给他们松绑。"再说了，在这里也不需要用绳子绑着他们。"他道，"凡是被带进来的人，都逃不出我的魔法门。"

接下来很长一段时间，他仔细地询问了矮人许多问题，比如他们在做什么，到哪里去，从哪里来，但从他们那里得到的消息并不比从索林那里得到的多多少。矮人性情乖戾，满心怒火，甚至都没有佯装礼貌。

"啊，国王，我们做了什么呢？"巴林说，在剩下的人中，他的年纪最长，"在森林里迷路，又饥又渴，被蜘蛛困住，是罪过吗？难道蜘蛛是你驯服的野兽或宠物，我们杀了蜘蛛，惹你不高兴了？"

这样一问，自然惹得国王更加生气，他回答说："未经允许在我的疆土上游荡，就是罪过。难道你忘了，你们是在我的王国，走的是我的子民开辟出来的道路？你们难道没有在森林里三次跟踪和骚扰我的子民？你们难道没有制造混乱，闹出很大的动静，最终惊动了蜘蛛？你们惹了这么多麻烦，我有权知道你们来这里的目的，你们不说，我就把你们都关进牢室，直到你们恢复理智，学会讲礼貌！"

他下令把每个矮人都关进一间单人牢房，给他们吃的喝的，但不准他们走出小牢室的门，除非他们当中至少有一个愿意说出他想知道的一切。但是，他并没有提起索林也成了他的俘虏，这件事还是比尔博发现的。

巴金斯先生真是可怜，独自一人在那个地方生活了很长一段时间，日子煎熬极了。他躲躲藏藏，即便躲在他能找到的最黑暗、最偏远的角落，他也从来不敢摘下戒指，甚至都不敢合眼睡觉。为了找点事做，他开始在精灵国王的宫殿里转悠。大门被施了魔法，总是关着，但只要动作够快，他有时也可以出去。林地精灵成群结队，不时骑马外出打猎，或到森林和东方的土地上办理其他事务，偶尔国王也一同前往。在这样的时候，只要比尔博身手敏捷，就可以跟在他们后面溜出去，不过这么做非常危险。他不止一次在最后一个精灵出门后险些被大门夹住。可他也不敢走在他们之间，毕竟他有影子（在火把光亮的照耀下影子显得很细，还来回晃动），也担心自己会被他们撞到，泄了行踪。他只出去过几次，但没有多大收获。他不想抛弃矮人们，事实上，如果没有他们，他并不知道自己该何去何从。精灵们外出狩猎，他跟不上他们的速度，所以一直没找到走出森林的路，只能悲惨地在森林里游荡，害怕迷路的他只能等待机会返回宫殿。他不会打猎，在外面也很饿，但在洞穴里，他可以趁没人时从仓库里或桌上偷食物，以此维生。

"我就像一个永远也无法逃脱的飞贼，只能日复一日地在同一所房子里偷东西。"他心想，"这次的历险倒霉透顶，不光无聊，还叫人很不自在，而这段日子就是最乏味、最沉闷的部分了！真希望回到我在霍比特的洞府，待在温暖的火炉边，周围的灯光是那么明亮！"他也常常盼望能给巫师捎信求救，但这当然是不可能的。他很快就意识到，如果要做点什么，那也只能由巴金斯先生独自一人来完成，不会有任何助力。

过了一两个礼拜这样东躲西藏的生活后，他开始观察和跟踪卫兵，还利用了所有能利用的机会，终于找到了所有矮人被关押的地点。他在宫殿的不同地方找到了全部十二间牢房，过了一段时间，他把周围的路也记得滚瓜烂熟。有一天，他无意中听到几个看守的谈话，惊讶地得知在一个特别深、特别黑的地方还关着一个矮人。他马上就猜到那是索林，并很快证实了自己的猜测。最后，他费了很大的劲，才在周围没有人的情况下找到了那个地方，并和矮人首领说上了话。

索林的处境实在太过悲惨，他已经没有精力为自己的不幸而生气，甚至开始琢磨该不该把宝藏和探险的事向精灵国王和盘托出（由此可见，他的意志有多么消沉），就在这时，他听见锁眼里传来了比尔博微弱的声音。他简直不敢相信自己的耳朵。不过,很快他就断定自己没有弄错,于是走到门口,和门外的霍比特人低声聊了很久。

就这样,比尔博得以把索林的消息秘密地传达给其他被囚禁的矮人,并告诉他们,他们的首领索林也被关在附近,他还告诉他们,谁也不能向国王透露他们的使命,至少现在不能,除非索林有吩咐。索林在听说霍比特人是如何从蜘蛛手中救出他的同伴们之后,便恢复了信心,还再次下定决心不向国王承诺分宝藏给他,以换取自己的自由,除非通过其他方式逃脱的希望完全破灭,了不起的隐形人巴金斯先生(他现在开始倚重他了)也想不出高明的办法。

其他矮人听到消息后也表示同意。他们都认为,要是把一部分宝藏给了林地精灵,他们自己那份就要大打折扣(尽管他们身处困境,也不曾征服恶龙,却依然觉得宝藏归他们所有),况且他们都信任比尔博。你瞧,甘道夫的预言成真了。也许正因如此,他才会离开,丢下他们独自去探险。

然而,比尔博却不像他们那样充满希望。他不喜欢所有人都依赖自己,只盼着巫师在他身边。但多思也是无益。也许他和巫师之间隔着整片黑森林呢。他坐在那里,想了又想,想得脑袋都要炸开了,却还是想不出好主意。隐形戒指固然是好东西,但他们有十四个人,戒指就不够用了。当然,你肯定已经猜到了,他最后确实救出了朋友们,事情的经过是这样的。

有一天，比尔博四处查探，发现了一件非常有趣的事：大门并非山洞唯一的出入口。有一条河从宫殿地势最低处下方流过，流经主入口外的陡峭斜坡，向东汇入森林河。在这条地下水道从山坡延伸出来的地方有一道水门。那里的岩石洞顶很矮，距离河面非常近，洞顶装了一道吊闸，闸门放下来直达河床，防止任何人从该处进出。但是，由于很多精灵进进出出都走这道水门，闸门经常都是开着的。假如有人从那里进入山洞，就要走一条黑暗粗糙的隧道，而这条隧道一直深入山心。但在洞穴下方某处，隧道的顶部已被凿开，安装了很多巨大的橡木活板门。这些门向上通到国王的地窖。而地窖里立着无数个酒桶。林地精灵，尤其是他们的国王，都很喜欢喝酒，不过这一带无人种植葡萄。酒和其他的东西都是从遥远的地方运来的，或是来自他们在南方的亲戚，或是来自远方人族的葡萄园。

比尔博是躲在一个最大的木桶后面，发现这些活板门及其用途的。他躲在那里，听着国王仆从们的谈话，知道了葡萄酒和其他货物是如何经过水路或陆路运抵长湖的。那里似乎有一座仍有人族居住的小镇，长湖镇建在水面上，分布着四通八达的桥梁，以抵御各种敌人，尤其是山里的恶龙。木桶是沿着森林河，从长湖镇运过来的。通常情况下，木桶都被绑在一起，像大木筏一样，用篙或桨划向上游。还有时，木桶则装在平底船上运过来。

酒桶空了，精灵就把它们抛下活板门，打开水闸，木桶就随水上下浮动，漂到河下游靠近黑森林东边边缘的一个突出的地方。在那里，有人收起木桶，绑在一起，让它们漂回长湖镇。而长湖镇就位于森林河汇入长湖的地方。

比尔博坐下来，思考能不能利用那道水门，帮助朋友们逃跑。最后，他终于想出了一个孤注一掷的计划。

晚饭已经送到了各个俘房手里。卫兵们高举火把，沿着通道走了，把一切都留在黑暗中。跟着，比尔博听见国王的仆役长在向侍卫队长道晚安。

"跟我走吧，"他说，"去尝尝刚送来的新酒。我得去把地窖里的空桶都清走，今晚可有的忙哩。我们先去喝一杯，喝完就有劲儿干活了。"

"太好了。"侍卫队长笑道，"我跟你去尝尝，看看这些酒适不适合送上国王的餐桌。今天晚上有个宴会，送劣质酒过去可不行！"

比尔博听到这个消息，不由得一阵激动，他觉得好运来了，马上就有机会试试自己那个铤而走险的计划了。他跟着那两个精灵来到一个小地窖，只见他们两个坐在一张桌边，桌上放着两个大酒壶。不久他们开始喝酒，边喝边开心地大笑。这一次，比尔博交上的可是异乎寻常的好运。林地精灵只有喝烈酒才会醉倒，而这次送来的酒似乎是多温尼恩大酒庄酿造的佳酿，喝了很容易醉，这种酒不是给士兵或仆人准备的，而是专供国王宴请之用，要用小酒杯小口品尝，不能像仆役长这样用大酒罐喝。

很快，侍卫队长就开始耷拉下脑袋，随即便趴在桌上沉沉睡去了。仆役长似乎根本没注意到，继续自顾自地一边嘟囔，一边傻笑，但很快他的脑袋也垂到了桌上，他自己在朋友身边睡着了，还打起了呼噜。这时，霍比特人悄悄走了进去。侍卫队长身上的钥匙很快就到了他的手里，但比尔博还是以最快的速度沿着通道朝牢房走去。大串钥匙挂在他的胳膊上，显得那么沉重，尽管戴着戒指，他还是不时心跳加速，心提到了嗓子眼儿，毕竟钥匙不时碰在一起，发出响亮的叮当声，他无法阻止，吓得浑身发抖。

他首先打开了巴林的牢门，矮人一出来，他就小心翼翼地把门锁上。你可以想象到巴林有多惊讶。不过他在小石屋里早就待腻了，很高兴能出来。他很想停下来问些问题，了解一下比尔博要干什么，以及所有的事情。

"没时间了！"霍比特人说，"你只管跟着我！我们必须待在一起，走散就危险了。我们大家必须一起逃出去，否则一个都逃不掉，这是最后的机会了。要是被发现，天知道国王以后会把你们关在哪里，我估摸到时候他还会给你们戴上手铐和脚镣。别争辩了，乖乖听话！"

然后，他去了一个又一个牢房，最后，他的身后跟着十二个同伴，他们在黑暗中被关了那么久，动作都有些僵硬。每当他们中有人撞到一起，或是在黑暗中嘟嘟囔囔、小声说话，比尔博的心就会怦怦直跳。"真烦，矮人太吵了！"他自言自语道。但一切都很顺利，他们没有遇到守卫。事实上，那天晚上树林里和上方的大厅里都在举行盛大的金秋宴会。国王的所有臣民几乎都在尽情欢乐。

他们跌跌撞撞地走了一会儿，终于来到了关押索林的地牢，这里位于很深的地下，所幸距离地窖不远。

"一点不假！"索林听到比尔博小声招呼自己出去，与朋友们会合，便这样说道，"和往常一样，甘道夫又说对了！时候一到，你就能做个相当出色的飞贼。我相信无论之后发生什么，我们都会永远听你差遣。但接下来该怎么办？"

比尔博意识到，是时候尽量解释自己的想法了。但他完全不确定矮人们将作何反应。他的担心是有道理的，他们一点也不喜欢这个计划，虽然危机四伏，他们还是大声抱怨起来。

"我们一定会被撞得粉身碎骨，还会被淹死，肯定会的！"他们牢骚满腹，"你拿到钥匙，我们还以为你有了什么高明的主意呢。你这想法太疯狂了！"

"很好！"比尔博说，他很沮丧，也很恼火，"那就回你们漂亮的牢房里去吧，我可以把你们再锁在里面，你们就舒舒服服地坐在里面，琢磨更好的计划吧。不过，我想我再也拿不到钥匙了，即使我很想去尝试。"

矮人们死也不愿意再回牢房，便冷静了下来。最后，他们当然只能按照比尔博的建议去做，因为显然不可能找到路去上面的大厅，也不可能杀出去，从被魔法封印的大门逃走。在通道里不停抱怨，露了行踪而被抓回去，可就得不偿失了。于是他们跟着霍比特人，蹑手蹑脚地进入了最深处的地窖。他们走过一扇门，从这里可以看到侍卫队长和仆役长还在满足地打着鼾，脸上带着微笑。多温尼恩葡萄酒带来了深沉而愉悦的美梦。即使比尔博在动身前偷偷溜进去，好心地把钥匙放回到了侍卫队长的腰带上，第二天他的脸上也必将出现截然不同的表情，笑不出来了。

"这也许能让他的麻烦少一点。"巴金斯先生自言自语道，"他这人还不赖，对犯人也很好。到时候他们只会一头雾水，准以为我们会很厉害的魔法，能穿越上锁的大门消失不见。消失！真要消失的话，我们就得赶快行动起来了！"

巴林被派去监视侍卫队长和仆役长，只要他们醒了，就发出警告。其余的人全去了隔壁有活板门的地窖。没有多少时间可以浪费了。比尔博很清楚，很快就有一些精灵奉命下来，帮助仆役长把空木桶从活板门抛进河里。事实上，木桶早已一排排地立在中间，就等着推下去了。其中有些是酒桶，不过派不上用场，打开两端肯定会闹出很大的动静，再固定回去也不容易。不过还有一些用来运送其他东西到国王宫殿的木桶，比如黄油和苹果。

他们很快找到了十三个桶，每个都能容纳一个矮人。事实上，有些桶里的空间还十分宽敞。矮人们爬进去之后，就开始担心受不了摇晃和颠簸，比尔博尽力找了一些稻草和其他东西塞在桶里，让他们在短时间内尽可能舒服一点。最后，十二个矮人都进了木桶。索林最难缠，他在木桶里不停地转圈圈，扭来动去，嘟嘟囔囔，像一条关在小狗窝里的大狗。排在最后的巴林说什么通风孔太小，他憋得喘不上气，可这时候桶盖都还没盖上。比尔博尽其所能地把木桶两边的洞堵上，把所有的盖子都牢牢地固定好。现在又只剩下他一个人在外面，他跑来跑去，完成最后一点封闭木桶的工作，盼着自己的计划能顺利实施。

时间刚刚好。巴林那个木桶的盖子刚封好，才过了一两分钟，就传来了说话声，还可以看到火光闪烁。几个精灵有说有笑地走进地窖，还哼着几句歌。大厅里正在举行一场愉快的宴会，他们这趟下来，一心只盼着尽快赶回去。

"仆役长加里昂呢？"一个精灵问，"今晚在饭桌上就没见到他人。他现在应该在这里，告诉我们该怎么办。"

"那个慢吞吞的老家伙要是迟到了，我可要生气了。"另一个说，"大伙儿都在上面唱歌，我可不想在这里浪费时间！"

"哈！哈！"有人喊道，"这个老坏蛋，脑袋搭在酒壶上，睡得正香哩！原来他和他的侍卫队长朋友在这里举办小型宴会呢！"

"摇他两下！把他叫醒！"其他精灵不耐烦地喊道。

加里昂被人摇醒，一点也不高兴，更不喜欢被人嘲笑。"你们都迟到了。"他抱怨道，"我在下面等啊等，而你们这些家伙喝酒作乐，浑忘了自己的差事。难怪我都累得睡着了！"

"边上就有个酒罐子，你睡着也不足为奇了！"他们说，"干活儿之前，也让我们尝尝让你睡着的东西！不要叫醒侍卫队长了。看他那样子，肯定已经喝过了。"

他们喝了一轮酒，突然变得非常亢奋。但他们并没有完全失去理智。"老天，加里昂！"有的喊道，"你这么早就开始喝酒，脑袋都糊涂了！这里有些桶还是满的，不是空桶。"

"干你们的活儿吧！"仆役长咆哮道，"醉鬼掂什么都觉得重。就是这些。照我说的做！"

"很好，很好。"他们边说边把木桶推到洞口，"如果国王的满桶黄油和他最好的酒被推到河里，让长湖人白吃白喝，那可都是你的错！"

滚呀……滚呀……滚呀……滚呀……
滚呀……滚呀……从这个洞滚下去！
用力推呀！砰砰落呀！

往下滚呀，咚咚响呀！

随着他们的歌声，一个又一个木桶轰隆轰隆地滚到黑暗的活板门口，被推到几呎下方冰冷的水中。有的桶确实是空的，有的桶里则塞着矮人，但全都滚了下去，一时间咚咚声和哐当声四起，一个桶摞着另一个桶，重重地落在水中，时而撞击着隧道的岩壁，时而撞击彼此，浮动着顺水漂走了。

就在这时，比尔博突然发现了自己计划中的弱点。你很可能早就注意到了，还因此嘲笑他。但你若处在他的位置，恐怕连他的一半也不及。问题在于他自己还没进桶，即便他有机会进入桶里，也没人为他把桶封好！看来这一次他肯定要失去朋友们了（他们大都已经滚下漆黑的活板门了），他要被抛在后面，永远潜伏在精灵洞里当飞贼了。就算他能立即从上面的大门逃出去，找到矮人的机会也微乎其微。他不清楚从陆路怎么到达把木桶从河里捞起的地方。他不知道如果没有他，他们会怎么样。他还来不及把自己探听到的消息告知他们，也没说等走出森林后，他有什么样的计划。

当所有这些想法在他脑子里闪过的时候，精灵们正兴高采烈，开始围着吊闸唱歌。有些已经去拉绳子，要把吊闸拉起来，这样，木桶浮在水面就能立即漂走。

顺着湍急黑暗的河流漂荡,
回到你们曾经熟悉的地方!
离开地下深处的洞穴和大厅,
离开北方陡峭的山峰,
那里的森林广袤而昏暗,
笼罩着灰色和阴沉的暗影!
漂到树木组成的世界之外,
进入低语的微风之塞,
越过灯芯草,越过芦苇,
越过沼泽里摇曳的野草累累,
穿透白茫的雾霭漫漫,
在深夜的池塘打捞上岸!
跟随吧,跟随跃起的星辰,
升入寒冷而高耸的苍穹。
黎明降临大地,掉转方向,
越过急流,翻越黄沙尘浪,
南下吧!南下吧!
寻找阳光和白昼,
回到牧园,重归草甸,
牛在那里吃草正香甜!
回到山上的花园,

浆果在那里长得大又圆，
在阳光下，在白日间！
南下吧！南下吧！
顺着湍急而黑暗的长河，
回到你曾经熟悉的地方！

现在，最后一个木桶正被推向活板门口！绝望之下，可怜的小个子比尔博不知道还能做些什么，便一把抓住那只桶，和它一起被推了下去。扑通一声，他掉进了水里！河水冰冷漆黑，木桶还压在了他身上。

他费了九牛二虎之力总算把头冒出水面，像老鼠一样紧紧贴着木桶，可不管怎么努力，就是爬不到木桶上面。每次他想爬上去，木桶就滚来滚去，再次把他压到水里。这个桶是空的，像软木塞一样轻盈地漂浮着。他的耳朵里灌满了水，但他仍然能听到精灵们在上面的地窖里唱歌。突然，活板门砰的一声关上了，他们的声音就此消失。他在黑暗的隧道里，漂在冰冷的水中，又一次孤身一人了，毕竟他的朋友们都在桶中，并不算泡在水里。

很快，前方的黑暗中出现了一片灰色地带。他听到吊闸吱吱升起，自己顺势漂到了一大堆上下起伏、相互碰撞的木桶中间，这些桶都挤在一起，等待穿过拱门，进入开阔的河面。他左躲右闪，尽量不让自己被撞得粉身碎骨，最后，挤在一起的木桶开始散开，一个接一个从石拱下漂走了。这时他才明白，即便跨坐在桶上也无济于事，因为闸门所在的洞顶突然下弯，与木桶顶部之间的空间变得非常狭小，即便是霍比特人也容不下。

他们漂流到了河两岸悬垂的树枝下。比尔博想知道矮人们感觉如何，桶里是不是进了很多水。在昏暗的光线下，有些木桶有很大一部分浸在水里，他估摸那些就是矮人所在的木桶。

"但愿我把盖子盖得够紧！"他心想，但没过多久，他就只能顾着自己，把矮人忘到脑后了。他努力把脑袋探出水面，可河水太冷了，他冻得瑟瑟发抖，不知道能不能在冻死之前转运，也不知道自己还能支撑多久，是否应该冒险放手，试着游向岸边。

没过多久，运气就转好了：河水打着旋儿，把几个木桶冲到了岸边，它们在一些隐蔽的树根之间卡了一会儿。比尔博所在的木桶抵在其他木桶上，稳稳地不动了，他趁机爬到了桶顶，像只落汤鸡一样摊开手脚趴在上面，尽量保持平衡。冷风呼呼吹着，但总强过待在水里，他只盼着木桶再次漂起来时，他不会突然又滚下去。

没过多久，木桶再次散开，转了几圈便顺流而下，进入了主河道。他发现自己担心的情况发生了：确实很难一直留在桶上，但他还是设法做到了，只是姿势相当不舒服。所幸他很轻，木桶又大又结实，还渗进了一点水。尽管如此，这依然像是骑在一匹肚子圆滚滚的小马上，没有缰绳，也没有马镫，马儿还总想着在草地上打滚。

就这样，巴金斯先生终于来到了一个两边树木越来越稀疏的地方。他可以从树木之间的缝隙望到淡淡的天空。黑暗的河水突然变得宽阔起来，与从国王大门奔流而下的森林河汇合在一起。水面还是有些暗淡，却不再有阴影笼罩，流动的河面上跃动着云和星辰破碎的倒影。接着，森林河湍急的河水把所有的木桶都冲到了北岸，进入了一个宽阔的河湾。在高悬的泥滩之下，有一处满是碎石的河岸，东端有一小片突出的坚硬的岩岬。大部分木桶都搁浅在了这片浅滩上，只有几只继续漂流，砰砰撞在岩岬上。

有人在河岸上瞭望。他们用长杆迅速地把所有的木桶都推到浅滩上，清点完数目后，用绳子把桶绑在一起，留待第二天早上再处理。可怜的矮人们！比尔博现在不那么狼狈了。他悄悄地滑下木桶，涉水上岸，偷偷走到他早就看见的水边的几间小屋旁。只要有机会，他一定不请自来，毫不犹豫地吃一顿晚餐，毕竟这么久以来，他没有办法，一直都是这么干的。他现在非常清楚真正的饥饿是什么滋味，对食品室里满满当当的美食，他不会只表现出克制的兴趣。他还瞥见树林里有一团火，他身上那些衣服破破烂烂，滴着水，又冷又湿，火看起来诱人极了。

他那天晚上的冒险故事就不必在这里详述了，此次东行即将画上句点，马上就要开始最后一段也是最伟大的历险了，所以我们必须抓紧时间。当然，凭借着魔法戒指，开始的时候很顺利，但最后，他无论走到哪里，坐到哪里，都会留下湿漉漉的脚印和水滴的痕迹，就这样泄露了行迹。他还开始流鼻涕，无论他想躲到哪里，他那强压着的喷嚏声都无比响亮，总会被人发现。不久，这座河边的村落就乱了，比尔博却带着不属于他的一条面包、一皮囊葡萄酒和一个馅饼逃进了森林。那天晚上剩下的时间里，他浑身湿漉，离火堆很远，但酒对他很有帮助，虽然快到冬天了，天气非常冷，他还是在干树叶上打了个盹。

他醒来时打了一个特别响的喷嚏。天已经蒙蒙亮了，河边传来一阵欢快的喧闹声。木桶被搭成了筏子，木筏精灵们很快就会驾着木筏顺流而下，前往长湖镇。比尔博又打了个喷嚏。他身上不再滴水，但他觉得浑身冰凉。他迈着僵硬的双腿，以最快的速度悄悄走了下来，在一片忙乱中，总算及时爬上了那一大堆木桶，没有被人注意到。幸运的是，当时太阳还没出来，不会给他投下令人尴尬的阴影，更幸运的是，他好一会儿都没再打喷嚏。

精灵们使用长杆，用力一推，筏子驶入了水里。还有些精灵站在浅水中，拉的拉，推的推。现在所有的木桶都捆在一起，发出吱吱嘎嘎的响声。

"太重了！"有些精灵抱怨道，"吃水太深了，有些肯定不是空的。要是白天漂过来就好了，还能检查一下里面。"他们说。

"没时间了!"撑筏精灵道,"开船了!"

最后,他们终于出发了,慢慢地漂到其他精灵所在的岩石旁,他们用长杆一撑,筏子便进入了主河道,速度越来越快,向着河下游的长湖漂去。

矮人们和霍比特人就这样逃出了国王的地牢,还穿越了黑森林,但究竟能不能保住小命,还要拭目以待。

第十章
热烈的欢迎

比尔博和矮人们顺水漂流,天色越来越亮,越来越暖和。过了一会儿,河水绕过了他们左边一道陡峭的斜坡。在像内陆悬崖一样的岩石脚下正是河水最深的地方,水流湍急,泛着白沫。接着,悬崖突然消失了,河岸不见了,再也看不见一棵树。比尔博看到了这样一幅景象:

他周围的土地变得开阔起来,河水分成了无数条支流,蜿蜒迂回地奔流着,还有的河水积聚在一起,形成了四面布满岛屿的沼泽和水潭。然而,在正中间,仍有一股强劲的水流在涌动。远处一座神秘险峻的山峰直插云霄,若隐若现!离那座山最近的东北方向的群山,以及与群山相连的起伏不平的陆地,都依然看不见。那座山独自矗立着,直对沼泽地另一边的黑森林。那就是孤山!比尔博经过长途跋涉,历尽千难万险,终于看到了它,却一点也不喜欢它的样子。

他听着撑筏精灵的谈话，把零碎的信息拼凑起来，很快就意识到，他能看到孤山，哪怕是隔着这么远的距离，也是非常幸运了。之前被关在国王山洞里枯燥无味，眼下的处境又让人很不愉快（更不用说他身下可怜的矮人们了），但他比自己想象的要幸运得多。精灵们的话题围绕着水路贸易，他们说，随着从东方通往黑森林的道路或是消失或是废弃，河上交通变得日益繁忙起来。他们还说，住在长湖镇的人族和林地精灵为了谁来维护森林河，谁来养护河岸的问题经常争吵不休。自从矮人住在孤山的时代以来，这片土地发生了很大的变化，而现在，在大多数人的印象中那个时代只是一段模糊的传说而已。自从甘道夫最后一次听到这片地界的消息以来，即便是在最近几年，变化也非常大。大洪水和大雨致使向东流淌的河水暴涨，还发生过一两次地震（有些人认为这是恶龙史矛革引起的，提到它，人们只会咒骂一句，再朝不祥的孤山的方向点点头）。河水两边的沼泽和泥塘越来越宽。许多道路消失了，许多骑马的行者和流浪者即便寻找过那些消失的道路，如今也不再现身了。至于矮人们听从贝奥恩的建议所走的那条穿越黑森林的精灵小径，其尽头位于森林的东部边缘，但那里路况如何没人能确定，也很少有人走了。要从北方的黑森林边缘到达远处孤山下的平原，只有走这条河是安全的，而这条河由林地精灵的国王负责守卫。

223

所以你看，比尔博最终走上了唯一一条好走的路。坐在木桶上瑟瑟发抖的巴金斯先生，如果他知道甘道夫已经了解到了地形变化的消息，并为此忧心忡忡，也办好了他要办的事（与本书里的故事无关），正准备来寻找索林一行，也许会得到些许安慰。可惜比尔博对此毫不知情。

他只知道这条河河水滔滔，似乎永无止境，他不光饿得前胸贴后背，还患上了重感冒，鼻塞得厉害，而且，孤山越来越近，它似乎在对他皱起眉头，向他发出威胁，这让他浑身不自在。然而，过了一会儿，河水改道流向偏南方向，与孤山的距离又变远了。最后，在傍晚时分，河岸上出现了岩石，各条支流汇聚在一起，形成一股又深又急的洪流，他们以极快的速度向前冲去。

太阳已经落山了，森林河向东改道，汇入了长湖。那里有一个很宽的入口，两边都是石崖般的大门，门脚边堆着卵石。长湖到了！比尔博从来没有想到过，除了大海，还有什么水域竟看起来如此广阔。湖面太宽了，衬托之下，对面的湖岸看起来是那么小、那么远，这座湖极长，向孤山方向的北端根本望不到边。比尔博只是从地图上才知道，在那里，北斗七星已经开始闪烁光华，奔流河从河谷流进长湖，与森林河一道，将深不见底的水注入这个曾经必定是巨大而深邃的岩谷的地方。在长湖南端，两条河的河水再次倾泻而下，形成非常高的瀑布，奔流到未知的地方。在这个寂静的傍晚，瀑布的声音听起来就像远处的吼叫。

在离森林河汇入长湖处不远的地方，就是他在国王地窖听精灵们说起的那个奇怪小镇。虽然有些棚屋和建筑立于湖岸之上，但整座城镇不在湖岸，而是建在湖上。正好有一片岩岬矗立在湖中，将汇入的河水漩涡阻隔在外，形成了一个平静的湖湾。可以看到一座巨大的木桥，桥那边是一座繁忙的木制城镇，由用黑森林里粗壮的树木制成的木墩支撑，立于湖泊之上，镇中居住的不是精灵，而是人族。远处的孤山上盘踞着恶龙，他们依然敢于在这里定居。他们仍以贸易为生，先从南方沿河而上，再用大车将货物经由瀑布运抵他们的小镇。但在过去的繁荣时代，当时北方的河谷镇还富庶而昌盛，他们既富有又强大，河道里有许多船队，有的载满了金子，有的载满了全副武装的勇士，他们进行过战争，做出过英勇的事迹，可如今，这些往事都变成了传说。每每遇到干旱，湖面下沉，通过腐烂的木桩依然可以看出当初这个城镇比现在大得多。

如今，人们对这一切都已淡忘，不过有些人还唱着有关孤山矮人之王、都林家族的瑟罗尔和瑟莱因、恶龙到来和河谷诸侯覆灭的古老歌谣。有些人还唱到瑟罗尔和瑟莱因终有一天会王者归来，金子会穿过山门，随着河水滚滚而来，大地将再度充满歌声和笑声。但这个令人愉快的传说并没有对他们的日常生活产生多大影响。

长湖镇

木桶筏子一出现在视线里，就有一艘艘小船从镇上的木桩之间划出，人们纷纷向撑筏精灵打招呼。接着，绳索抛出，木桨划动，很快，桶筏就被拉出了森林河，绕着高高的岩肩，被拖进了长湖镇的小湖湾。筏子就停泊在离大桥通往岸边那一端不远的地方。用不了多久，人们就会从南方赶来，把一些木桶运走，再把他们带来的货物装进另一些桶里，顺着河流送回林地精灵的家。此时，木桶都被留在了水面上，而随着木筏过来的精灵和镇上的船夫则到长湖镇参加宴会去了。

如果能看到在他们走后，夜幕降临时岸边发生的事，他们一定会大吃一惊。首先，比尔博把一个木桶从筏子上割下来，把它推到岸边打开。随着里面传来一阵呻吟声，一个气哼哼的矮人爬了出来。他蓬乱的胡须里插着湿稻草，浑身酸痛僵硬，身上伤痕累累，饱受撞击之苦，他费了很大劲才站起来，跌跌撞撞地走过浅水，躺在岸边呻吟。他的肚子都饿瘪了，露出一副野蛮相，就像一条被铁链锁在狗窝里一个礼拜无人问津的狗。此人正是索林，但此时只能通过他的金链子，以及他那顶又脏又破、带着褪色银流苏的天蓝色兜帽的颜色来判断出他的身份。过了好一会儿，他才拿出礼貌的态度对待霍比特人。

"那么，你是活着还是死了？"比尔博很生气地问道。也许他忘记了自己至少比矮人们多饱餐了一顿，四肢可以活动，更不用说他还一直都在呼吸新鲜空气了。"你仍在监狱里，还是自由了？如果你想要吃东西，想要继续这场愚蠢的历险……毕竟这是你的历险，不是我的……你最好拍拍你的胳膊，揉揉你的腿，趁还有机会，帮我把其他人弄出来！"

索林当然明白比尔博说的有道理，于是又呻吟几声，便站了起来，尽可能地帮助霍比特人。在黑暗中，他们泡在冰冷的河水中寻找藏着矮人的木桶，这可是一项艰巨的工作。他们敲打木桶外皮，同时叫喊着，只发现了六个还能应声的矮人。木桶打开，矮人们被拽到岸边，或坐或躺，呻吟不止，个个全身湿透，身上青一块紫一块，一时间尚未意识到自己已经重获自由，要为此心存感激。

杜瓦林和巴林火气最大，就算开口要他们帮忙，也只会碰一鼻子灰。比弗和波弗受到的撞击少一些，身上也比较干，但他们躺在地上不动，什么也不肯做。然而，菲力和奇力都很年轻（相对于矮人而言），他们坐的桶比较小，里面还塞着很多稻草，爬出来时脸上多多少少还带着微笑，身上只有一两处瘀伤，僵硬的感觉很快就消失了。

"但愿我这辈子都不会再闻苹果味了！"菲力道，"我那个桶里都是这股子味。动也不能动，又冷又饿，却总有股苹果味往鼻子里钻，简直能把人逼疯。现在，这广阔世界里的食物我能连续吃上好几个钟头，就是苹果除外！"

在菲力和奇力的帮助下，索林和比尔博终于找到了剩下的同伴，把他们救了出来。可怜的胖邦伯不是睡着了就是昏了过去。多瑞、诺瑞、欧瑞、欧因和格罗因被水泡得只剩下了半条命，在被一个一个拖到岸上后，只能躺在那里，什么忙也帮不上。

"好了！我们到了！"索林道，"我想，我们应该感谢我们的星辰，以及巴金斯先生。我相信他有权期待得到我们的感谢，尽管我希望他能安排一次更舒适的旅行。不过，巴金斯先生，我们还是非常愿意为你效劳的。毫无疑问，等吃饱了，身体恢复了，我们一定会满怀感激。不过，我们接下来该怎么办？"

"我建议去长湖镇。"比尔博说，"不然还能去哪儿？"

自然没有别的地方可去。于是，其他人留下休息，索林、菲力、奇力和霍比特人沿着河岸来到了大桥。桥头有卫兵把守，只是警戒很松懈，毕竟已经很久都没出现过需要真正警戒的情况了。除了偶尔为过河费发生口角之外，他们和林地精灵一直是朋友。而别的人族都住在很远的地方。镇上有些年轻人公开声称山中根本没有龙，还嘲笑那些说自己年轻时曾见过龙在空中飞翔的老汉和老妪。正因如此，也就难怪守卫们在茅屋里围着火喝酒说笑，既没有听到矮人们打开木桶的动静，也没有听到四人来探路时的脚步声。当索林·橡木盾突然走进大门，他们全都惊诧不已。

"你是谁，想干什么？"他们大叫一声，一跃而起，伸手去拿武器。

"我是索林，山下瑟莱因之子，瑟罗尔之孙！"矮人大声说。他衣衫褴褛，兜帽湿哒哒地拖在后面，尽管如此，他周身还是散发着不凡的气势，脖子和腰上的金子闪闪发光，双眼黑而深邃。"我回来了。我想见见你们的镇长！"

此话一出，便点燃了众人兴奋的情绪。有几个比较愚蠢的家伙立即跑出小屋，仿佛以为孤山会在夜色下变成一座金山，湖水则会立即泛起金黄色。卫兵队长走上前来。

"他们是谁？"他指着菲力、奇力和比尔博问。

"这两位是我的外甥，都林族的菲力和奇力，"索林回答说，"另一位是跟我们一起从西方来的巴金斯先生。"

"如果你们是为了和平而来，请放下武器！"队长说。

"我们没有武器。"索林道，这话千真万确。他们的刀都被林地精灵拿走了，就连伟大的精灵宝剑奥克瑞斯特也是。短剑倒是还在比尔博身上，像往常一样藏着，但他没有提起。"我们不需要武器，就像人们传说的那样，我们终于返回了故土。况且我们也无法对抗这么多人。带我们去见镇长！"

"他在参加宴会。"队长说。

"那就更要带我们去见他了。"菲力插嘴说，他已经听腻了这番官腔，"我们一路长途跋涉，现在又累又饿，还有几个伙伴病倒了。现在快带我们去，不要再说什么了，不然，你们的镇长会让你吃不了兜着走。"

"那就跟我来吧。"队长说。他带着六个手下将矮人和霍比特人围在中间，一起走过大桥，穿过城门，来到镇里的集市。这一大片环形的水面十分平静，周围是高大的木桩，上面盖着比较大的房屋，木制长码头上有许多台阶和梯子，可以一直下到湖面。一间大厅里灯火通明，人声嘈杂。他们到门口站定，被灯光照得直眨眼睛，看着坐满了人的长桌。

"我是索林，山下瑟莱因之子，瑟罗尔之孙！我回来了！"队长没来得及说话，索林就在门口大声喊道。

众人都跳了起来。镇长从他的大椅子上一跃而起。但最惊讶的莫过于坐在大厅下端的撑筏精灵了。他们挤到宴会主人长桌的前面，叫道：

"他们都是我们国王的俘虏，居然被他们逃脱了！这些矮人四处游荡，对自己的来历交代得不清不楚，还在森林里偷偷摸摸，骚扰我们的族人！"

"是真的吗？"镇长问。事实上，在他看来，这比山下国王归来的可能性要大得多——如果真有这么一个国王的话。

"在返回家乡的路上，精灵国王无缘无故地伏击了我们，还把我们关了起来。"索林答，"但是，无论是枷锁还是铁栏，都不能阻止传唱中的矮人回归故乡。这个小镇并不属于林地精灵的领地。我现在是对长湖镇的镇长说话，不是对国王的撑筏精灵说话。"

镇长犹豫起来，目光在他们之间来回游移。精灵国王在这一带有很大的影响力，镇长不想与他为敌，至于那些古老的歌谣，他并不当回事，他的脑袋里想的都是贸易和通行费、货物和黄金，正是出于这些习惯，他才有了现在的地位。然而，其他人的想法有所不同，很快，不用他拿主意，这件事便决定了下来。消息像火一样离开大厅的门口，传遍了全镇。大厅内外都有人在喊叫。码头上响彻急匆匆的脚步声。有些人唱起了关于山下之王归来的古老歌谣。而至于回来的其实是瑟罗尔之孙，而非瑟罗尔本人，他们则不以为意。其他人也跟着唱起来，歌声响亮地在湖面上飘荡着。

山下的国王，
　　石雕之王，
银喷泉之王
　　将返回他的故乡！

他的王冠将被高高举起，
　　他的竖琴必重新奏鸣依依，
他的大厅将回荡黄金的旖旎，
　　昔日的歌曲将再度吟唱传兮。

山间的林木将随风摆动，
　　　　绿草沐浴和煦的阳光千重。
　　他的财富必如泉涌，
　　　　河流滚滚，泛着金色的光芒恢宏。

　　河水将欢快地奔流，
　　　　湖泊将闪耀燃烧不休，
　　待山下之王回归故土，
　　　　痛苦与悲伤，都将消弭千秋！

　　人们就这样唱着，或者说歌词大致如此，只是他们唱的歌要多得多。响亮的歌声中还夹杂着竖琴和小提琴的乐声。事实上，即便是在年纪最大的长者的记忆中，镇上也从未有过如此兴奋的情绪。林地精灵也很惊讶，甚至感到害怕。他们当然猜不透索林是怎么逃出来的，还以为是他们的国王犯了严重的错误。至于镇长，他发现除此之外别无他法，只能遵从镇民的呼声，至少暂时如此，并假装相信了索林的话。于是他把自己的大椅子让给了他，还让菲力和奇力坐在他旁边的尊贵位置上。就连比尔博也被安排坐在主桌，没有哪首歌谣提起过他，哪怕是一个字也没有，可在一片嘈杂中，并没有人要求他解释一下自己的来历。
　　没过多久，其他矮人也被带进了小镇，场面热闹非凡。他们都得到了医治，吃饱了肚子，有房子住，还有人伺候，所有人都很开心，也很满意。索林和他的同伴们住进了一栋大房子，船只和桨手听他们的差遣，人们整天坐在外面唱歌，只要有矮人现身，哪怕只是露出鼻子，他们也欢呼雀跃。

这些歌中有些是老歌，但有的很新，歌词言之凿凿地唱着恶龙史矛革即将暴毙，大量珍贵的财富将沿河漂到长湖镇。这些歌多半是镇长找人编的，矮人们并不是特别满意，但与此同时，他们倒也满足，很快又变得非常结实了。的确，不到一个礼拜，他们就完全康复了，穿上了颜色合适的细布衣服，胡子梳理整齐，步伐也很神气。看索林的样子和走路的神态，好像他已经夺回了自己的王国，把史矛革大卸八块了。

就像他说的那样，矮人们对小个子霍比特人的好感与日俱增。不再有人呻吟和抱怨。他们为他的健康干杯，见到他会拍拍他的背，对他关怀备至。这样也好，因为他的心情不是特别舒畅。他没有忘记孤山是个凶险万分的地方，也没有忘记恶龙，此外，他还得了重感冒。一连三天，他不停地打喷嚏、咳嗽，不能出门，甚至从那以后，他每每参加宴会，都只能带着很重的鼻音说一句"非常感谢"。

与此同时，林地精灵们已经带着货物沿森林河回去了，国王的宫殿里也是乱七八糟的。至于侍卫队长和仆役长怎么样了，我一直没有耳闻。矮人们待在长湖镇期间，当然没有提过钥匙或木桶的事，比尔博也小心翼翼地从不隐身。不过，我敢说，巴金斯先生无疑还是有点神秘，人们对他知之甚少，有的也只是猜测而已。不管怎么说，精灵国王现在知道矮人要去干什么了，或者说他自以为知道了，于是他对自己说：

"很好！那就走着瞧吧！要是不分给我一份，他们也别想把宝贝运出黑森林。不过我想他们是不会有好下场的，他们活该！"他无论如何也不相信矮人能与史矛革这样的恶龙战斗，并将它杀死，他还非常怀疑他们不过是想从恶龙那里偷点财宝。在他看来，被矮人这么一衬托，他自己就显得非常聪明，而且比长湖镇里的人族精明得多。不过他的想法并不完全正确，到最后我们就会看到了。他派了探子去湖边，还让他们尽可能向北靠近孤山，伺机刺探。

两个礼拜后，索林觉得该上路了。趁着镇民依然热情，正好向他们寻求帮助。要是一拖再拖，到时候大家不再热情，可就不妙了。于是他找到镇长和镇民代表，表示自己和同伴们即将动身前往孤山。

镇长第一次感到惊讶，甚至还有点害怕。他开始相信索林确实是古代国王的后代。他从没想过矮人居然真敢接近史矛革，总以为他们是骗子，迟早会露馅，被赶出去。他简直大错特错。索林是山下之王货真价实的子孙，况且，矮人向来睚眦必报，敢于

235

夺回自己的东西。

但是，镇长一点也不为放他们走而感到遗憾。招待这群人花费巨大，他们一来，整个镇子就进入了一个长假期，都没人去做买卖了。"让他们去打扰史矛革吧，看看它会怎么欢迎他们！"他这么想。"当然，啊，索林，瑟莱因之子，瑟罗尔之孙！"他这么说，"你们一定要夺回属于自己的一切。古老歌谣里传唱的最后时刻已经到来。我们将尽我们所能为你们提供帮助，相信你们重建王国后，一定会对我们心怀感激。"

就这样，在某一天，尽管已经进入深秋，寒风凛冽，树叶纷纷飘落，三艘大船还是离开了长湖镇，船上载着桨手、矮人、巴金斯先生和许多食物。有人会赶着大马和小马，绕小路去预定的登陆地点与他们会合。镇长和镇民代表站在镇公所通往湖面的大台阶上向他们道别。镇民或是站在码头上，或是把头探出窗户，不停地唱歌。白色的船桨溅起水花，他们沿湖向北驶去，开始了这段漫长旅行的最后一段。只有一个人闷闷不乐，他就是比尔博。

第十一章
门阶之上

矮人和霍比特人沿长湖逆流而上两天后，大船进入奔流河，现在他们都能看见孤山狰狞地耸立在面前。水流湍急，船行驶得很慢。第三天天黑时，在向上游行驶了几哩后，船靠近左边，或者说西岸，他们下了船。在这里，他们见到了镇民为他们送来的马匹，大马上驮着其他食物和必需品，小马则是供他们骑乘的。他们把能装的东西都放在小马身上，剩下的就存放在帐篷里。但是，这里离孤山那么近，被它的阴影笼罩，镇上的人都不愿意留下来和他们一起过夜。

"除非歌谣里唱的成了真，否则绝无可能！"他们说。在这片蛮荒之地，很容易相信恶龙确实存在，但要相信索林的能力，就不那么容易了。事实上，他们的行李根本不需要人来看守，毕竟这一带非常荒凉，连个人影都看不到。就这样，尽管夜幕已经降临，护送他们的人还是离开了，有的乘船快速沿河而下，其他人则走岸边的小路。

矮人和霍比特人度过了一个寒冷而孤独的夜晚，一个个的情绪都很低落。第二天，他们又出发了。巴林和比尔博骑马走在队伍的后面，他们还各牵着一匹驮着沉重货物的小马。其他矮人则在前面慢慢寻找路径。这片地界根本就没有现成的路可走。他们远离奔流河向西北进发，逐渐接近孤山向南冲着他们延伸出来的一片巨大横岭。

这段旅程极为煎熬，他们不敢弄出动静，只是隐秘地行进。没有笑声，没有歌声，也没有竖琴的乐声，在湖边唱古老歌谣时心中激荡起的骄傲和希望也消失了，化为了沉重的忧郁。他们很清楚自己正在接近旅程的终点，而且是个恐怖的终点。他们周围的土地愈发荒凉而贫瘠，不过按照索林的说法，这里曾经绿意盎然，美不胜收。地上的草很少，没过多久，灌木和树木都消失了，只剩下折断了的焦黑树桩，证明早已消失的葱茏林木确实存在过。他们已经进入了恶龙荒原，而且正赶上这一年的年末。

他们还是到达了山脚下，没有遇到任何危险，也没有见到恶龙的任何迹象，只是看到他将巢穴周围的地带变成了荒野。孤山黑压压地矗立在他们面前，一片死寂，看起来越发高耸了。他们的第一个营地设在南边巨大的横岭西侧，横岭尽头是一个叫渡鸦

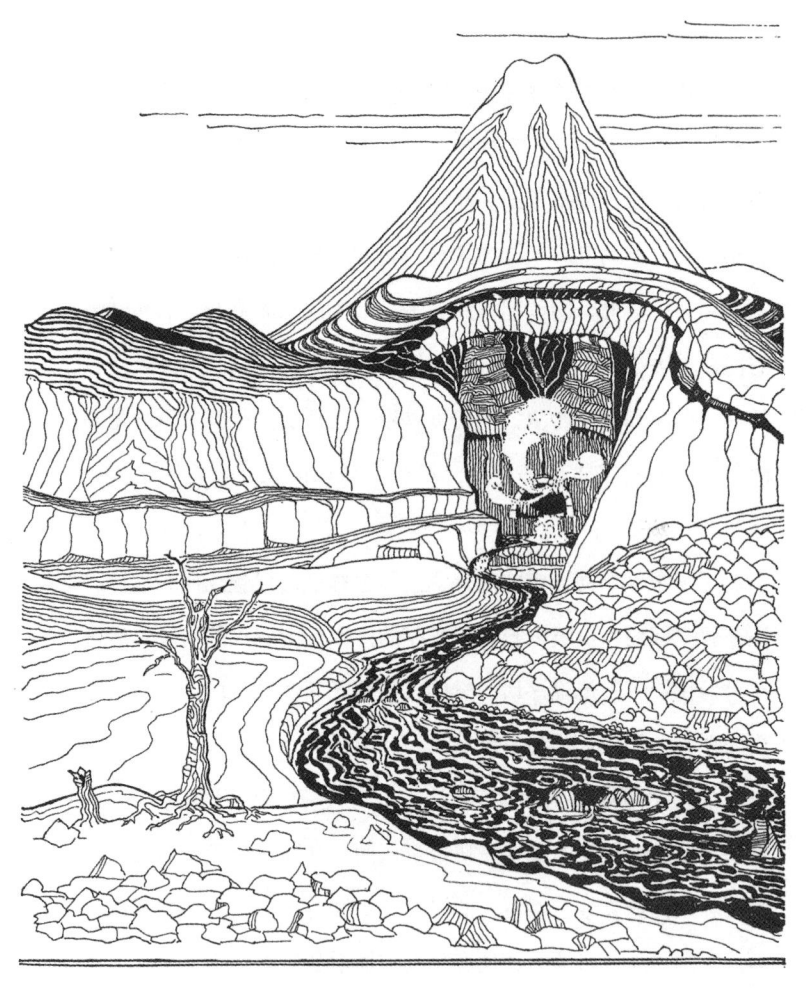

孤山正门

岭的高地。这上面有一个古老的哨岗,但他们还不敢爬上去,生怕暴露自己。

在去孤山西边寻找那扇寄托着所有希望的秘门之前,索林先派了几个人去南面正门探查情况。他选出的侦查员是巴林、菲力和奇力,比尔博也一起前往。他们从灰色寂静的悬崖下面来到渡鸦岭脚下。在那里,奔流河从河谷镇所在的山谷绕了一个大圈,在孤山转向,继续朝长湖流去,水流湍急而嘈杂。高而陡峭的河岸光秃秃的,岩石嶙峋。他们站在岸边,狭窄的河面上巨石林立,白沫和水花四溅,他们可以看到在孤山阴影笼罩下的宽阔山谷里,有许多古老的房屋、塔楼和城墙的废墟,看起来灰茫茫的。

"那里就是河谷镇的遗迹了。"巴林说,"曾几何时,钟声还在镇里回荡,山坡上长满了葱茏的树木,山谷里的居民生活得富足而愉快。"他说这话的时候,表情既悲伤又严峻:在恶龙进攻的那天,他和索林在一起。

他们不敢顺着河水太靠近正门,但还是继续往前走,一直走到了南岭的尽头,藏在一块岩石后面,从那里可以看到大山两个支脉之间矗立着一堵巨大的崖壁,上面有一个黑漆漆的开口。奔流河的水从开口涌出,还有热气和黑烟从里面冒出来。在这片荒原上,除了热气和水,没有任何东西在动,偶尔有一只黑色的乌鸦飞过,让人觉得阴森不祥。四周只能听到水流过岩石发出的哗哗声，不时还会响起鸟儿嘶哑尖锐的鸣叫。巴林不禁打了个寒战。

"我们还是回去吧！"他说，"待在这里也没用！我不喜欢这些黑鸟，它们看起来像恶魔派来的探子。"

"恶龙还活着，就在山下的洞穴里……我觉得黑烟就是证明。"霍比特人道。

"那不能证明什么。"巴林说，"不过我估摸你是对的。但它可能暂时出去了，也可能盘踞在山坡上监视，就算是这样，从正门里冒出黑烟和热气也很正常，洞穴里一定充满了它那恶心的臭气。"

他们带着这些悲观的想法，疲惫地返回了营地，一路上都有乌鸦在他们头顶上呱呱叫着。六月的时候，他们还在埃尔隆德那美丽的居所里做客，虽然眼下深秋即将过去，冬季即将来临，但那段快乐的时光似乎已是多年前的事了。他们孤单地待在危机四伏的荒原上，不可能得到更多的帮助。明明已经走到了旅程的终点，但离这段历险的尽头似乎和往常一样遥远。他们的情绪都低落极了。

说来也怪，巴金斯先生倒比其他人斗志高昂。他经常借索林的地图来看，琢磨着上面的如尼文和埃尔隆德读过的月亮文所传达的信息。正是因为他，矮人们才开始踏上西边危险的山坡，寻找那道秘门。于是，他们把营地移到了一个狭长的山谷里，比南边奔流河流出的正门所在的大河谷要窄，四面都是较低的山崖。在这里，两条支脉从主山脉向西延伸，形成了长而陡峭的山脊，随即山势变低，与平原相交。四处劫掠的恶龙在西边留下的足迹比较少，这里长着草，可以用来喂小马。西侧的营地整天都笼罩在悬崖的阴影下，只有到了太阳开始朝着森林方向西沉，才能见到阳光，他们就是从这里开始，每天三五成群地艰苦跋涉，寻找上山的小路。如果地图是真的，那么秘门一定就在山谷顶端的悬崖上。然而，日复一日，他们全都一无所获地返回营地。

但最后，他们竟然无意中找到了他们所寻找的东西。有一天，菲力、奇力和霍比特人沿着山谷往回走，在山谷南角那些崩落的岩石间艰难地爬着。大约在中午时分，比尔博爬到一根孤零零的柱子似的大石头后面，看到了一段似乎是向上延伸的粗糙台阶。他和两个矮人大喜过望，便沿台阶而上，发现了一条狭窄小路的痕迹，这些痕迹时而消失，时而出现，一直延伸到南边山脊的顶端，最后，他们来到一个更狭窄的岩架，这道岩架朝北横过孤山的正面，他们往下一看，发现自己正站在山谷顶端的悬崖最高处，俯视着下面的营地。他们默默地抓住右边的岩壁，排成一列纵队沿着壁架往前走，一直走到岩壁上的一个缺口，他们拐进去，发现里面是一个四周陡峭的山坳，地上长满了野草，寂静无声。由于悬崖突出，从下面是看不见他们找到的这个山坳入口的，从远处看也看不见，因为它太小了，看来就像一条黑色的裂缝。里面不是洞穴，而是露天的，但在最深处有一面扁平的岩壁，岩壁下部靠近地面的地方光滑笔直，如同石匠开凿出来的，却看不见接缝和裂缝。没有门柱、门楣、门槛，也没有栏杆、门闩或钥匙孔。然而，他们毫不怀疑，他们终于找到了那扇门。

他们不停敲打，猛推猛撞，恳求它挪动分毫，还念叨着不连贯的开门咒语，可惜岩壁没有出现任何变化。最后，他们累坏了，就在岩壁脚下的草丛里休息，到了晚上才下山，返回远处的营地。

那天晚上，营地里弥漫着兴奋的情绪。第二天早上，他们准备再次出发，只留下波弗和邦伯看守小马和他们沿河带来的补给品。其他人顺着山谷往下走，然后顺着新发现的小路来到狭窄的岩架。路太窄了，他们走得上气不接下气，一个不留神就可能掉下一百五十呎深的悬崖，摔到下面的锋利岩石上，所以他们没有携带行李，不过每人都把一大卷绳子缠在腰间，就这样，他们终于平安地来到了那个长满野草的山坳。

他们在那里搭起了第三个营地，用绳索把需要的东西从下面拉上来。用同样的方法，他们偶尔把奇力这样比较矫健的矮人降下去，或是与下面通通消息，或是在波弗被拉到上面的营地期间去分担下面的守卫工作。邦伯既不愿意顺着绳子上去，也不愿意走小路上去。

"我太胖了,不适合吊在半空。"他说,"我会晕头转向,还会踩到自己的胡子,那样的话,你们就只剩十三个人了。那些打结的绳子也太细了,根本撑不住我。"幸好事实不是这样,具体情况如何,往后看就知道了。

与此同时,他们中有人去探索了山坳口后面的岩架,发现有条小路一直向上延伸,通往孤山的更高处。但他们不敢走太远,而且这条路也没有多大用处。那上面死气沉沉,除了风从石缝里吹过之外,没有任何鸟叫和动静。他们都压低声音说话,从不叫喊或唱歌,毕竟每一块岩石都潜伏着危险。其他人则在想方设法打开秘门,却徒劳无功。他们心太急,不去破解如尼文或月亮文,只是不停不休地在那面光滑的石壁上寻找秘门的确切位置。他们从长湖镇带来了鹤嘴锄和各种各样的工具,一开始他们试着用这些工具。可是,他们用工具砸在石壁上,手柄立即四分五裂,他们的胳膊也震得生疼,钢铁打造的尖端像铅一样,不是折断就是变弯。他们这才明白,用采矿的办法对付不了这扇被魔法封闭的大门,敲敲打打还会引起回声,他们对此也越来越害怕。

比尔博坐在门阶上,感到孤独而又厌烦。当然,实际上并没有门阶,但他们常常开玩笑把岩壁和山坳口之间那一小片草地叫作"门阶",因为他们想起了很久以前在霍比特洞府那次始料未及的宴会上比尔博说过的话，当时他叫他们坐在门阶上想出好点子。他们的确坐在那里琢磨了，或者说是在那里漫无目的地转来转去，心里的愁苦越来越深。

发现小路时，他们的精神稍稍振作了一些，现在又陷入了颓唐。但他们不愿放弃，不愿就此离开。霍比特人也不再比矮人乐观。他什么也不做，只是背靠岩壁干坐着，望着西边的洞口、悬崖、广阔的土地，望着黑色墙壁一样的黑森林，望着远处，有时他觉得自己好像看到了远处看起来很小的迷雾山脉。要是有矮人问他在做什么，他就这么回答：

"你们说坐在门阶上思考是我的任务，进入秘门也是我的任务，那我就坐着思考好了。"不过，恐怕他想的不是自己的任务，而是遥远而宁静的西方，那里有袋底洞山和山下的霍比特洞府。

草地中央有一块灰色的大石头，他不是闷闷不乐地盯着它，就是注视着那些大蜗牛。它们似乎很喜欢这个由冰冷岩壁封闭起来的小山坳，有些蜗牛个头很大，缓慢地爬行着，留下黏糊糊的痕迹。

"明天就是秋天的最后一周了。"有一天，索林这样说道。

"秋天过后就是冬天了。"比弗说。

"转眼就是明年了。"杜瓦林说，"我们的胡子会一直长下去，从悬崖一直垂到下面的山谷，到时候我们在这里还是一无所获。飞贼为我们做了什么呢？他有隐形戒指，现在正该好好表现一番了，我觉得他可以从正门进去探探情况！"

比尔博听到了这番对话，因为他就在矮人们说话的岩石下面。"天哪！"他心想，"原来他们是这么想的吗？他们总想着要我这个倒霉蛋帮他们摆脱困境，至少在巫师离开之后是这样。我该怎么办？我早该料到最后会有可怕的事发生在我身上。河谷镇太凄惨了，我不忍心再看了，也不想看那扇冒着热气的门了！！！"

那天晚上，他心里难过，几乎没有合眼。第二天，矮人们四处游荡。有些在下面遛小马，有些在山坡上徘徊。比尔博一整天都闷闷不乐地坐在长满青草的山坳里，要么盯着那块岩石，要么从狭窄的洞口向西张望。他有一种奇怪的感觉，觉得自己在等待什么。"也许巫师今天会突然回来。"他心想。

假如他这时抬起头，就能看到远处的黑森林。当太阳西沉的时候，远处的树冠上闪着泛黄的光芒，仿佛阳光照在最后一些苍白的树叶上。很快，他就看到橙色光球一般的太阳落到了他的视线高度。他走到洞口，看到地平线上挂着一弯新月，月光苍白而微弱。

就在这时，他听到身后传来一声尖锐的噼啪声。原来有一只巨大的歌鸫落在了草丛里那块灰色的岩石上，这只鸟的羽毛漆黑如墨，连浅黄色的胸膛上都有许多黑斑。咔嚓！歌鸫咬住一只蜗牛，使劲儿把它往岩石上敲。咔嚓！咔嚓！

刹那间，比尔博恍然大悟。他忘记了所有的危险，站在壁架上招呼矮人们，又是喊，又是摆手。离他最近的几个矮人不知道到底发生了什么事，便滑下岩石，沿着岩架以最快的速度来到他身边。其他人则大喊，要上面的人用绳子把他们拉上去（当然，邦伯除外，他在呼呼大睡）。

比尔博立即做出了解释。矮人们都安静了下来。霍比特人站在灰色岩石旁，矮人们不耐烦地看着，大胡子来回摆动。太阳越来越低，他们的希望也越来越渺茫。太阳沉入了一片泛着红光的云带，消失不见了。矮人们呻吟不止，但比尔博还是一动不动地站在那里。新月沉入地平线，夜色渐渐变得深邃。突然，就在他们快要放弃希望的时候，一缕红色的阳光从云层照射出来，就像是有根手指捅破了帐篷。一道光线径直从开口射进山坳，照在光滑的岩壁上。那只老歌鸫一直睁着炯炯有神的小圆眼睛，歪着头，栖在高处观察着，突然它唧啾叫了一声。只听巨大的咔嚓声响起，一块岩石从岩壁上分离出来，轰然倒地。离地面大约三呎高的地方出现了一个孔洞。

矮人们唯恐机会稍纵即逝，便哆哆嗦嗦地冲到岩壁前，用力猛推，可惜什么用都没起。

"钥匙！钥匙！"比尔博叫道，"索林在哪里？"

索林匆忙走了上来。

"钥匙！"比尔博喊道，"和地图一起的钥匙！趁还有时间，赶快试试吧！"

索林走上前，从脖子上取下挂在链子上的钥匙。他把钥匙插进孔洞，发现完全吻合，他转动了钥匙！咔！光线消失了，太阳彻底沉了下去，月亮也不见了，夜色笼罩了天空。

众人一起用力推，一部分岩壁慢慢地后退。长又直的裂缝出现，并不断扩大。一扇五呎高、三呎宽的门逐渐显现了出来，无声无息地缓缓向内打开。黑暗像热气一样从山坡上的洞里倾泻出来，他们眼前一片漆黑，什么也看不见，只有一个洞口仿佛张着大嘴，通往大山的深处。

第十二章
内部的消息

矮人们站在黑暗的门前争论了很久,最后索林开口了:

"现在是我们尊敬的巴金斯先生大展身手的时候了。在我们这段漫长的旅途中,他已经证明了自己是我们的好伙伴,是一个充满勇气和智谋的霍比特人,这与他的体形完全不相称。恕我直言,他的运气也比一般人好得多。现在,该他发挥自己的本领了,他当初加入我们,也是出于这个原因。他该出手了,也好赚到他那份报酬。"

索林在重要场合的讲话风格,你也很熟悉了,因此,对他所说的话,我就不多做叙述,不过他说的可不止这些,而是一直滔滔不绝地讲了很久。这当然是一个重要的场合,可比尔博有些不耐烦了。到现在,他已经很了解索林这个人,很清楚他有何用意。

"瑟莱因之子索林·橡木盾啊,愿你的胡子越来越长,如果你的意思是,你认为我应该第一个进入秘道,那就立刻说出来!我或许会拒绝。我已经帮你们摆脱了两次麻烦,最初的协议可没有这个,所以,在我看来,我应该已经可以得到一些报酬了。不过,我父亲常说一句话,那就是'事不过三',反正我想自己也不会拒绝。也许我现在比过去更相信自己的运气了。"他所说的过去,指的是春天那时候,当时他还没有出门探险,但那似乎是好几个世纪以前的事了,"我想我还是马上去看一看,把这事解决了。谁和我一起去?"

他早就料到不会有人自告奋勇,因此并不觉得失望。菲力和奇力看上去很不自在,单腿站着,其他人甚至都没有假装表示自己愿意,但负责警戒的巴林除外,他非常喜欢霍比特人比尔博。他表示自己至少愿意走进洞里,也许还会往里走一段路,要是有必要,他还可以出来找人帮忙。

矮人们顶多这样说:只要比尔博为他们服务,他们就给他一大笔报酬。他们要他去完成一项棘手的任务,他愿意的话,他们并不介意让他去干。不过,假如他陷入了困境,他们也会竭尽全力帮他摆脱困境,就像在探险之初对付巨妖那样,那时他们还没有什么特别的理由感谢他。事实就是这样:矮人不是英雄,他们精于算计,还非常看重金钱。有些矮人诡计多端,背信弃义,为人很糟糕。有些倒不是这样,比如索林和他的同伴们,只要不抱太高的期望,他们倒也算得上正派人。

霍比特人蹑手蹑脚地穿过被施了魔法的秘门，潜进孤山，星星出现在了他身后夹杂着黑色的灰白天空中。实际情况比他想象的要容易得多。这里毕竟不是半兽人的山洞，也不是林地精灵粗糙的洞穴。这条通道是矮人们在财富和技术的巅峰时期开凿出来的，笔直得像一把尺子，地面和洞壁都很平整，沿着一个没什么变化的平缓斜坡径直向前延伸，一直通往黑暗中遥远的尽头。

过了一会儿，巴林对比尔博说了句"祝你好运"，便停在了还能隐隐看到大门轮廓的地方，通过隧道的回声，还可以听到洞外其他人低声耳语的声音。然后，霍比特人戴上了戒指。他知道隧道里会产生回声，便倍加小心，不弄出任何动静，无声无息地向下走入了黑暗中。他吓得浑身发抖，小脸上却神情严肃而坚定。比起很久以前没带手帕就从袋底洞跑出来的那个霍比特人，如今的他已经大不相同了。他好久都没用过手帕了。他从鞘里抽出短剑，勒紧腰带，继续往前走。

"比尔博·巴金斯，你现在终于要吃到苦头了。"他自言自语道，"聚会的那天晚上，你一只脚踩了进去，非要掺和这件事，现在，你得把脚拔出来，还得为此付出代价！老天，我以前真是个大傻瓜，现在还是一样傻！"他身上图克家族血统最弱的那部分这么说，"恶龙守卫的宝藏对我一点用也没有，就让那些宝藏全部永远留在这里好了，要是我一觉醒来，这条讨厌的地道变成家里的前厅就好了！"

他当然没有醒来，而是继续往前走，一直走到再也看不到身后的秘门。现在，四下里就只有他一个人了。很快，他开始感到隧道里越来越暖和。"前面是不是有光？"他心想。

事实确实如此。他越往前走，那光就越亮，再走一回儿，他就可以肯定无疑了。那是一道红光，渐渐变得越来越红。这会儿，隧道里已经可用热来形容了。一缕缕热气从他身边飘过，他开始出汗。有个声音开始在他的耳边震响，像一口大锅在火上咕嘟咕嘟冒着泡，还夹杂着仿佛大猫发出的呼噜声。渐渐地可以确定，这咕噜声是在前面的红光里打着鼾睡觉的巨大野兽发出来的。

比尔博停了下来。从这里继续往前走，是他做过的最勇敢的事。后来发生的一桩桩大事与之相比简直都不值一提。他独自一人在隧道里进行了一场真正的战斗，那时他还没有看到潜伏的巨大危险。不管怎样，他停了一会儿就继续往前走了。你可以想象他走到隧道的尽头，那里有个大小和形状与上面的大门都差不多的开口。霍比特人把自己的小脑袋探过开口张望，只见面前是一个古时矮人在孤山根部挖掘出来的大地窖，或者说是个地牢。里面黑乎乎的，只能大概猜测出它的大小，但在遍布岩石的地面上，不远处有一团巨大的红光。那光竟是史矛革发出来的！

史矛革就在那里睡觉，身形巨大，遍体金红。从他的嘴巴和鼻孔里传出嗡嗡声，还冒着丝丝缕缕的烟雾，但他正睡着觉，所以龙火很暗淡。在他的身下，在他的四肢和盘绕着的巨大尾巴下，在他的周围以及远处隐没在黑暗中的地面上，堆着无数的金银财宝，有加工过和没加工过的金子，有宝石和珠宝，还有被龙火红光染成红色的银器。

史矛革收拢翅膀躺着，如同一只硕大无比的蝙蝠，身体微微向一边倾斜，霍比特人可以看到他的腹部，只见他的肚子长长的，颜色很浅，布满了宝石和黄金碎片，这是他长期盘踞在价值不菲的珠宝床上留下的。在他身后最近的洞壁上，隐约可见挂着的铠甲、头盔、斧头、剑和长矛，那里还摆着一排排的大坛子和各式器皿，坛子里面装满了不计其数的财宝。

比尔博惊得喘不过气来，这样说并不夸张。没有任何语言可以形容他的惊愕。在这个世界的全盛时期，人族学习的是精灵的语言，但后来他们把这种语言改变了，便没有词语来形容了。比尔博以前听人讲过，也听人唱过关于恶龙宝窟的故事，却从未想过眼前会出现如此光彩壮丽、如此诱人的宝藏。那些财宝让他心醉神迷，他像矮人一样对宝藏充满了欲望。他一动不动地盯着那些价值连城、数不胜数的金子，几乎把那个可怕的守卫忘得一干二净。

他盯着宝藏看了似乎有一个世纪之久,这会儿不得不收回目光,偷偷从阴影重重的门口走出来,来到最近的宝藏堆的边缘。在他旁边就躺着一条沉睡的巨龙,即使在睡梦中,他也是一个可怕的威胁。他拿起一只双柄大杯,这东西太重了,他几乎提不动,接着惊恐地朝上看了一眼。史矛革的一边翅膀动了动,一只爪子张开,鼾声也变了。

比尔博飞奔而逃。但恶龙并没有醒来,暂时还没有,只是进入了另一个充满贪婪和暴力的梦境,仍然躺在抢来的大厅里,而小个子霍比特人则艰难地沿着长隧道往回走。他的心怦怦直跳,两腿颤抖得比来时更厉害了,但他仍然紧紧抓着金杯,脑子里想的都是"我成功了!这就是证明。什么?他们说我'一点也不像飞贼,倒像个卖杂货的'!这下好啦,他们再也不会这么说了"。

确实如此。巴林再次见到霍比特人,既高兴又惊讶。他抱起比尔博,把他带到户外。此时已是午夜,乌云遮住了星星,但比尔博闭着眼睛躺在那里,大口喘气,享受着再次呼吸到新鲜空气的乐趣,几乎没有注意到矮人们有多兴奋,也没有注意到他们是如何称赞他,拍着他的后背,还信誓旦旦,保证自己和自己的家族世世代代都将听他差遣。

矮人们传看着宝杯,高兴地谈论着找回了宝藏,就在这时,山下传来了巨大的隆隆声,像是有座古老的火山即将再次喷发。

他们身后的门渐渐关闭，只是由一块石头挡着，才没有完全关闭，但从长隧道里响起了可怕的回声，那是从地下深处传来的吼声和踩踏声，他们脚下的地面都在颤抖。

矮人们忘了自己片刻前还乐开了花，自信地夸夸其谈，此时全都吓得缩成了一团。史矛革仍然是不可小觑的大敌。假如你住在一条活生生的恶龙附近，就必须时刻提防他。龙把金银珠宝据为己有，或许没有什么实际的用处，但通常情况下，他们对财宝的数量可是一清二楚，少了一点都能察觉，特别是在占据珠宝多年之后。史矛革也不例外。他从一个不安的梦中醒来（梦中有一个战士，这个人个头虽小，却手执一把锋利的宝剑，还拥有巨大的勇气，他见了非常讨厌），起初还有点迷迷糊糊，接着就彻底清醒了。他的洞穴里弥漫着一股奇怪的气息。是不是有风从那个小洞里吹了进来？洞很小，他向来就不喜欢，这会儿，他怀疑地盯着那个洞，纳闷自己为什么没有把它堵住。最近，他似乎不时听到有模糊的敲击声从上面一直传到他的巢穴之中。他动了动，伸出脖子嗅了嗅。接着，他发现有个杯子不见了！

小偷！纵火！谋杀！自从他来到这座山，还从未发生过这种事！他的怒火一下子就升了起来，简直难以形容！就好像富人拥有用之不竭的财富，突然丢了一件他们拥有已久但从未使用过或想要使用的宝贝时，才会产生的愤怒。龙火喷涌而出，大厅顿时烟雾弥漫，大山的根基都随之摇晃起来。它把头探向小小的洞口，却白费劲，接着，它把身子蜷成一团，在地下发出雷鸣般的咆哮，飞出地下深穴里的大门，进入山间宫殿的巨大通道，向上飞向正门。

它只有一个念头，那就是把整座山都找遍，抓住小偷，把他撕成碎片，踩在脚下践踏。它从正门飞出，河水立即就呼啸着冒起浓重的热气，接着，它那燃烧的身体飞入天空，最后落在孤山的山顶上，喷出一股绿红相间的火焰。矮人们早就听过很多谣传，知道恶龙升空有多可怕，这会儿全都蜷缩在草地的岩壁边，躲在一块块巨石之下，盼着能躲过四处寻找他们的恶龙的眼睛。

如果不是比尔博再立大功，他们可能已经在劫难逃了。"快！快！"他气喘吁吁地说，"门！隧道！这里不安全。"

一句话惊醒梦中人，他们正准备爬进隧道时，比弗惊叫一声："还有我的两个表兄弟呢！邦伯和波弗……他们还在下面的山谷里，我们都把他们给忘了！"

"他们会被杀的，小马也会被杀，补给品也保不住了。"其他人呻吟道，"我们什么也做不了。"

"胡说八道！"索林道，恢复了之前的威严，"我们不能抛下他们。巴金斯先生和巴林，你们进去，还有菲力和奇力你们两个……我们不能都死在恶龙手里。其他人，绳子呢？快点拿过来！"

这可能是他们经历过的最糟糕的时刻。史矛革愤怒不已，发出的可怕声音在远方高处的石谷中回荡。它随时都可能飞下来，或者在空中盘旋，发现他们在危险的悬崖边疯狂地拉着绳子。波弗上来了，一切都平安无事。邦伯上来了，气喘吁吁，绳索被他拽得嘎吱作响，依然平安无事。他们还拉上来一些工具和几捆补给品，这时危险降临了。

只听一阵呼呼声响起，一团红光笼罩了他们所站的岩石，恶龙飞过来了。

他们刚来得及飞奔回隧道，又拉又拽地把行李收进去，史矛革就从北边猛扑而来，龙火舔舐着山腰，巨大的翅膀拍打着，发出的声音就像呼啸的狂风。他的呼吸炽热无比，门前的草被扫到之后立即枯萎，热气从他们留下的裂缝里钻进来，他们躲在里面，感觉都要被烤焦了。跳跃的火苗蹿起，给岩石投下一道道晃动的黑影。当他再次飞过，四周便暗了下来。小马们惊恐地嘶鸣着，挣断绳索，狂奔而去。恶龙猛扑过来，转身追赶它们，然后消失了。

"那些可怜的牲口这下子难逃一死了！"索林道，"给史矛革看到了，谁也别想逃掉。我们就在这里，只能待在这里，除非有人想冒着被史矛革发现的危险，穿过数哩长的开阔地，返回河边！"

这可不是个讨人喜欢的主意！他们沿着隧道往里走了一段，便躲在那里。隧道里很暖和，甚至可以说有些闷热，他们却还是浑身发抖。终于，苍白的曙光从门缝里透了出来。一整个晚上，他们不时能听到恶龙咆哮着飞过，一圈又一圈地巡视山坡，声音由大变小，逐渐消失。

通过那些小马，以及发现的营地的痕迹，史矛革估摸有人沿奔流河和长湖来到了这里，他还从小马所在的山谷爬上了山坡。然而，他搜寻的目光没有发现秘门，那个高耸岩壁环绕的小山坳也躲过了他最猛烈的火焰。他找了很久也没有发现，后来天亮了，他的怒火平息，这才返回金榻睡觉，也好恢复一下体力。他不会忘记，更不会原谅那个窃贼，哪怕过了千载的光阴，他心里的怒火不那么旺了。但他可以等。就这样，他缓慢而沉默地爬回巢穴，半闭上了眼睛。

天亮了，矮人们心里的恐惧有所减轻。他们意识到，要对付这样一条守财龙，就不可避免会遇到诸多此类危险，而现在才放弃探险，可谓得不偿失。正如索林指出的那样，他们现在想逃也逃不掉。小马不是走丢了，就是被杀了，他们得等上一段时间，熬到史矛革放松警惕，才敢步行长途跋涉。幸运的是，他们抢救下来的补给品足够他们维持一段时间了。

至于下一步该怎么做，他们争论了很久，却想不出怎么才能摆脱史矛革，比尔博真想指出，这一直是他们计划中的一个漏洞。然后，出于完全不知所措的人的天性，他们又把矛头指向了霍比特人。他们一开始对他取出了金杯感到很满意，现在却为此责怪他，认为不该这么快就激怒史矛革。

"那你们倒是说说飞贼还能做什么？"比尔博生气地问，"你们雇我，可不是为了让我屠龙，这是战士的任务，我是来盗宝的。我已经尽力开了个好头。你们难道觉得我应该背着瑟罗尔的全部宝藏跑回来吗？如果有什么可抱怨的，我想我可能有发言权。你们应该带五百个飞贼来，而不是一个。宝藏这么庞大，自然彰显了你们祖先的伟大功绩，但你们可不能假装曾向我透露过宝藏有这么多。就算我有现在的五十倍大，史矛革驯服得像只兔子，我也要几百年才能把它们都搬出来。"

当然，在这之后，矮人们纷纷请求他原谅。"那么，巴金斯先生，你觉得我们该怎么办？"索林礼貌地问。

"我现在还不知道……假如你指的是转移宝藏的话。要想办到，全看运气了，而且必须铲除史矛革。我干的可不是屠龙的行当，但我将尽最大努力想办法。就我个人而言，我对此不抱任何希望，只盼着能安全回家。"

"眼下先别管回家不回家了！就是今天，此时此刻，我们该怎么办呢？"

"好吧，如果你真的想听我的建议，我想说我们除了待在原地别无他法。到了白天，毫无疑问我们可以安全地溜出去透透气。也许过不了多久，可以挑选一两个人回到河边取些食物回来。不过，在这之前，晚上每个人都应该待在隧道里。"

"我可以为你们做一件事。今天下午,我就戴上戒指悄悄爬下去,看看它在干什么,是不是在打盹儿。也许会有意外的收获。我父亲常说,'每条龙都有自身的弱点',不过我确信这不是他根据亲身经验总结出来的道理。"

矮人们自然急不可耐地接受了提议。他们早就开始对小个子比尔博五体投地了。如今,他已经成为了这次探险的真正领袖,开始有了自己的想法和计划。到了中午,他准备好了再次进山。他当然不喜欢这么做,但现在他或多或少知道前面是什么,倒也不觉得情况有多糟糕。然而,假如他对恶龙和它们狡猾的习性有更深的了解,一定会吓破胆,也不会抱有任何希望能从这条正在午睡的龙那里捞到任何好处。

他出发时,阳光灿烂明媚,隧道里却漆黑如夜。大门只开着一条缝,他往下走,光线很快就消失了。他没有发出半点声响,连微风吹来的烟雾都做不到他这样。来到下面那道门,他不由得心生自豪之感。这会儿,只能看到一点点亮光。

"老史矛革一定累坏了,正呼呼大睡呢。"他心想,"他既看不见我,也听不见我。振作起来,比尔博!"他要么是彻底忘了,要么就是从未听说过恶龙有着灵敏的嗅觉。还有件事也是个隐患,那就是恶龙一旦起了疑心,哪怕是睡着了,也会睁着一只眼。

比尔博再一次从入口往里张望时,史矛革看上去确实睡得很熟，就跟死了差不多，鼾声几乎轻不可闻，只冒出了一股隐约可见的热气。他正要走进去，突然留意到史矛革下垂的左眼皮下射出一道细而刺眼的红光。他只是在装睡！他一直在留意隧道的入口！比尔博赶紧后退几步，暗自庆幸自己有隐身戒指。接着，史矛革说话了。

"小偷！我闻到了你的气味，感觉到了你带起的气流。我听到你的喘息声了。出来吧！随便你拿，这里多得是！"

不过，对于恶龙，比尔博还不至于无知到这种地步，如果史矛革以为这么容易就能把他骗过来，那可要失望了。"不了，谢谢你，体形巨大的史矛革！"他答，"我来这里，不是为了礼物。我只是想来看看你是否真像传说里讲的那样伟大。那些传说什么的，我是不相信的。"

"那你现在相信了吗？"他的话恶龙一个字也不信，却还是有点受宠若惊。

"史矛革啊，你是万恶之首，无论那些歌谣和传说是怎样的，都不及事实的一分一毫。"比尔博答道。

"你这个小偷，你这个骗子，不过倒也懂得礼数。"恶龙说，"对我的事，你倒是了解不少，但我不记得闻到过你的气味。请问你是谁，从哪里来？"

"你太客气了！我从山下来，一路上绕过了无数大山之脚，翻越了数座大山之巅,甚至御风飞行。我来去无踪,行走无影。"

"我完全相信。"史矛革说,"但这不是你平常用的名字吧。"

"我是线索发现者,蛛网切割者,还是刺叮之蝇。我是天选之人,有了我,幸运数字才能凑齐。"

"你这些头衔听着还算响亮!"恶龙讥笑道,"但幸运数字并不总是管用。"

"我曾将朋友活埋,将他们溺毙,再把他们从水中救活。我来自袋底,但没有袋子能将我套住。"

"听起来不太可信。"史矛革嘲笑道。

"我是巨熊之友,雄鹰之宾。我是戒指获得者,也是幸运眷顾者。我还是木桶骑士。"比尔博继续说,深为自己编出这样一番谜语感到满意。

"这就更厉害了!"史矛革道,"但不要让想象力冲昏了头脑!"

在与龙交谈的时候,假如你不想透露自己的真实姓名(这么做很明智),也不想断然拒绝而惹怒它们(这么做也是非常明智的),当然就该用这种方式。没有哪条龙能抗拒猜谜语的诱惑,一定会花时间把谜题弄个明白。比尔博一连说了很多史矛革猜不透的谜语(不过我想你肯定明白,因为他说的谜语都与他一路上的历险有关,而对此你是再清楚不过了),但史矛革自以为明白得差不多了,于是在邪恶的心里窃笑不止。

"昨晚我就料到了。"他暗自笑道,"一定是长湖人,那些做木桶生意的可怜长湖人,就是他们在耍卑鄙的阴谋,不然我就是蜥蜴。我有好多年没去那儿了,不过用不了多久,就不是这样了!"

"非常好,木桶骑士!"他大声说,"也许你那匹小马就叫木桶,也许不是,不过它可够肥的。你或许来去无踪行走无影,但你并不是一直都在走路。告诉你吧,我昨晚吃了六匹小马,很快我就会把其余的都抓起来吃掉。吃了这顿美餐,我也该回报回报你,那就给你一条建议吧:不要和矮人走得太近。"

"矮人!"比尔博假装惊讶地说。

"别装了!"史矛革道,"我太了解矮人的气味,太清楚他们吃起来是什么味道,没有人比我更了解了。你以为我吃了矮人骑过的小马却还对此茫然无知!你与他们交朋友,是不会有好下场的,木桶贼骑士。你大可以回去,替我把这些话告诉他们。"但他并没有告诉比尔博,有一种气味他根本分辨不出来,那就是霍比特人的气味。这完全超出了他的经验范围,弄得他大为困惑。

"昨晚你偷走了黄金杯,想必得了不少好处吧?"他继续说,"说说看呀。你没捞到一点好处!这倒像他们的风格。要我说,他们只会鬼鬼祟祟地躲在外面,把所有危险的任务都推到你头上。你要趁我不注意的时候，从我这里能偷走多少就偷走多少，然后交给他们，对吗？你能得到公平的报酬吗？千万别信！你能保住小命就算幸运了。"

这会儿，比尔博的心悬了起来。史矛革的目光来回游移，在阴影中寻找他，每当那目光从他身上掠过，他就浑身发抖，一种难以解释的欲望攫住了他，他想冲出去，暴露自己，把所有真相都告诉史矛革。事实上，他极有可能中了恶龙的魔咒。但他鼓起勇气，再度开口说话。

"强大的史矛革啊，你还称不上无所不知。"他说，"我们来这里，可不只是为了黄金。"

"哈！哈！你说'我们'，那就是承认了！"史矛革笑道，"为什么不说'我们十四个人'？那样才叫干脆，幸运数字先生。很高兴听说你们来这一带除了谋求我的黄金还有其他目的。那样的话，你们倒也不至于白费时间了。

"不知道你有没有想过，即便你一点一点把黄金偷走，而这总得花个一百年，那你也跑不了多远。只在山坡上待着，可没什么用。在森林里也照样没用。老天！你难道从没想过总共能拿到多少吗？想必你能得到十四分之一吧，反正差不多，你们的条件就是这样的吧？可运送的费用呢？车马费怎么算？找武装护卫和过路费的钱由谁来出？"史矛革大笑起来。他是一条邪恶的龙，非常狡猾，他知道自己的猜测八九不离十，不过他还是怀疑长湖人是阴谋的幕后主使，而大部分从他这里偷走的金银财宝肯定会被送到那个湖畔小镇。在他年轻时，那里名叫埃斯加洛斯。

说来你可能不信，可怜的比尔博确实被问得一愣。到目前为止，他所有的心思和精力都集中在如何到达孤山、如何找到入口上。他从来没有想过怎样把财宝运走，更没有想过怎样才能把属于他的那份一路运回山下袋底洞。

此时，一个叫人苦恼的疑问从他心里涌了出来：矮人们是不是也忘了这么重要的事，还是一直在暗地里嘲笑他？与恶龙对话，没有经验的人就容易受到这样的影响。比尔博当然应该提高警惕，但史矛革偏偏擅长蛊惑人心。

"告诉你吧。"他说，努力保持对朋友的忠诚，坚持自己的目标，"对我们来说，能不能拿到黄金，只是锦上添花的事。我们翻山越岭，乘风破浪，是为了一雪前仇。拥有无尽财富的史矛革，你一定知道，你一朝成功，必会树立不少不共戴天的仇敌吧？"

史矛革放声大笑起来，这笑声的破坏力极强，把比尔博震得摔倒在地，而在远处隧道里的矮人们惊骇之下挤成一团，还以为霍比特人突然遭遇不测了。

"一雪前仇！"他哼了一声，眼睛的光芒犹如鲜红的闪电，从地板到天花板照亮了整个大厅。"一雪前仇！山下之王早就死了,他的哪个亲戚胆敢来复仇?河谷镇的国王吉瑞安死了,我吃了他的子民,像狼吃羊一样。他的子孙哪有敢接近我的?我想杀就杀,没人敢反抗。我打败了古代的战士,他们的同类在当今的世界上已经不复存在。而那时我还年轻,羽翼未丰。你这个暗影贼偷,现在我长大了,变得非常强壮,可以说是坚不可摧了。"他扬扬得意地说,"我的龙甲比盾牌厚十倍,我的牙齿犹如利刃,我的爪子就像长矛,我的尾巴一甩,就像天降霹雳,我的翅膀一扇,就能掀起狂风,我一喘气,就能要人的命!"

"我听说过龙甲下面的龙肉比较软,特别是……嗯……特别是胸口部位。但是,你这么牢不可破,肯定早想到这一点了。"

恶龙突然不再吹嘘了。"你的消息都过时了。"他厉声道,"我从头到脚都披着钢铁一般的鳞甲,镶满了坚硬的宝石。没有刀剑能刺穿我。"

"我早该猜到的。"比尔博说,"在这个世界上,根本无人能与坚不可摧的史矛革大人匹敌。拥有一件用上等钻石镶成的马甲,多么威风呀!"

"一点不错,这的确是罕见的珍宝。"史矛革竟春风得意起来。有一点他并不清楚,霍比特人上次来时瞥见过他那奇特的鳞甲,这次为了保住自己的小命,他很想凑近好好观察一下。恶龙翻了个身。"看好了!"他说,"你觉得怎么样!"

"简直妙不可言,太耀眼了!完美!一点瑕疵也没有!太不可思议了！"比尔博大声喊道，但他心里想的却是："真是老糊涂！哎呀，它凹陷的左胸有一大片光秃的地方，就像出壳了的蜗牛一样！"

巴金斯先生看到了恶龙的破绽，便想着赶紧脱身。"好了，我真的不能再耽误大人你了。"他说，"你现在需要好好休息休息。小马跑远了，你肯定费了很大劲才抓住它们。飞贼也是一样。"他临别时补充了这么一句，随即便顺着隧道往回飞奔而逃。

这话可惹了大祸，恶龙立即在他身后喷出骇然的火焰。他飞快地冲上斜坡，但还没走多远，史矛革那可怖的脑袋就伸进了他身后的洞口。所幸他的整个脑袋和下巴没法都挤进去，但有火焰和热气从他的鼻孔里喷出来，冲着比尔博就烧了过去，他差一点就被火焰吞噬，吓得魂不附体，只能强忍疼痛，摸索着跌跌撞撞地逃走。与史矛革一番交谈下来，他一直觉得自己很机灵，竟还有些得意，但他最后犯了个大错，这才清醒了过来。

"比尔博，你这个傻瓜，千万不能嘲笑活生生的恶龙！"他自言自语地说。这句话后来成了他的口头禅，也成了一句谚语。"你的冒险还远没有结束呢。"他又说，这话也说得很对。

临近傍晚的时候，他终于出了洞口，却跌了一跤，摔倒在"门阶"上昏了过去。矮人们把他弄醒，并尽所能治疗他的烧伤。但过了很久,他后脑勺和脚后跟的毛发才重新长出来,因为不仅毛发烧焦了,连皮肤都烧得面目全非。与此同时,他的朋友们想尽办法让他高兴起来。还迫不及待地想听听他的经历,尤其想知道恶龙为什么发出那么可怕的声音,以及比尔博是怎么逃出来的。

然而,霍比特人忧愁满心,身体又不舒服,他们很难从他嘴里套出什么话来。他把过程回想了一遍,有些后悔对恶龙说过一些话,因此并不想再重复。那只老歌鸫正落在附近的一块岩石上,歪着头,听着他们所说的一切。比尔博见了,立即抄起一块石头朝歌鸫丢去,歌鸫扑腾着飞到一边又飞了回来。由此可见,比尔博的心情有多糟糕。

"该死的鸟!"比尔博气哼哼地说,"我看它就是在偷听,它那样子真讨厌。"

"别管它了!"索林道,"歌鸫是益鸟,还很友好。这只确实很老了,可能是曾经生活在这里的古老品种中的最后一只了,而我的父亲和祖父还驯养过它们。它们是一个长寿的品种,还会魔法,这只很可能活了几百年,甚至更久。河谷镇的人以前能听懂它们的语言,就把它们当作信差,给长湖镇或其他地方的人送信。"

"好吧,假如它要去长湖镇的话,确实有消息需要它捎过去。"比尔博说,"不过想必那里的人如今不懂歌鸫的语言了。"

"怎么说着说着跑题了?"矮人们大声道,"还是接着讲你的故事吧!"

于是,比尔博把他所记得的一切都告诉了他们。他承认,他有一种不祥的预感,总觉得除了营地和小马,恶龙从他的谜语中猜出了太多的信息。"我很肯定他知道我们是从长湖镇来的,得到了当地人的帮助。我现在很担心,他接下来说不定要去为祸那里了。我真希望自己从来没说过木桶骑士这样的话。这么一说,就连这一带瞎了眼的兔子也会联想到长湖人。"

"没关系,没关系!这也是没办法的事,跟恶龙说话,很难不说漏嘴,至少我听说是这样的。"巴林急切地安慰他,"如果你问我的话,我认为你做得很好。不管怎么说,你发现了一个非常有用的信息,还活着回来了,这比大多数和史矛革这类恶龙对过话的人强多了。知道那条老龙的龙甲上有一块秃,也许能派上大用场呢。"

接着,大家改变话题,讨论起了屠龙,像什么历史上的真实事件、半真半假的故事、神话传说,怎么刺、怎么戳、怎么砍,以及各种各样把龙杀死的技艺和策略。他们普遍认为,趁恶龙睡觉时展开攻击,并不像听起来那么简单,去刺杀睡梦中的恶龙,比大胆的正面攻击更可能以灾难收场。在他们谈话的过程中,歌鸫鸟一直在听,后来,连星星都开始露出了头,它才悄无声息地展开翅膀飞走了。在他们谈话的过程中,影子变长了,比尔博的心情越来越沉重,他的预感也越来越强烈。

最后,他打断了他们。"我确信我们在这里非常不安全。"他说,"我不明白坐在这里有什么意义。恶龙已经把所有宜人的绿色植物都烧焦了,不管怎样,现在天黑了,还很冷。但我打心底里相信这个地方会再度遭到攻击。史矛革现在知道我是怎么去他的大厅了,想必他一定可以猜出另一端是哪里。只要能阻止我们进去,有必要的话,他一定会把这一片山腹化为齑粉,要是能把我们一块消灭掉,他会更高兴。"

"你太悲观了,巴金斯先生!"索林道,"既然史矛革这么想把我们挡在外面,那他为什么不把下面那端堵上呢?他肯定还没动手,不然我们早该听见动静了。"

"我不知道,我不知道……我想一开始他是想着再把我引诱下去,现在呢,他八成是要等到天黑再出来狩猎,要不就是只要有可能,他就不想破坏自己的卧室。我希望你们不要再和我争论了。史矛革随时都可能出来,我们唯一的希望就是钻进地道,把门关上。"

他看上去是那么严肃认真,矮人们终于照他说的做了,不过他们迟迟没有把秘门关上,毕竟这个计划太过冒险,谁也不清楚门能不能或怎么从里面打开,况且,一想到自己要被关在里面,想出去只能穿过恶龙巢穴,他们就觉得不舒服。无论是外面还是隧道里，看起来都是风平浪静的。于是，他们在离半开着的门不远的地方坐了很长一段时间，继续谈着。

话题转到了恶龙对矮人发表的那些恶毒话。比尔博真希望自己从没听到过那些话，也希望此时此刻，当听到矮人们声称自己从未想过赢回宝藏之后该怎么办，他至少可以肯定他们说的是肺腑之言。"我们知道这将是一次孤注一掷的冒险。"索林道，"我们现在依然是这么认为的。我仍然认为，赢得宝藏后，我们将有足够的时间来好好考虑怎么处理。至于你那份，巴金斯先生，我向你保证，我们都发自内心地感激你，只要我们有了东西可以分，你就可以挑选你那十四分之一。如果运输问题给你造成了困扰，那我很抱歉。我承认困难很大。随着时间的推移，这片地界不仅没有平定下来，反而愈发危险了，但我们将尽所能为你做任何事，并在时机成熟时与你分担运输费用。信不信由你！"

接着，众人又聊起了金山银山的宝藏，以及索林和巴林所记得的宝贝。他们都不清楚那些宝贝是否还完好无损地矗立在下面的大厅里，比如为伟大的勃拉多辛国王（早已去世）的军队制造的长矛，每支都有经过三次锻造的矛头，矛柄上镶嵌着精巧的黄金装饰，但一直没有机会将它们交付，款子自然也尚未收回；为早已死去的战士制作的盾牌；为瑟罗尔打造的双柄大金杯，上面雕刻着鸟和花，鸟儿的眼睛和花瓣都是用宝石制成的；镀金镀银的锁子甲，刀枪不入；河谷镇之王吉瑞安的项链，上面镶嵌着五百颗绿如草的祖母绿,他用这条项链与矮人交换,让矮人为他的长子打造一副前无来者的铠甲,上面的环扣由矮人亲手制作,用纯银锻造而成,其强度是钢铁的三倍。但是,最美丽的当属一颗巨大的白色宝石,是矮人们在孤山之根发现的,名为孤山之心,又叫瑟莱因的阿肯宝石。

"阿肯宝石!阿肯宝石!"索林在黑暗中喃喃道,下巴支在膝盖上,仿佛在梦中,"那块宝石是圆球形的,有一千个切面。它在火光下像银,在阳光下如水,在星光下似雪,在月光下若雨!"

然而,对宝藏着魔一般的迷恋已经从比尔博身上消失了。矮人们聊着,他却没有专心听。他坐在离门最近的地方,一只耳朵竖起来听着门外是否有声响,另一只耳朵则非常警觉,谛听着矮人们低语之外的回声,以及下方远处是否有动静。

黑暗越来越深,他也越来越不安。"把门关上!"他恳求他们,"我打从心底里害怕那条恶龙。比起昨晚的喧嚣,此时这么安静,我反而提心吊胆。快把门关上,不然就来不及了!"

他的声音让矮人们也产生了不安。索林慢慢地从梦境回到现实,站起身来,踢开了挡住门的石头。然后他们用力一推,门砰的一声关上了。里面没有锁眼的痕迹。他们被关在了孤山里!

时机刚刚好!他们在隧道里还没走多远,就有什么东西重重地撞在了山坡上,仿佛巨人抡起森林橡木做成的攻城锤,猛地砸下来一样。岩石轰隆作响,岩壁裂开,隧道顶部的石头坠落在他们的头上。我不愿意去想假如门还开着会发生什么事。众人不由得庆幸自己还活着,拔腿就往地道深处逃去,而在他们身后的大门外,响起了史矛革愤怒的吼声和隆隆声。他将岩石撞成了碎片,巨大的尾巴猛击岩壁和悬崖,最后,他们在高处那小小的营地、烧焦的草地、歌鸫鸟落过的岩石、爬满蜗牛的岩壁、狭窄的壁架通通消失了,化为了一堆堆杂乱的碎片,从悬崖掉到下面的山谷里了。

史矛革竟然悄无声息地离开巢穴,悄悄地飞到空中,像一只巨大的乌鸦一样,在黑暗中沉重而缓慢地盘旋,乘风朝孤山西边飞去,希望能出其不意在那里抓住人或牲畜,或者发现那个盗贼进隧道的入口。结果,即便到了他觉得是入口的位置,却还是什么人也没看见,什么牲畜也没找到,他勃然大怒,便撞山来宣泄怒气。

他以这种方式发泄了怒气之后,感觉好多了,心想自己再也不会受到来自这个方向的骚扰了。与此同时,他还有别的仇要报。"木桶骑士!"他哼了一声,"你的脚来自水边,毫无疑问,你是从水面上来的。我不了解你的气味,但即便你不是长湖人,也得到过他们的帮助。得让那些人见识一下我的厉害,也好记住谁才是真正的山下之王!"

他腾空而起,裹着一团龙火,向南朝奔流河飞去。

第十三章
不在家中

与此同时，矮人们坐在黑暗中，四周一片寂静。他们吃得少，说话也少。他们计算不出过了多少时间，甚至不敢乱动，毕竟只是小声说话，也会在隧道里引起沙沙的回声。他们小睡了一会儿，醒来时四周依然一片漆黑，没有一点声响。就这样过了像是好几天的时间，由于缺乏空气，他们开始觉得气闷，头昏目眩，再也无法忍受。哪怕下面传来恶龙的声音，他们也非常欢迎。现在这么平静，他们担心恶龙在耍花招，但他们不能一直干坐着。

索林开口了。"我们去试试能不能把门打开！"他说，"要是再不赶快吹吹风，我肯定活不成了。我想我宁愿在开阔的地方被史矛革踩扁，也不愿在这里窒息而死！"于是，几个矮人站起来，摸索着走回门的位置。但他们发现隧道上面一端已经坍塌，被碎石块堵死了。无论是钥匙,还是给大门施加的魔法,都再也无法打开那扇门了。

"我们被困住了!"他们呻吟道,"这下完了。我们要死在这里了。"

然而,就在矮人们最绝望的时候,比尔博却感到异常轻松,就好像拿掉了马甲下面一块沉重的东西。

"好了,好了!"他说,"我父亲常说'活着就有希望',他还说'事不过三'。我要再进一次隧道。当初我明知另一端有一条龙,还是去了两次,现在说不准龙还在不在,但我还要冒险走第三次。反正唯一的出路就是往下走。我想这一次你们最好跟我一起去。"

无奈之下,他们同意了,索林第一个跟在比尔博身边向前走去。

"现在一定要多加小心!"霍比特人小声说,"尽量保持安静!史矛革可能不在下面,但也可能在。不要惹上不必要的麻烦!"

他们一直往下走啊走啊。要说走起路来毫无声息,矮人自然比不上霍比特人,他们的喘气声很粗,还拖着脚走路,回声大得惊人。不过,尽管比尔博时不时地因为害怕而停下来仔细听着,下面却没有一点动静。比尔博估摸着快到隧道底部了,便戴上了戒指,继续向前走去。但他不需要这么做:四周黑得伸手不见五指,不管戴不戴戒指,都没人能看见他们。事实上,由于太黑了,霍比特人来到洞口却不自知,手摸了个空,向前一踉跄,一头滚进了大厅!

他脸朝下趴在地上,不敢站起来,甚至都不敢喘气。不过四周并没有动静。一丝亮光也没有。他终于慢慢抬起头来,好像看到前面远处的黑暗中有一点淡淡的白光。那自然不是龙火的火花,但这里弥漫着恶龙浓重的臭气,他的舌头上也有热气的味道。

巴金斯先生终于忍不住了。"去你的,史矛革,你这条小爬虫!"他尖声叫道,"别玩捉迷藏了!弄点亮光出来,来抓我呀,抓住我,你就能把我吃了!"

微弱的回声在漆黑的大厅里回荡,但恶龙没有回应。

比尔博站起来,发现自己不知道该往哪个方向走。

"真想知道史矛革到底在搞什么鬼。"他说,"想必他今天不在家(或者说今晚不在家)。欧因和格罗因要是没把火绒匣弄丢就好了,还可以有点光赶紧四处看看,不然等会儿好运就要跑光了。"

"光!"他喊道,"有谁能弄点光出来吗?"

比尔博摔下台阶、滚进大厅,矮人们当然非常惊恐,只好在隧道尽头他跌下去的地方紧靠着坐在一起。

"嘘！嘘！"一听到他的喊声，他们立马让他别出声。尽管这帮助霍比特人确定了他们的位置，但他还是花了好长时间才从他们那里得到别的助力。最后，比尔博开始跺脚，扯高了嗓子，尖声大喊了几下"光！"，索林才让步，派欧因和格罗因回到隧道顶端取行李。

过了一会儿，一道闪烁的光芒显示他们回来了，欧因手里拿着一支点燃的小松枝火把，格罗因腋下夹着一捆没有点燃的火把。比尔博快步跑到门口，接过了点燃的火把。但他没能说服矮人们把其他火把也点燃，也没能说服他们和他一起去。索林小心翼翼地解释说，巴金斯先生仍然是他们的正式飞贼和侦察员。他愿意冒险点火把，那也是他自己的事。他们就在隧道里等他的报告。就这样，他们在门边坐下，看着比尔博行动。

他们看见霍比特人小小的身影高举着小火把走了起来。他还在近处的时候，他们不时能看到一点亮光，他无意中踩到了金器，还会发出叮叮当当的声音。随着他在巨大的大厅里越走越远，亮光也越来越小。接着，晃动的亮光开始升高，这是比尔博正在爬上那堆巨大的宝藏。不久他就来到顶端，继续往前走。接着，他们看见他停下脚步，弯下腰，却看不清他在干什么。

原来，比尔博发现了孤山之心阿肯宝石。比尔博是通过索林的描述断定那是阿肯宝石的。但事实上，即使在如此惊人的宝藏中，即使在全世界，也不可能有两颗这样的宝石。在他往上爬的时候，同样的白光一直在他面前照耀着，吸引着他的双脚朝那个方向爬去。渐渐地，可以看出那是一个小球发出的暗淡光芒。他来到近处，只见小球表面折射出火把摇曳的光芒，闪动着五颜六色的亮光。最后，他低头看着它，不由得屏住了呼吸。这颗无可比拟的宝石在他脚下闪耀着从内部发出的光芒，与此同时，由于矮人很久以前把它从大山之心挖出来时进行了精雕细琢，宝石还可以把所有落在它上面的光，变成成千上万道闪耀着彩虹光泽的白光。

突然，由于抵不过它的魅力，比尔博的胳膊伸了过去。这块宝石又大又重，他的小手都无法将其完全握住。但他还是把宝石拿起来，闭上眼睛，揣进了最隐秘的口袋里。

"现在，我是名副其实的飞贼了！"他心想，"不过我想还是得找个时间把这件事告诉矮人们。他们说过我可以选择自己那份，那我就选这颗宝石，剩下的财宝全给他们！"尽管如此，他的心里还是有些忐忑：他是可以挑选自己那份，但这颗宝石恐怕不仅不在挑选的范围之内，还会给他带来麻烦。

他继续往前走，从宝山另一边爬了下去，这时，火把的光亮从观望的矮人们的视线中消失了。但很快他们又看到亮光出现在了远处。比尔博已经走到了大厅的另一边。

他继续往前走，一直走到另一边的大门前，有风吹过来，他立即为之一振，可火把差点被吹灭。他战战兢兢地向大门另一边张望，只见那边是宽大的走廊，还能模模糊糊看到有宽阔的楼梯一直延伸到黑暗中。然而，仍然不见史矛革的踪影，也听不到他的声音。他正要转身往回走时，一个黑影突然朝他扑过来，擦着他的脸过去了。他吓了一跳，尖叫一声，向后栽倒。火把头朝下从他手里滑落，熄灭了！

"应该是蝙蝠吧，但愿是这样！"他可怜兮兮地说，"可现在我该怎么办？哪边是东，哪边是南，西边和北边又在哪里？"

"索林！巴林！欧因！格罗因！菲力！奇力！"他扯着嗓子喊道，四周的黑暗无边无际，他的声音听来是那么微弱，"火把灭了！有没有人过来接我，快来帮帮我！"他的勇气一时完全丧失了。

矮人们隐隐约约地听到了他微弱的喊声，不过他们只听到"帮帮我"几个字。

"到底发生了什么事？"索林道，"当然不是龙回来了，否则他也不会这样叫。"

他们等了一两分钟，仍然没有听到恶龙的声音，事实上，除了比尔博在远处的呼喊声，什么动静也没有。"你们再点一两支火把！"索林命令道，"看来得去帮帮我们的飞贼了。"

"现在该轮到我们帮他了。"巴林说，"我很愿意去。反正我觉得现在很安全。"

格罗因又点燃了几支火把，他们一个接一个蹑手蹑脚地走了出去，沿着岩壁尽可能快地前进。没过多久，他们就遇到了正朝他们走来的比尔博。他一看到他们的火光，就很快恢复了理智。

"是有只蝙蝠飞过来，弄掉了火把，没什么大事！"他回答了他们的问题。他们松了一口气，可无缘无故担惊受怕，他们都忍不住抱怨了起来。假如他当时就告诉他们阿肯宝石找到了，我不知道他们会说什么。一行人继续往前走，匆匆瞥见的财宝重新点燃了矮人心中的火焰。哪怕是最可敬的矮人，只要心被黄金和珠宝唤醒了，也将胆量陡升，甚至可能变得极为凶猛。

矮人们确实不再需要别人催促了。现在他们都迫不及待地想趁机去大厅看看，并且愿意相信史矛革这会儿不在家。现在每个人都举着一支点燃的火把，他们先看看这边，再看看那边，就忘了该害怕，甚至忘了该小心谨慎。他们朝彼此大声说话，吵吵嚷嚷地从宝山或墙上拿起古老的珍宝，举到火光下观看，还伸手抚摸。

菲力和奇力乐开了花，他们发现那里挂着许多银弦金竖琴，就拿起来弹了弹。琴被施了魔法（还因为恶龙对音乐不感兴趣，便没染指过它们），音调仍然很好。黑暗的大厅里回荡着沉寂已久的旋律。但大多数矮人都比较实际，他们捡了很多宝石塞进口袋，还一边叹气，一边让带不走的宝石从指间滑落。索林和他们不一样，只是来回找着一件他找不到的宝物。他找的是阿肯宝石，不过他没把这个想法告诉任何人。

矮人们从墙上取下盔甲和武器，佩带在自己身上。索林穿上了一件由镀金环扣制成的铠甲，腰间系着一条镶着红宝石的腰带，还插上了一把银柄斧头，看上去颇有王室风范。

"巴金斯先生！"他喊道，"这是你的第一笔赏金！脱下你的旧外套，穿上这件！"

说完，他让比尔博穿上了一件小盔甲，那是很久以前为某个年轻的精灵王子做的，采用银钢打造，上面装饰着珍珠，还配了一条镶嵌着珍珠和水晶的腰带。霍比特人头上戴着一顶花纹皮革制成的轻便头盔，下面用钢箍加固，头盔边缘还镶满了白色的宝石。

"感觉棒极了。"他心想，"不过我看起来肯定有些滑稽。老家袋底山的人见了，一定会笑话我！要是手边有面镜子照照就好了！"

宝藏散发着无穷的吸引力，但巴金斯先生还是比矮人更能保持清醒。矮人们仍在兴致盎然地欣赏宝藏，他却已经厌倦，在地上坐下来，开始紧张地思考结局会怎样。"我愿意用这些宝贵的高脚杯，换取一碗贝奥恩那提神的饮料！"

"索林！"他大声喊道，"接下来该怎么办？现在有了铠甲和武器，可我们的敌人是恐怖恶龙史矛革，有盔甲又能顶什么用？我们还没有把宝藏赢回来，现在不该找金子，而是应该找路逃生。运气已经够偏向我们了！"

"你说得对！"索林恢复了理智，回答道，"我们走吧！我来带路。即便再过一千年，我也不会忘记这座宫殿的路。"他招呼其他人聚在一起，高举火把，穿过一扇扇敞开的大门，不时地回头望望，眼神里满是渴望。

他们用旧斗篷遮住闪闪发光的锁子甲，用破烂的兜帽盖住闪亮的头盔，一个接一个地走在索林身后，在黑暗中排成一排小小的光点，这些光点不时停下，提心吊胆地再次留意听有没有恶龙回巢的动静。

尽管昔日的装饰早已腐朽或毁坏，尽管一切都在怪龙进进出出时遭到了玷污和破坏，索林还是了解每一条通道和每一个转弯。他们爬上长长的楼梯，转了一个弯，走下充满回声的宽大通道，又转了一个弯，爬上更多楼梯，再爬上更多的楼梯。这些楼梯表面光滑，是用宽阔而美丽的原生岩石开凿出来的。一行人不断地往上走啊走啊，没有遇到任何活物，只有一些鬼祟的影子在火把靠近时飞快地逃开，扇动的翅膀带起阵阵气流。

这些台阶并不适合霍比特人的短腿，比尔博觉得自己再也走不动了，可就在这时，洞顶突然变高，超出了火光的照射范围。可以看到白色的微光从远处上方的开口射进来，空气闻起来更香甜了。在他们面前，有朦胧的光线透过大门照了进来，而大门扭曲着连在铰链上，烧得只剩下一半。

"这里是瑟罗尔的宴会厅。"索林道，"用来举办宴席和议事。现在离正门不远了。"

他们穿过毁坏殆尽的宴会厅。一张张桌子已经腐烂,椅子和长凳倒在地上,有的烧焦,还有的腐烂不堪。头盖骨和肢骨散落在地上,周围是酒壶、碗、破烂的角形酒杯和灰尘。他们到了另一端,又穿过了几扇门,一阵水声传到他们的耳朵里,灰蒙的光线突然变得明亮起来。

"这里是奔流河的源头。"索林道,"从这里,河水加速流向正门。我们沿河走!"

一股翻腾汹涌的水流从岩壁上一个黑暗的开口中奔涌出来,打着旋儿流过一条狭窄的河床,河道在古时由手艺灵巧的匠人开凿而成,又直又深。旁边是一条铺着石块的路,很宽,足够很多人并肩而行。他们沿着这条路飞快地跑着,绕了一个大转弯……看呀!他们面前出现了一大片日光,一座高大的拱门巍峨耸立,里面仍有古老雕刻的残迹,不过已经磨损、破碎,全都发黑了。雾气笼罩的太阳把苍白的阳光投射到孤山之上,金色的光束落在门槛处的铺路石上。

一群蝙蝠被冒烟的火把吓得从睡梦中惊醒,从上方飞过。众人向前移动,脚踩在被恶龙进出时磨得光滑而黏糊的石头上直打滑。这会儿,河水在他们前面哗哗地奔涌到外面,泛着白沫流向下方的山谷。他们把火光暗淡的火把扔到地上,站在那里望着外面,双眼被照得有些睁不开。这里正是正门所在,外面就是河谷。

"太棒了!"比尔博说,"我从没想过会从这扇门往外看。再次见到太阳,感受到风吹过脸,我从没想过我竟会这么开心。但是风真冷啊!"

确实如此。凛冽的东风吹来,预示着寒冬即将来临。狂风吹过山顶,拂过山坡,吹进河谷中,在岩石间发出阵阵叹息。在恶龙出没的洞穴深处待了那么久,如今来到阳光下,他们都忍不住瑟瑟发抖。

比尔博突然意识到自己不仅累坏了,肚子也饿瘪了。"看来已经是上午晚些时候了。"他说,"差不多是吃早饭的时间了,如果有早饭可吃的话。不过依我看,在史矛革的前门台阶上吃东西可不太安全。我们还是找个地方安静地坐一会儿吧!"

"完全正确!"巴林说,"我想我知道该走哪条路。我们应该去孤山西南角的旧瞭望哨。"

"那有多远?"霍比特人问。

"我估摸要走五个钟头,而且路很难走。从正门沿河左边的那条路好像完全损毁了。不过看下面!河道突然转向,穿过河谷,在被摧毁的河谷镇前向东流过。那里有一座桥,过了桥是陡峭的台阶,上了台阶就是右岸,岸边有条大路通往渡鸦岭。大路连着一条小岔路,反正以前是这样,沿着岔路上去就是瞭望哨了。不过就算那些旧台阶还在,也很难爬上去。"

"老天！"霍比特人抱怨道，"不光没有早饭吃，还得走路，甚至还要爬山！在这个没有时钟、不知道时间的可恶洞穴里，不知道我们错过了多少顿早餐、午餐和晚餐。"

事实上，自从巨龙撞坏魔法门以来，已经过去了两夜一日（不过这期间他们并非一点东西也没吃），但比尔博已经说不清过了多久，可能只是一个晚上，也可能是一个礼拜。

"得啦，得啦！"索林笑道，他的情绪又高涨起来，口袋里的宝石被他弄得咯咯作响。"那是我的宫殿，不是可恶的洞穴！你等着看里面清理干净、重新装饰以后的样子吧！"

"那得先除掉史矛革。"比尔博闷闷不乐地说，"话说回来，他在哪儿呢？我愿意用一顿丰盛的早饭来换他的下落。但愿他没有在孤山上俯视着我们！"

这个想法使矮人们大为不安，他们很快就认定比尔博和巴林是对的。

"我们必须离开这里。"多瑞说，"我总觉得他的眼睛好像盯着我的后脑勺。"

"这里太冷了，又这么荒僻。"邦伯说，"水倒是不缺，却不见有食物。龙住在这里，肯定时刻都很饿。"

"走吧！走吧！"其他人嚷嚷道，"我们就去巴林说的那条小岔路！"

就这样,他们在河左边的石头间艰难跋涉,河水右边的岩壁非常陡峭,没有路可走。这里空旷而荒凉,就连索林也清醒了过来。他们发现巴林提到的那座桥早已倒塌,桥上的大部分石头都坠到了下面喧嚣的浅水之中。但是他们没费多大力气就涉水而过,找到了古老的台阶,爬上了高高的河岸。走了一小段路后,他们踏上了那条古老的大路,不久就来到了一个岩石掩映的深谷。他们在那里休息了一会儿,吃了一顿早餐,基本是就着水吃**克拉姆**。(如果你想知道什么是**克拉姆**,我只能说我也不知道做法如何,不过这种食物吃起来很像饼干,能长期保存,吃完了很久都不觉得饿,当然不怎么好吃,甚至可以说是索然无味,只能嚼碎填饱肚子而已。长湖人制作克拉姆,在长途旅行中当干粮。)

休息好了,他们继续上路。现在,道路距离河流越来越远,向西延伸,距离大山的南脊越来越近了。最后他们到达了那条小山路,小路地势很陡,他们一个接一个地慢慢走着,终于在傍晚时分到了山脊的顶端,看见冬日的太阳正往西落。

在这里,他们发现了一块平坦的地方,三面都没有岩壁,只有北边有一片岩壁,岩壁上有一个门一样的缺口。从那扇门望去,东、南、西三方的景色尽收眼底。

"就是这里了。"巴林说,"过去我们派人在这里放哨,后面的门里是一个开凿出来的石室,当作警卫室。孤山周围有好几个这样的地方。不过在我们的黄金时代,根本不需要安排人放哨,卫兵也松懈了,不然也许可以早点发现恶龙来袭,那样结果很可能就不一样了。不过,我们现在可以在这里躲一段时间,既能观察外面,还不会被发现。"

"要是恶龙看到我们来了这里,就没什么用了。"多瑞说,他总是抬头望着孤山的山顶,好像以为史矛革会像小鸟落在尖塔上一样栖息在山顶上。

"那就看运气如何了。"索林道,"今天我们不能再走了。"

"好呀,好呀!"比尔博一边喊,一边扑倒在地。

石室里可以容纳一百人,在更深的地方还有一个小房间,里面更为暖和。这里很久没人来过了,在史矛革称霸的时期,就连野兽也不到这里来。他们卸下行李,有些人立刻躺下呼呼大睡,但其他人坐在外层石室的大门附近讨论计划。无论说起什么,话题最后总会绕到一件事上:史矛革去哪儿了?他们往西看,什么也没有;往东看,同样一无所有;往南看,也不见恶龙的踪迹,却有许多鸟儿聚集在一起。他们看着这一幕,不由得惊诧不已,但是,当第一批寒冷的星星出现时,他们依然没弄明白那是怎么回事。

第十四章
火与水

如果你和矮人们一样，也想听到史矛革的消息，那就必须回到两天前的那个晚上，当时，史矛革捣毁了秘门，怒气冲冲地飞走了。

夜晚刮来的东风寒冷刺骨，在湖畔小镇埃斯加洛斯，人们大多待在室内，只有少数人在码头上散步，做着他们很喜欢做的事：随着星星缓缓升入夜空，欣赏倒映在光滑湖面上的星光。从他们的城镇看，孤山几乎都被湖那头的低矮小丘挡住了，只能通过奔流河自北方奔涌而来形成的一个缺口才能望到。也只有在晴朗的天气里，孤山的最高峰才能收入眼底，不过他们很少去看那座山，即使在晨光中，那里也显得不祥而阴沉。这会儿，孤山则完全隐没在了夜色中，根本看不见。

突然，孤山回到了人们的视野当中，一道亮光照亮了那座大山,随即便消失了。

"快看!"一个人说,"那种光又来了!昨晚守夜人就看到了那光从午夜一直亮到黎明。上面一定发生了什么事。"

"也许山下之王正在锻造金器。"另一个人说,"他去北方很久了。歌谣里的内容也该成真了。"

"哪个国王?"第三个人用阴沉的声音说,"那多半是恶龙四处攫食喷出的龙火,他才是我们知道的唯一一个山下之王。"

"真是狗嘴吐不出象牙!"其他人说,"你一会儿说有洪水,一会儿说鱼有毒。想点高兴的事吧!"

突然,一道巨大的光出现在山丘的低处,湖的北端顿时变成了金色。"山下之王!"他们喊道,"他的财富像太阳,他的白银像喷泉,他的河流淌黄金!金河闪闪,从孤山来!"他们大叫起来,每一扇窗户都打开了,每一双脚都在快速跑动。

人们的激情和热情再度被激发了。但是,那个声音阴沉的人急忙跑向镇长。"恶龙来了,不然我就是傻瓜!"他大喊道,"快把所有的桥都斩断!去拿武器!快去拿武器!"

就在这时,警报的号角蓦地响起,号角声在满是岩石的湖岸边回荡开来。欢呼声停止了,喜悦变成了恐惧。因此,恶龙攻来时,才发现人们并非毫无准备。

恶龙的速度太快了,眨眼间,人们就看到他裹着一团龙火朝他们急速飞来,变得越来越大,越来越明亮,哪怕是最傻的人也肯定歌中的预言大错特错了。不过他们还有一点时间。于是，镇里的每一艘船都装满了水，每个战士都全副武装，每一支箭和飞镖都准备好了，通往陆地的桥梁也被掀翻并摧毁了，这时史矛革可怕的吼声已经逼近，越来越响亮，他那可怕的翅膀扇动着，在下方的湖面上激起了一阵阵火红的波浪。

在人们的尖叫、哀号和呐喊声中，他从他们头顶上方飞过，朝桥梁扑去，却遭遇了挫败！桥不见了，他的敌人都在深水处的一座岛上，那里的水又深又黑又冰，他很不喜欢。假如他一头扎进去，就会激起一股蒸汽，把这一带的陆地都笼罩在雾气之中，好几天都挥散不去。但是，湖水比他更强大，不等他涉水而过，龙火就会被浇灭。

他咆哮一声，往回掠过镇子。霎时间，一阵黑色的箭雨齐刷刷地射了过来，击中了它的鳞甲和珠宝，噼啪作响，箭柄被他的呼吸点燃，燃烧着掉进湖里，发出阵阵嘶嘶声。你所能想象出的任何烟火，都无法与那晚的龙火相比较。弯弓射箭的嗡嗡声和尖锐的号角声不断响起，巨龙愤怒到了极点，居然变得莽撞起来，像是发了狂。许多年以来，始终不曾有人敢与他开战，如果不是那个声音阴沉的男人（他的名字叫巴德），他们现在依然没这个胆量。他跑来跑去为弓箭手鼓劲，还催促镇长命令他们战斗到最后一箭。

火焰从龙口中喷涌而出。他在高高的空中盘旋了一会儿，照亮了整个湖面。岸边的树木闪耀着铜色和血色的光芒，漆黑的树影在树根周围跃动。然后，他在箭雨中笔直地俯冲下来，狂怒之下居然不计后果，没有把长满鳞甲的部分对着敌人，只一门心思要把他们的城镇烧成灰烬。

他向下猛冲，绕了一圈，从房屋上方掠过，茅草屋顶和木梁末端立即燃起了熊熊烈焰，不过在他来之前，所有的东西都被水浸透了。哪里有火花，就有一百双手再次往那里泼水。巨龙盘旋而回。他的尾巴一扫，镇长的大会客厅顿时四分五裂，倒塌殆尽。无法熄灭的火焰直冲夜空。随着他一次又一次俯冲，一栋又一栋房子在烈焰中坍塌。但仍然没有哪支箭能阻挡史矛革，一支支羽箭就像从沼泽飞来的苍蝇，伤不了他半根毫毛。

镇里到处都有人跳进水里。妇女和儿童挤在市场水池装满货物的船上。武器扔得到处都是。就在不久前，这里还响彻歌颂矮人的古老欢歌，而现在，只能听到哀号和哭泣。现在人们诅咒那些矮人。镇长奔上自己那艘镀金大船，希望能趁乱划走，保住性命。用不了多久，整个城镇就将化为乌有，燃烧的废墟将坠落在湖中。

恶龙就是这么打算的。他们都可以上船，这正合他意。那样的话，他可以尽情地猎捕他们，他也可以让他们停下，在船上活活饿死。就让他们设法上岸好了，他会做好准备的。很快，他就会把岸上所有的树林变成火海，把所有的田地和牧场都烧得焦黑。这会儿，他把全镇都玩弄于鼓掌之上，玩得兴趣正浓，他已经有很多年都没这么享受过了。

但仍有一队弓箭手坚守在燃烧的房屋之间。他们的领头人就是巴德，这个人声音阴沉，表情严肃，他的朋友们都指责他预言洪水到来、鱼肉有毒，不过他们都深知他本领不凡，拥有过人的勇气。他是河谷镇之王吉瑞安的后代，原来在当年，吉瑞安的妻子和孩子沿着奔流河从废墟中逃了出来。此时，他举着一把紫杉木大弓，射光了所有的箭，只剩下一支。火焰离他很近了。他的同伴纷纷逃离。他最后一次拉弓。

突然，有什么东西从黑暗中飞到他的肩膀上。他吓了一跳，但见是一只很老的歌鸫鸟。它毫不畏惧地落在他的耳边，给他带来了消息。他惊奇地发现自己竟能听懂它的语言，而这正是因为他是河谷镇人的后裔。

"等等！等等！"歌鸫鸟对他说，"月亮就快升起来了。当恶龙在你上方盘旋的时候，注意他左胸上有一块凹陷！"巴德大为惊奇，手上的动作也停了下来，歌鸫鸟趁这个工夫把山上发生的事和它听到的一切都告诉了他。

然后，巴德把弓弦拉到耳边。恶龙正盘旋而回，低低地飞着。当他飞过来时，月亮正好升到东岸上方，把他巨大的翅膀染成了银色。

"箭！"弓箭手说，"黑箭！我把你留到最后。你从来没有叫我失望过，而我总是能把你找回来。我从我父亲手里接过了你，他则是从他的先祖那里继承而来的。如果你确实来自真正的山下之王的熔炉，现在就去吧，去吧！"

恶龙再一次俯冲到比以前更低的地方，当他转身向下俯冲时，在月光的照耀下，在他身上宝石火焰的衬托下，他的肚子闪着白光，但只有一个部位例外。随着大弓发出砰的一声，黑箭从弦上飞速射出，直奔恶龙左胸上的那块凹处，而恶龙位于那里的前腿正好伸展开，没有遮挡。黑箭势大力沉，一下便正中目标，倒钩、羽干和羽毛全部刺入了龙身。史矛革发出一声凄厉的尖叫，震聋了人们的耳朵，树木纷纷倒地，石头也化为了碎片。史矛革猛飞向天空，翻了个身，从高处向下坠，眼见活不成了。

龙身正好砸中长湖镇，他最后挣扎了几下，将镇子砸得稀烂，激起了大片的火花和火光。湖水咆哮着涌了过来。一股巨大的蒸汽腾空而起，月光下突然笼罩下来的黑暗立即化为了白茫茫的一片。嘶嘶声响起，湖水翻腾，起了巨大的漩涡，接着一切归于沉寂。史矛革就这样走到了自己的末日，埃斯加洛斯也彻底损毁，但这并不是巴德的结局。

月亮越升越高，刺骨的寒风越来越大。白色的雾气被风搅动，形成了弯曲的圆柱形，一团团白雾快速飘向西边，逐渐散开，散布在黑森林前面的沼泽地上。这时，可以看到湖面上黑压压地漂着许多小船，顺着风传来埃斯加洛斯人的声音，有的在哀叹他们的城镇和财物被摧毁了，还有的在为自己的房屋被焚而感到悲痛。然而，镇上至少有四分之三的人活了下来，要是他们能想到这一点，一定会感恩戴德，尽管当时很难指望他们能心怀感激。此外，他们的树林、田地、牧场、牲畜和大部分船只都完好无损，关键是恶龙死了。而他们还没有意识到这有多么重要的意义。

他们怀着沉痛的心情聚集在西岸，在寒风中瑟瑟发抖，一开始，他们最气的人就是镇长，对他有很多怨言，毕竟他这么快就舍弃城镇而去，而有些人依然愿意为了捍卫镇子而战。

"他也许很有经商头脑，特别是他自己的生意。"一些人低声说，"可一旦发生了大事，他就是个尿包！"他们称赞巴德勇气可嘉，最后那一箭威力无穷。"他要是没死就好了，我们可以推举他当国王。吉瑞安的后裔，恶龙射手巴德！唉，他怎么就死了呢！"

就在他们说话的当儿，一个高大的身影从阴影中走了出来。他浑身湿透，乌黑的头发湿漉漉地垂在脸上和肩膀上，眼睛里闪着锐利的光芒。

"巴德没死！"他喊道，"杀死敌人之后，他从埃斯加洛斯跃入水中。我就是巴德，吉瑞安的后裔。我是屠龙者！"

"国王巴德！国王巴德！"人们呼喊道，镇长却咬紧了牙关。

"吉瑞安是河谷镇的国王，可不是埃斯加洛斯的国王。"镇长说，"在长湖镇，我们向来从长者和智者当中选拔镇长，一个只会动武的人可没资格当选。就让'巴德国王'回他自己的王国吧。他勇猛过人，已经成功解救了河谷，没有什么能阻止他回去。任何人只要愿意，都可以和他一起去，只要他们乐意放弃长湖绿意盎然的湖岸，去孤山的阴影下生活，整日在冰冷的岩石之间度日。聪明的人会留在这里，希望重建我们的镇子，并在将来继续享受这里的和平与财富。"

"我们拥护巴德国王在这里称王！"旁边的人大声回答，"那些老头儿和守财奴，我们早就受够了！"远处的人们也开始叫喊，"恶龙射手上台，守财奴滚下去。"人们的呼喊声在岸边回荡着。

"我绝不会低估神箭手巴德的价值。"镇长小心翼翼地说（因为巴德现在就站在他身边），"他今晚立了大功，他的大名一定会出现在镇上功臣名录的显要位置。他值得被写进颂歌，流芳百世。但是，各位，为什么？"镇长说着站了起来，用响亮而清楚的声音讲道，"你们为什么责怪我？我有什么过错要被免职？我想问，是谁把恶龙从睡梦中唤醒的？是谁从我们这里得到丰厚的礼物和充足的帮助，让我们相信古老歌谣里的内容可以成真？是谁玩弄了我们的善心和美好的愿景？他们有没有沿河送来黄金，作为对我们的报答？他们只送来了龙火和毁灭！我们的损失该向谁求赔偿？我们的孤儿寡妇该向谁求救济？"

正如你所看到的，镇长不是平白无故当上这个镇长的。他这番话一出口，镇民就暂时忘记了要推选新国王，把心里的愤怒转向了索林和他的同伴们。粗野而尖刻的话语从四面八方传来，以前唱得最大声的人，现在也同样大声地咒骂着，斥责矮人们故意挑动恶龙来攻击他们！

"一群傻瓜！"巴德道，"为什么要浪费你们的精力去咒骂那些不幸的人，冲他们发脾气？毫无疑问，他们肯定已经葬身龙火了，所以史矛革才来找我们。"就在他说话的时候，他突然想到，传说中的孤山宝藏就在那里，无人看守，也没有主人，不由得沉默了下来，思忖着镇长的话。只要能找到人手，他就能重建河谷镇，在镇里挂满金钟。

最后他又开口了："镇长，现在不是说气话的时候，更不适合考虑重大的改变计划。我们还有很多事要做。我仍然为你服务。不过过一段时间，我可能会重新考虑你的话，带着愿意跟随我的人去北方。"

他说完便大步走开，帮忙搭建帐篷、照顾伤病员。然而，镇长皱着眉头望着他的背影，一直坐在地上没有动。他的思绪在快速转动，他很少开口，只是大声叫人给他送来火和食物。

现在，无论巴德走到哪里，都发现那些无人看管的巨大宝藏像火苗一样，快速成为人们谈论的话题。人们都说，他们遭受了这么大的损失，但很快就能得到补偿，还会有足够的钱从南方购买贵重物品。这使他们在困境中大受鼓舞。这倒也不错，毕竟今晚的痛苦和悲惨已经够多了。根据眼下的情况，只能为极少数人提供栖身之所（镇长占了一个），食物也极为短缺（就连镇长也吃不饱）。许多人虽然从城镇废墟中毫发无损地逃了出来，却因为身体湿透，受寒受冻，心情又不好，那晚都生了病，后来纷纷死去了。在随后的日子里，很多人都病倒了，还闹了一场严重的饥荒。

与此同时，巴德带头，按他的意愿安排事情，不过他都是以镇长的名义下命令的。他要管理镇民，指导他们建立防护设施，还要建造住房，可谓任重而道远。眼瞅着秋天就要过去，凛冬转眼将至，要是找不到援手，他们中的大多数人到时候都难以活命。但是，援助很快就来了。巴德当即便派人迅速赶到河上游的森林，向林地精灵之王求助，而信使却发现已经有一支精灵军队向他们开赴过来，尽管那才是史矛革被射杀的第三天。

精灵国王是从他自己的信使和热爱他子民的鸟儿那里得到消息的，对事情的经过有了大致的了解。在恶龙荒原的边界，长着翅膀的生物之间确实发生了巨大的骚动。空中到处是盘旋的鸟群，这些飞行敏捷的信使在天空中飞来飞去。叽叽喳喳的鸟鸣声响彻黑森林边界的上空。"史矛革已死"的消息传遍了黑森林。树叶沙沙作响,大惊之下,一双双耳朵竖起来聆听。精灵国王尚未骑马出发,消息就已经向西传到了迷雾山脉的松林里。贝奥恩在他的木屋里也听到了这个消息,半兽人则在洞穴里开会讨论该怎么应对。

"恐怕这将是我们最后一次听到索林·橡木盾的消息了。"国王说,"他要是继续当我的客人就好了,也不至于落得如此的下场。"他又说,"对谁都不利的,那就是恶风。"他也没有忘记有关瑟罗尔财宝的传说。就这样,巴德的信使才会在半路上撞见林地精灵国王率领许多长矛兵和弓箭手行军而来。乌鸦密密麻麻地盘旋在国王的头顶上方,以为战火又将重燃,而这一带已经很久没有发生过战争了。

但是,国王收到了巴德的求助,不禁起了恻隐之心,毕竟他统帅的是一个善良的族群,于是他吩咐大军不再按照最初的目标前往孤山,而是掉转方向,沿奔流河加速直奔长湖。由于船只或木筏不够承载整支军队,他们只能步行,因而拖慢了速度。不过,他已经吩咐属下先沿水路把大批补给品送到长湖。好在精灵们步履轻盈,他们近来虽不太习惯走边界地带和黑森林与长湖之间的危险区域,但行进速度依然很快。就在恶龙死后的第五天,他们便来到了湖岸,看到了城镇的废墟。果不其然,他们受到了热烈的欢迎,只要精灵国王伸出援手,镇民和镇长愿意在未来付出任何代价。

计划很快就敲定了下来。镇长带着妇女、儿童、老人和体弱多病的人留在后方。再留下数名有手艺的镇民和许多精灵中的能工巧匠，负责砍伐树木，把从黑森林运来的木料收集起来，然后着手在岸边搭建起许多小屋，以抵御即将到来的冬天。在镇长的指示下，他们开始规划新城镇，设计得比以前更美观、更大，但不在同一个地方，新址位于原镇以北的湖上游，因为从那以后，对于恶龙横尸的长湖，他们一直心存畏惧。史矛革再也回不到它的金榻了，只能像冰冷的岩石一样，扭曲着横陈在浅滩上。在之后的几个世纪，每当天气晴朗，就能在旧城的废墟中看到它巨大的骸骨。但很少有人敢去那个受诅咒的地方，也没人敢潜入叫人瑟瑟发抖的水中，去捡从它的腐尸上掉下来的宝石。

此外，所有还能战斗的人族战士，以及精灵国王的大部分人马，都做好准备，向北进入孤山。就这样，在长湖镇被毁后的第十一天，先头部队通过了湖尽头的石门，来到了孤山脚下那片荒凉的土地。

第十五章
山雨欲来

现在我们再来关注比尔博和矮人们。他们派了一个人通宵放哨，但当早晨到来时，他们也没有听到或看到任何危险的迹象。但是，飞鸟越聚越多。还有更多的鸟从南方飞来，而一直栖息在孤山的乌鸦在山峰上方不停地鸣叫、盘旋着。

"肯定出了什么怪事。"索林道，"秋季迁徙的时间早过了。况且这些鸟一直都是住在这里的。那里有椋鸟和成群的雀鸟，远处还有许多吃腐肉的鸟，好像要打仗了似的！"

比尔博突然一指。"那只老歌鸫回来了！"他喊道，"那时候史矛革撞碎山腰，它逃走了，不过蜗牛肯定没能逃过一劫！"

果然是那只老歌鸫，就在比尔博指着它的时候，它朝他们飞过来，落在了附近的一块石头上，拍着翅膀唱了起来，还把头歪向一边，好像在听。接着，它又开始唱歌，唱完了又在听。

"我相信它是想告诉我们什么。"巴林说,"可惜我听不懂这些鸟的语言,它说得很快,也太难懂了。你能听懂吗,巴金斯?"

"不太懂。"比尔博说(事实上,他是一点也不懂),"但这个老家伙似乎很兴奋。"

"它要是只渡鸦就好了!"巴林说。

"我还以为你不喜欢渡鸦呢!我们上次走这条路的时候,你好像很怕它们。"

"上次遇到的是乌鸦!那些家伙面目狰狞,还很粗鲁无礼。你一定听到了它们在我们背后说的那些恶言恶语了。但渡鸦不一样。它们与瑟罗尔的子民有着深厚的友谊,常常给我们送来机密的消息,作为回报,我们就送给它们一些亮晶晶的小饰物,它们喜欢把这些小物件藏在巢里。

"它们不仅寿命长,记忆也很绵长,还能把智慧传给子孙。我小时候认识很多在岩石之间安家的渡鸦。这片高地曾经被称为渡鸦岭,因为这里住着一对著名的渡鸦夫妇老卡克和它的妻子,它们非常睿智,就住在守卫室的上方。不过我估计这个古老血统的成员已经不在这里了。"

他话音刚落,老歌鸫就大叫一声,飞走了。

"我们也许听不懂它的话,但那只老鸟肯定听得懂我们的话。"巴林说,"盯紧点,看看会发生什么事!"

没过多久，就响起了鼓翼飞行的声音，歌鸫回来了，和它一起来的还有一只非常老的鸟。那只鸟的眼睛都快瞎了，飞行的动作非常迟缓，头顶也秃了。竟是一只体形巨大的老渡鸦，它僵硬地落在众人面前的地上，慢慢地拍打着翅膀，摇晃着朝索林走去。

"啊，瑟莱因之子索林，芬丁之子巴林。"它用嘶哑的嗓音说（比尔博听得懂它在说什么，因为它说的是通用语，而不是鸟语），"我是卡克之子罗亚克。卡克已经死了，但它以前和你们很熟。我从蛋里孵出来已经有一百五十三年了，但我没有忘记父亲告诉过我的话。现在我是孤山渡鸦的首领。我们虽然数量稀少，却依然记得古时的君王。我的子民大都去了别处，因为南方有重大的消息，有些消息对你们来说是好事，至于其他的，你们肯定不会喜闻乐见。

"看哪！鸟儿们从南方、东方和西方飞回来了，又聚集到孤山与河谷了，因为史矛革的死讯已经传开了！"

"死了！死了？"矮人们喊道，"真死了！那我们就不必害怕了……宝藏是我们的了！"他们全都一跃而起，高兴地跳来跳去。

"是的，死了。"罗亚克说，"这只歌鸫亲眼看到它死了。愿它的羽毛永远不掉。我们可以相信它的话。三天前的夜里，当月亮升起的时候，它与埃斯加洛斯人大战，结果被一箭射中，摔下去死了。"

过了好一会儿,索林才让矮人们安静下来,继续听渡鸦的消息。它讲完战斗经过,又说:

"索林·橡木盾,好消息到此为止。你们可以安全地回到大厅,宝藏也是你们的,但这只是暂时的。往这边聚集的,可不止飞鸟。看守宝藏的恶龙已死的消息早已传开了,瑟罗尔宝藏的传说多少年来一直都在流传。许多人都渴望分一杯羹。一支精灵大军已经在路上了,腐尸鸟也和他们在一起,就盼着能出现战争和杀戮。长湖镇的人都抱怨是矮人把他们害得这么惨,弄得他们无家可归,许多人死了,他们的镇子也被史矛革摧毁了。无论你是死是活,他们都想要你的财宝作为补偿。

"你必须运用智慧来决定何去何从。最初定居于此的都林子民人数众多,可现在他们都散落各地了。你们只有十三人,比起来就如沧海一粟。如果你愿意听我的劝告,那你绝对不可相信长湖镇的镇长,但那个射杀恶龙的人是可以信任的。他叫巴德,是吉瑞安的后裔,属于河谷镇人的种族。他有点严肃,但为人真诚。这片区域荒废了那么久,我们希望再次看到矮人、人族和精灵和平相处。但你可能必须为此付出不少的黄金。我要说的就是这些。"

索林愤怒地脱口而出:"多谢你,卡克之子罗亚克。我们将永远铭记你和你的子民。但是,如今我们既活于世,又怎能眼睁睁看着我们的金子被贼偷去、被人抢去。如果你还想得到我们更多的感谢，那么一有人靠近，就请为我们报信。此外，我还有一个请求，假如你们当中还有成员很年轻，拥有强壮的翅膀，就请派使者去北方山区联络我们的亲戚，从这里向西或向东都有我们的亲戚，把我们的困境告知他们。不过，一定要去铁丘陵找到我的堂兄戴因，他麾下有许多全副武装的战士，而且他的住处离这里最近。叫他们务必快马加鞭赶来！"

"我不评判你的办法是好是坏，"罗亚克沙哑地说，"但我会尽力而为。"它说完，便慢慢地飞走了。

"回山里去！"索林叫道，"没有多少时间可以浪费了。"

"食物也没多少了！"比尔博嚷道，他在这类问题上一向很实际。无论如何，他觉得严格来说，随着恶龙被诛杀，这场历险已经结束了。可惜在这一点上，他大错特错。而且，在他看来，只要最后能化干戈为玉帛，他愿意拿出自己那份财宝中的大部分来交换。

"回山里去！"矮人们叫了起来，好像没听见他的话似的。他只好和他们一起回去了。

有些事你已经听说，所以知道矮人们还有很多天的准备时间。他们再次在各个洞穴里探索了一番，果然不出所料，他们发现只有正门还开着。其他的出入口（自然不包括那扇很小的秘门）早就被史矛革破坏和封堵住，已无迹可寻了。因此，现在他们开始努力加固主入口，还新修了一条通往主入口的小路。山里有大量的工具，是古代矿工、采石工人和建筑工人用过的。在这些活计上，矮人们仍然技艺娴熟。

在他们忙活的时候，渡鸦源源不绝地为他们送来消息。因此，他们知道精灵国王转向去了长湖，他们得到了喘息之机。更妙的是，他们听说有三匹小马躲过了恶龙的魔爪，正在下方奔流河岸上游荡，离他们剩下的东西被丢弃的地方不远。于是，其他人继续干活，菲力和奇力则奉命在一只渡鸦的带领下去找小马，把能带回的东西都带回来。

一晃又过去了四天，这时他们已经知道长湖镇的人族和精灵的联军正在快速向孤山进军。但现在他们的希望更大了。因为他们现在有了食物，只要精心分配，足可撑上好几个礼拜。当然了，食物主要是克拉姆，他们早就吃腻了，但吃克拉姆，总比饿肚子强。此外，他们用正方形石块在正门处砌了一堵又厚又高的墙，正好把入口封堵住。墙上有洞，可以用来查看敌情（或是放箭），但敌人就进不来了。他们通过梯子爬进爬出，用绳子把东西拖上来。他们在新墙下设计了一道低矮的小拱门，供河水流出。但在靠近入口的地方，他们改造了狭窄的河床，扩出了一个大水潭，从山壁一直延伸到瀑布的源头，河水就是从瀑布向下流向河谷的。现在，要想靠近正门，若是不愿泅水，就只能沿着靠近右边（从外面看向大门的方向）悬崖的一条狭窄小路而行。他们把小马牵到老桥头的台阶上，在那里卸下了补给品，便吩咐它们朝南回主人身边了。

有一天晚上，南边的河谷里突然出现了许多火光，像是有人点起了篝火和火把。

"他们来了！"巴林大叫道，"营地有好大一片。他们一定是趁着黄昏天色昏暗，沿着河两岸进入河谷的。"

那天晚上，矮人们几乎没怎么合眼。天还没亮，他们就看见一群人过来了。他们从石墙后看着那些人来到山谷的顶端，慢慢地爬上来，不久就看清来的既有全副武装的长湖人族，就像准备打仗一样，还有精灵的弓箭手。最后，最前面的队伍爬上了翻滚的岩石，出现在瀑布的顶端。这些人发现面前有一个水潭，正门还被一堵新砌的石墙封住了，都非常惊讶。

就在他们站在那里指指点点、猜想是怎么回事的时候，索林朝他们喊话："你们是谁？"他高声喊道，"我是瑟莱因之子、山下之王索林。你们来到我的门前，像是要开战，你们到底想干什么？"

但他们没有回答。几个人迅速转身往回走，另一些人盯着正门和防御工事看了一会儿，很快也走了。那一天，营地移到了孤山的支脉之间。岩石之间回荡着说话声和歌声，而矮人们已经很久没有谈笑唱歌了。还可以听到精灵的竖琴声和悦耳的音乐。当这些声音朝他们飘来的时候,冷风似乎也变得温暖起来,他们仿佛还闻到了春天树林里花朵盛开的芬芳。

比尔博渴望逃离黑暗的堡垒,去山下的篝火旁,加入欢乐的盛宴。一些年轻的矮人也大为触动,嘟哝着说要是事情不这样发展该有多好,他们就能和那些人交朋友,招待他们了,但索林满脸怒容。

矮人们也拿出了从宝藏中找回的竖琴和其他乐器,演奏音乐来缓解他的情绪。但他们的歌与精灵的不一样,很像他们很久以前在比尔博的霍比特小洞府里唱过的那些歌。

　　高耸又险峻的孤山之下,
　　国王到了大殿,回了家。
　　他的死敌恐怖恶龙已被射杀,
　　与他为敌,终究都要倒下。

　　剑锋刃利,长矛长又长,
　　羽迅箭疾,正门防卫强,
　　守护黄金,勇武气概旺,
　　矮人不再忍冤屈受窝囊。

昔日的矮人念出强大的符咒，
伴随响铃一样的锤击鸣奏，
地下深处，邪魅之物酣睡已久，
山脚下的洞府里空洞如旧。

璀璨耀目的明星，
串在银链上亮如晶，
龙的火焰挂于王冠之顶，
扭曲的金属线把月光和阳光缠拧。

山中的王座再度空闲！
啊！流浪的人们，听从召唤拳拳！
快马加鞭！快马加鞭！穿越荒原！
至亲至友，襄助国王于危难之前。

听我们的召唤，越过寒冷的高山，
　"古老的洞穴，静候各位归来再相见！"
国王在城门恭候为安，
宝石和黄金，将他的双手缀满。

高耸又险峻的孤山之下，

国王到了大殿，回了家。

他的死敌恐怖恶龙已被射杀，

与他为敌，终究都要倒下。

　　索林似乎对这首歌很满意，他又露出笑容，高兴了起来。他开始计算铁丘陵到这里的距离，如果戴因一收到消息就出发，多久能到达孤山。但比尔博听了这首歌，又听了这番话，心直往下沉：他们似乎马上就要开战了。

　　第二天一大早，矮人看到一队长矛兵过了河，向河谷进发。他们扛着精灵国王的绿色旗帜和长湖的蓝色旗帜，一直往前走，来到了正门的石墙前站定。

　　索林再次大声招呼他们："我是瑟莱因之子、山下之王索林。你们来到我的门前，像是要开战，你们到底想干什么？"这次，对方回应了。

　　一个黑头发、面容严肃的高个子男人站了出来，他喊道："索林万岁！你为什么要修筑防御工事，活像个守在自己老巢里的强盗？你我并不是敌人，你们还活着，这出乎我们的意料，但我们非常开心。我们来时以为这里没人，现在我们既然见了面，就有必要好好谈判，商量商量。"

　　"你是谁？你想谈什么？"

　　"我是巴德，恶龙是我亲手杀死的。因为我杀死了恶龙，你才能得到宝藏。这件事，难道与你无关吗？此外，我是河谷镇吉瑞安的嫡亲后裔，在你的宝窟之中，有很多财宝是史矛革当初从吉瑞安的宫殿和城镇偷来的。这难道不是我们可以讨论的问题吗？在最后一场战役中，史矛革摧毁了埃斯加洛斯人的住所，而我仍然是镇长的仆人。我代替他来问问你，你是不是不在乎他的子民所承受的悲伤和苦难？他们在你们困难的时候帮助了你们，而到目前为止，你们只给他们带来了毁灭，虽然你们肯定是无意的。"

这些话虽然说得傲慢而严厉，却在情在理，发自内心。比尔博心想，索林一定会马上承认对方说得有道理。当然，他并不指望有人记得是他单枪匹马发现了恶龙的弱点。他这么想倒也没问题，毕竟确实没人记得。但他也没有考虑到恶龙长期守卫的黄金所具有的吸引力，更没有考虑到矮人的性格。数日以来，索林有很多时间待在宝窟里，便对金银珠宝产生了强烈的欲望。他一直在寻找阿肯宝石，同时还留意到了许多奇珍异宝，不禁勾起了旧时的回忆，想起了他的族人所经历的辛苦劳作和痛苦不幸。

"你把最坏的理由放在了最后，放在了最重要的位置上。"索林答，"宝藏属于我的子民，没人有资格分享，因为史矛革不仅从我们这里偷走了财宝，还夺走了我的子民的生命和家园。宝藏不属于恶龙，那无论他做出了什么样的邪恶行为，都不能用一部分财宝来补偿。至于我们从长湖人那里得到的补给和帮助，我们一定会在适当的时候给予丰厚的回报。但是，如今你们以武力相威胁，我们就偏偏**什么都不给**，哪怕是一块面包。你们的一支大军杀到了我们的门前，在我们看来，你们就是敌人，就是窃贼。

"我有个问题一直想问，假如你们发现宝窟无人看守，而我们也被龙杀死了，你们会把多少宝藏分给我们的亲戚，毕竟这些宝藏是他们的遗产？"

"问得好。"巴德答，"但你们没有死，我们也不是强盗。此外，对于在危难之际善待过自己的穷人，富人应该怀有怜悯之心。对我的其他请求，你还没有答复。"

"如我所说，你们穿盔戴甲来到我的门前，我才不会与你们谈判。我也不会与精灵国王的子民谈判，对那位国王，我没什么好感。他们没有资格参与这场辩论。快走吧，不然我们就放箭了！如果你还想和我说话，先把精灵部队赶回森林，那里才是他们的地盘，然后你回来，但要放下武器，再到我的门槛前。"

"精灵国王是我的朋友，他在长湖人需要帮助时伸出了援手，尽管他们无权要求他什么，他与他们之间只存在着友谊而已。"巴德答，"我们会给你一段时间为自己所说的话忏悔。在我们回来之前，运用你的智慧好好想想吧。"说完他就离开，返回了营地。

几个钟头后，这些人又扛着旗帜回来了，号手们出列，吹响了号角：

"以埃斯加洛斯和黑森林的名义，"其中一人喊道，"我们敬告自称为山下之王的瑟莱因之子索林·橡木盾，要求他认真考虑我们的要求，否则就是与我们为敌。他至少要把宝藏的十二分之一交给巴德，他是屠龙者，也是吉瑞安的继承人。巴德将从中拿出一部分，来帮助埃斯加洛斯。但如果索林想要像他的祖先们那样，获得周围土地上的人的友谊和尊重，他就应该拿出他的一部分宝藏，来安抚长湖上的人们。"

索林听罢，立即抓起一把角弓，一箭朝说话的人射了过去。羽箭射中了那人的盾牌，插在那里晃动不停。

"既然这是你的回答，"他回敬道，"我宣布孤山被包围了。你们不可离开，除非向我们请求休战和谈判。我们不会带武器来对付你，你们大可以守着黄金。要是你们愿意，饿了也可以吃金子！"

说完，使者迅速离开，留下矮人们考虑眼前的情况。索林变得如此冷酷，其他人即便想埋怨他，也没这个胆子。但事实上，他们中的大多数似乎都和他有同样的想法，也许只有胖老头邦伯、菲力和奇力例外。比尔博当然不赞成事情演变到这么糟糕的地步。他早就在孤山上待够了，被困在孤山里，一点也不符合他的口味。

"这地方还有股龙的味道。"他自言自语地嘟哝着，"实在是太恶心了。克拉姆简直难以下咽，全卡在我的喉咙里了。"

第十六章
夜半窃贼

从这以后，日子过得非常缓慢，叫人煎熬。许多矮人无事可做，就把金银珠宝堆在一起，分类整理。索林向众人说起了瑟莱因的阿肯宝石，吩咐他们尽快翻遍每个角落，把宝石找出来。

"我父亲的阿肯宝石，比一条满是黄金的河流还值钱。"他说，"对我来说，它是无价之宝。这块宝石和所有宝藏都属于我，若有人找到宝石并据为己有，我一定与他不共戴天。"

比尔博听了这些话，心里害怕起来，盘算自己藏匿宝石的事被发现了会怎么样。宝石就藏在他用来当枕头的一捆破布里。尽管如此，他还是没有坦白交代，因为随着日子一天天过得越来越疲乏，他的小脑袋里开始形成了一个计划。

就这样又过了一段时间，渡鸦带来了消息，说戴因正率领五百多名矮人从铁丘陵快马加鞭地赶来了，他们从东北方向过来，离河谷只剩不到两天的路程。

"但他们不可能神不知鬼不觉地到达孤山。"罗亚克说，"我担心他们会在河谷里打起来。我觉得这不是什么好事。他们看起来倒是挺吓人，却不太可能打败围困你的敌人。就算他们获胜了，你们又能怎么样呢？眼瞅着就到冬天了，到时候会下大雪。你要是不与周围的人交好，没有他们善意的相助，你们吃什么？恶龙确实不在了，可宝藏依然很可能害你坠入万劫不复之地！"

但索林不为所动。"冬天下大雪，人族和精灵也讨不到好处。"他说，"到时他们受不了苦，就在荒原上待不下去了。有我的朋友们从背后夹击，再加上凛冬难熬，那谈判起来，他们就没底气了。"

那天晚上，比尔博下了决心。天空一片漆黑，没有月亮。天刚一全黑下来，他就走到正门边上一间内室的一角，从包里抽出一根绳子，还把包在破布里的阿肯宝石也拿了出来。然后他爬到石墙的墙头。只有轮值守夜的邦伯一个人在。而矮人们每晚只派一个人守夜。

"太冷了！"邦伯说，"要是这里也能和他们的营地一样，生一堆火就好了！"

"里面挺暖和的。"比尔博说。

"那是肯定。但我得在这里待到半夜。"胖矮人嘟囔着说，

"现在的情况真是糟透了。我倒不是斗胆敢反对索林，但愿他的胡子能越来越长。但他可真是个顽固的矮人，脊梁是真硬。"

"那倒也没有我的腿僵硬。"比尔博说，"一道道楼梯，一条条石头地道，我都走腻了。只要能感受一下脚趾踩着草地的感觉，我愿意花大价钱交换。"

"我愿意花大价钱，感受一下烈酒划过喉咙，吃一顿丰盛的晚餐，再找张柔软的床大睡一觉。"

"下面还有军队围着，我可不能满足你这些要求。但我有很久没守过夜了，如果你愿意，我可以替你。今晚我睡不着。"

"你真是个大好人，巴金斯先生，我非常乐意接受你的提议。如果有什么事，记得先叫醒我！我就在不远处左边的那个内室里睡觉。"

"去吧！"比尔博说，"我半夜再叫你，到时候你可以去找下一个值守的人。"

邦伯一走，比尔博就戴上戒指，系好绳子，从石墙另一边滑下去走了。他还有五个钟头左右的时间。邦伯一定会呼呼大睡（他随时都能睡着，自从黑森林历险以来，他总是想要重温当时做过的旖梦），其他人都在忙着和索林一起找阿肯宝石。即使是菲力和奇力，不到他们轮值的时间，也不太可能来石墙这里。

天很黑，他走了一会儿，便离开了新开辟的小路，悄悄地走向河下游，脚下的大路对他而言十分陌生。最后，他来到了一个弯道,假如他要按照计划前往对方的营地,就得从这里涉水过河。河床虽浅,却十分宽阔,在黑暗中涉水过河对小个子霍比特人来说并不容易。快走到对岸时,他踩在一块圆石头上没站稳,扑通一声掉进了冷水里。他冻得全身直哆嗦,呛得一声接一声地咳嗽,刚爬到对岸,黑暗中就出现了精灵,他们正提着明亮的灯笼,寻找声音的来源。

"一定不是鱼!"一个精灵说,"肯定是有探子来了。快把你的灯灭了!要是来的是那个据说是他们仆人的古怪小东西,有光可就帮了他的忙了。"

"仆人,哼!"比尔博哼了一声。可他还没哼完,就打了一个响亮的喷嚏,精灵们立刻朝声音的方向聚集起来。

"还是点个灯吧!"他说,"我就在这里,你们过来吧。"说完,他脱下戒指,从一块石头后面跳了出来。

精灵大吃了一惊,却还是立即抓住了他。"你是谁?你是和矮人一伙的霍比特人吗?你在这里做什么?你怎么过来的,我们的哨兵居然没有发现?"他们抛出了一个又一个问题。

"我是比尔博·巴金斯先生。"他回答道,"假如你们想知道,那可以告诉你们,我是索林的同伴。我见过你们的国王,不过他可能不认识我。但巴德肯定记得我,而我特别想见的人,正是巴德。"

"原来如此!"他们说,"你有什么事?"

"不管是什么事，都是我的事，我的好精灵们。不过，如果你们想离开这个阴冷无趣的地方，回到你们的森林，"他颤抖着回答说，"就赶紧带我去火边把身上烤干，然后尽快带我跟你们的首领谈谈。我只剩下一两个钟头了。"

就这样，在逃出正门大约两个钟头后，比尔博坐在了一顶大帐篷前温暖的篝火旁，精灵国王和巴德也都坐在那里好奇地盯着他。这个霍比特人身披精灵盔甲，外面裹着一条旧毯子，在他们看来十分新鲜。

"说真的，你们也该知道，继续这样耗下去，可没有好结果。"比尔博用他最一本正经的态度说，"就我个人而言，这件事发展到现在，我早就厌烦了。我一直盼着回到西方我的家乡，那里的人通情达理多了。不过我跟这件事有利害关系，确切地说，我占了十四分之一的份额。对于这一点，信上写得清清楚楚呢，幸亏我有好好保存。"他从旧夹克的口袋里（他依然在盔甲外面套着夹克）掏出了索林的信，那封信皱巴巴的，折了好多折，正是五月那会儿，索林压在比尔博家壁炉架座钟下面的那封信！

"请注意，我分到的是*利润*。"他继续说，"我很清楚这一点。就我个人而言，我非常愿意仔细考虑你们所有的索赔要求，从总数中扣除相应的金额，再拿我自己那份。不过呢，对索林·橡木盾,你们的了解不如我深。我可以保证,只要你们待在这里不走,他甘愿一辈子坐在金山上,就算不吃不喝也在所不惜。"

"好啊,那就由着他去吧。"巴德说,"这样的傻瓜活该挨饿。"

"的确如此。"比尔博说,"我同意你的看法。可冬天快到了。用不了多久就该下雪了,很难把补给品运过来,依我看,就连精灵也要束手无策了。再说,还有其他许多难题。你们有没有听说过戴因和铁丘陵的矮人大军?"

"很久以前倒是听说过,但他和我们有什么关系?"国王问。

"我以前也是这么想的。这么看来,我有一些你们不知道的消息。我可以告诉你们,戴因现在离这里只有不到两天的路程,他带了至少五百个叫人闻风丧胆的矮人,他们中有许多人经历过矮人和半兽人的那场激战,对那场可怕的战争,你们一定有所耳闻。他们一到,麻烦可就大了。"

"你为什么告诉我们这些?你是在背叛朋友,还是在威胁我们?"巴德严肃地问。

"亲爱的巴德!"比尔博紧张得尖声说,"别急着下结论!我还从没见过像你这么多疑的人!我只是想大事化小小事化了。现在,我来说说我的提议!!"

"我们洗耳恭听!"

"不光要听,还得看!"他说,"看吧!"他说着扔掉破布,拿出了阿肯宝石。

精灵国王的眼睛早已看惯了奇妙和美丽的事物,可此时,他还是大吃一惊,竟不知不觉地站了起来。就连巴德也啧啧称奇,盯着它说不出话来。阿肯宝石就如同一个储满了月光的圆球,挂在他们面前一张由寒星的光芒编织而成的网里。

"这就是瑟莱因的阿肯宝石。"比尔博说,"它是孤山之心,也是索林的心头挚爱。他把它看得比一条黄金河还珍贵。现在我把它交给你们。有了这块宝石,你们就有底牌和他谈判了。"比尔博不禁打了个寒战,忍不住充满渴望地瞥了一眼这块神奇的宝石,才把它交给巴德,后者拿在手里,仿佛很是不解。

"可是,为什么是你送来了宝石?"他终于费力地问出了这个问题。

"啊!"霍比特人不安地说,"这东西其实不是我的,但我愿意放弃其他一切财宝,只要这块宝石。我可能是个飞贼……反正他们就是这么说的。就我个人而言,我从来没有真正觉得自己是个飞贼,但我希望自己或多或少能当个诚实的飞贼。不管怎样,我现在要回去了,矮人们想怎么处置我就随他们好了。但愿宝石对你们有用。"

精灵国王看着比尔博,再次感到惊诧不已。"比尔博·巴金斯!"他说,"许多人穿上精灵王子的盔甲都很漂亮,但你比他们更有资格。只是我不确定索林·橡木盾是否也这么想。也许我对矮人的了解要比你深一点。我劝你留在我们这里,在这里你将受到三倍的欢迎。"

"非常感谢你。"比尔博说着鞠了一躬,"但我认为自己不应该这样抛下朋友们,毕竟我们一起经历了那么多。再说了,我还答应在午夜时分叫醒邦伯呢。我真得走了,而且要快。"

他们说什么也阻止不了他,便派了一个人护送他上路。临别之际,国王和巴德都向他致敬。就在他们穿越营地的时候,一个披着黑斗篷的老人从所坐的帐篷门口起身,向他们走来。

"做得好!巴金斯先生!"他拍着比尔博的背说,"你总是可以出人意表!"原来是甘道夫。

这么多天来,比尔博还是第一次真正感到高兴。他有一大堆问题要问,可现在没时间问了。

"慢慢来!"甘道夫说,"要是我没弄错的话,事情已经接近尾声了。接下来这段时间肯定不太好过,但你一定要保持乐观!难关终究是能闯过去的。有些消息连渡鸦都还没听说呢。再见!"

比尔博继续往前走,他虽然听得一头雾水,却还是非常开心。他被带到了一个安全的浅滩,没弄湿身体就过了河。与精灵们道别后,他小心翼翼地回到了正门。他开始感到极度疲倦,但当他沿着绳索爬上石墙的时候还没有到午夜。绳子还在原来的地方。他解开绳子藏好，然后坐在墙上，焦急地琢磨着接下来会发生什么。

午夜一到，他就叫醒了邦伯，自己则蜷缩在邦伯睡过觉的角落里，也没听邦伯的感谢（他觉得自己没做什么值得感谢的事）。他很快就睡着了，把所有的烦恼留到第二天早上再去担心。事实上，他还梦见了鸡蛋和咸肉。

第十七章
风云突变

第二天，联军的营地里一早就吹响了号角。很快就看见一个人沿着狭窄的小路匆匆跑了过来。他站在远处向他们喊话，说是如今有了新的消息，情况出了变化，问索林是否愿意和新使节谈谈。

"肯定是戴因到了！"索林听后这样说，"他们肯定听到风声，知道他要来了。果然不出我所料，他们服软了！告诉他们可以来，但人不能多，也不能带武器，我愿意见他们。"他大声告诉信使。

大约在中午时分，黑森林和长湖的旗帜又出现了。一支二十人的队伍走了过来。到了正门前那条狭窄的小路，他们放下了剑和矛，这才向大门走来。矮人们惊讶地看到巴德和精灵国王也在其中，走在他们面前的是一个裹着斗篷和兜帽的老人，此人手里还提着一个结实的铁皮木匣。

"你好，索林！"巴德说，"你依然不改主意吗？"

"太阳升起和落下才几轮而已，我的想法没那么容易改变。"索林答，"你这次来，就是要问我这么无聊的问题？精灵仍然没有撤军，我的要求成为了耳旁风！他们不走，你来和我谈，只能是白费工夫。"

"难道就没有什么东西，让你愿意用黄金来换取的吗？"

"反正你和你的朋友们没有这种东西。"

"那瑟莱因的阿肯宝石呢？"他说。老人打开匣子，把那颗宝石高高举了起来。璀璨的白光立即从他手里绽放开来，在早晨显得耀眼夺目。

索林惊愕得说不出话来，不明白为什么会这样。很长一段时间都没人说话。

索林终于打破了沉默，他此时已经满腔愤怒。"那块宝石曾经属于我的父亲，现在则属于我。"他说，"我为什么要付出黄金把它赎回来？"但他还是忍不住好奇，补充道，"我的传家宝怎么会到你们的手里……小偷是谁，已经不言自明了吧？"

"我们不是小偷。"巴德答，"你把我们应得的东西给我们，我们就把你应得的东西还给你。"

"你们是怎么弄到的？"索林怒不可遏地喊道。

"是我给他们的！"比尔博尖声叫道，他正往墙外张望着，这时已经吓得要命了。

"是你！竟然是你！"索林大叫着转过身，伸出双手抓住他。"你这个可恶的霍比特人！你这个小飞贼！"他只顾着嚷嚷，一时间不知道该说什么，只是像摇兔子一样摇着可怜的比尔博。

"我以都林的胡子起誓！真希望甘道夫在这里！那我就可以大骂他一顿，给我选了你这样一个人！愿他的胡须枯萎！至于你，我会把你扔到石头上！"他大喊着，把比尔博举了起来。

"住手！你的愿望实现了！"一个声音说。拿着木匣的老人扯下兜帽和斗篷。"甘道夫在此！我来得正是时候。就算你不喜欢我的飞贼，也请不要伤害他。把他放下来，先听听他说什么！"

"看来你们是合起伙来了！"索林说着，一下子把比尔博丢到了墙头上，"我再也不跟巫师或巫师的朋友打交道了。你这个宵小之徒，还有什么话说？"

"天哪！天哪！"比尔博说，"我肯定你听了我下面的话会很不舒服。你该记得自己说过，我可以任选我那十四分之一的宝藏？也许我太把你的话当真了……毕竟有人告诉过我，矮人都是说一套做一套，表面客气而已。想必你当时这么说，是觉得我还有用。宵小之辈，确实如此！索林，这就是你对我的承诺，你和你的家人就是这样听我差遣的？就当我已经按我的意愿处置了我的那份吧，就这样吧，别再说了！"

"很好。"索林严肃地说,"我可以不与你计较,但愿我们都别再见了!"说完,他转过身,隔着墙说道,"有人背叛了我。"他说,"你们猜对了,我是一定会赎回阿肯宝石的,那是我家族的传家宝。我愿意用宝窟中十四分之一的金银交换,但不包括宝石。这应该算作我承诺给这个叛徒的报酬,拿到奖赏,他就可以走了,而你们想怎么分,就可以怎么分。他肯定拿不到多少,这一点我毫不怀疑。你们要想保住他的命,就带他走,从此我与他不再是朋友。"

"到你的朋友们那里去吧!"他对比尔博说,"不然我就把你丢下去。"

"那金银呢?"比尔博问。

"安排好了就送过去。"他说,"下去吧!"

"在那之前,阿肯宝石先放在我们这里。"巴德大声道。

"身为山下之王,你这么做事,是在破坏自己的英伟形象。"甘道夫说,"不过也不是不能补救。"

"确实有补救的可能。"索林说,他财迷心窍,正思考着能不能凭借戴因的帮助夺回阿肯宝石,并扣下那份赏金。

就这样,比尔博被人从石墙上放了下去,一直以来他受了这么多苦,遭了这么多罪,离开时却什么也没带走,只有身上那套索林送给他的盔甲。不止一个矮人对他的离去感到羞愧和遗憾。

"再会吧!"他对他们喊道,"我们还是朋友,一定会再见面的。"

"快走!"索林喊道,"你身上穿的是我的同族打造的铠甲,可你根本不配。这套铠甲的确刀箭不入,但你要是不快走,我就射你的脚。赶快给我走!"

"用不着这么着急!"巴德说,"期限是明天。中午我们再回来,看看你有没有从宝窟中取出与宝石等值的金银。只要你不耍手段,我们就离开,精灵大军也将返回黑森林。那就再见吧!"

说完,他们就回了营地,但索林通过罗亚克派出信使,将所发生的一切告知戴因,还请他尽快赶到。

白天过去了,夜晚也过去了。第二天刮起了西风,天空阴沉而昏暗。天还没亮,营地里就响起了一声喊叫。通信员跑来报告,一支矮人军队出现在孤山东坡附近,现正朝河谷进军。是戴因来了。他连夜赶路,到得比他们预料的还快。每个矮人都穿着一件垂至膝盖的钢锁子甲,腿上则穿着由细密柔韧的金属网制成的长袜,这种软甲是一种不传之秘,只有戴因一族的矮人才会制造。一般的矮人虽然不高,却极为强壮,而戴因一族大都比其他矮人更为健硕。打起仗来,他们挥舞沉重的双手鹤嘴锄厮杀。他们每个人身上还挎着一把又短又宽的剑,背后还挂着一面圆盾。他们的胡子叉开,编成辫子塞在腰带里,头盔用铁铸成,鞋也是铁做的,脸上杀气腾腾。

号角声响起,人族和精灵都拿起了武器。不久,就可以看到矮人以飞快的速度沿河谷往上行进，最后停在奔流河和孤山的东部山坡之间。但有些矮人继续前进，他们过了河，来到营地附近。他们在那里放下武器，举起双手以示和平。巴德出去见他们，比尔博一道前往。

"我们是奈因之子戴因派来的。"在被问到后，矮人们答，"我们要去孤山，找我们的亲戚，我们听说旧时的王国再度建立了起来。你们是谁，竟率军驻扎在平原上，在防御石墙前摆出敌人的阵势？"在这种场合，自然要像这样说一番场面话，但实际意思很简单："这里的事与你们无关，我们要过去，你们最好让开，不然就跟你们打！"他们原本打算在孤山和奔流河的弯道之间继续前进，因为那片狭窄的土地似乎没有严密的守卫。

巴德当然不允许矮人直接进入孤山。他决心坚持到索林用金银来换阿肯宝石，在他看来，要是这样一支庞大而好战的军队进入孤山的堡垒，这事就办不成了。矮人带来了大量的物资储备。他们能扛很重的东西，戴因的族人尽管行军速度很快，但除了武器外，几乎所有人都背着巨大的背包。有了这些物资，即便被围几个礼拜，他们也能撑下去，到时候会有更多矮人前来救援，因为索林有很多亲戚。他们还可以将孤山上的其他出入口重新打开，并派兵守卫，这样围城军没有足够的兵力，就不可能把整座山都包围起来了。

事实上，这正是他们的计划（渡鸦信使一直忙着为索林和戴因传递消息)。但现在路被挡住了,矮人信使们撂下几句狠话,便吹胡子瞪眼睛,嘟嘟囔囔着回去了。巴德立刻派使者去了正门,信使在那里没有见到黄金,也没看到任何赔款。他们一进入射程,箭就射了出来,他们郁闷至极,急忙退了回去。营地里一片骚动,仿佛眼瞅着一场大战就要拉开序幕,因为戴因正率领矮人沿着河东岸进军。

"真是太愚蠢了!"巴德笑道,"竟然敢来孤山脚下!他们在矿井里或许骁勇善战,可对地面上的战争,他们一无所知。我们的许多弓箭手和长矛手现在都藏在他们右翼的岩石之间。矮人的锁子甲也许刀枪不入,但有他们受的。趁他们尚未休整,我们就给他们来个两面夹击!"

然而,精灵国王说:"我倒希望等一等,再为了黄金开战。除非我们愿意,否则矮人是过不去的,他们有什么行动,我们都能察觉。还是继续期待转机吧,握手言和是最好的结果。即便最后不得不大动干戈,我们在人数上也是有优势的。"

但他对矮人估计不足。阿肯宝石落入了围城军之手,矮人们一想到此事,心里便如烈焰焚烧,他们也猜到了巴德及其友军为什么犹豫,于是决定趁他们争论的时候发动袭击。

突然之间,他们没发任何信号,便无声无息地展开了攻击。弓拉得哒哒响,羽箭带着呼啸声飞出。一场大战即将开始。

更突然的是,黑暗以迅雷不及掩耳之势笼罩了下来!黑云掠过天空。冬天的雷声随着狂风呼啸而来,在孤山隆隆作响,闪电照亮了山峰。在雷声之下,可以看到另一团暗影急速奔袭而来。但它不是被风吹来的,而是来自北方,像是一大团飞鸟,密密麻麻的,以至于从它们翅膀之间的缝隙都看不到光。

"停下!"甘道夫突然出现,举起双臂,独自站在推进的矮人和等待迎战的联军中间。"停下!"他用雷鸣般的声音喊道,他的魔杖发出闪电般的光芒。"可怖之物即将降临在你们所有人头上!唉!他们来得比我想象的要快。半兽人向你们逼近了!北方的波尔格来了!啊,戴因,你在墨瑞亚斩杀了波尔格的父亲。看哪!大批的蝙蝠聚集在他的军队上方,就像蝗虫的海洋。他们骑的是狼,而座狼也跟在他们后面杀来了!"

所有人都震惊不已,搞不懂到底出了什么事。就在甘道夫说话的时候,黑暗越来越浓。矮人们停下脚步,凝视着天空。精灵们不停地议论着。

"来吧!"甘道夫喊道,"现在还有时间商量一下怎么应敌。快让奈因之子戴因到我们这里来吧!"

一场出人意料的战斗就这样开始了,世人称之为"五军之战",战况非常惨烈。一方是半兽人和野狼,另一方则是精灵、人族和矮人。现在来看看这场战争的起因。自从迷雾山脉的半兽人头领遇刺,半兽人便怒不可遏,对矮人的仇恨重新燃起。于是他们派出信使，往返于他们所有的城市、聚居区和要塞之间，决心征服北方，把那里变成自己的地盘。他们通过秘密途径收集情报，在每座大山锻造武器、集结军队。准备停当后，他们沿着丘陵和山谷行军，待人马会聚在一起后，或走隧道，或在黑暗中前进，最后来到了北方刚达巴德山的山脚下。那里是他们的都城，他们集结了一支庞大的军队，准备在风暴袭来时神不知鬼不觉地横扫南方。这时，他们听说史矛革死了，心里很高兴。他们以极快的速度连夜翻山越岭，紧跟着戴因的脚步，突然从北方出现在孤山。直到他们忽然现身在把孤山和后面的山丘隔开的衰败土地上，渡鸦才知道他们来了。至于甘道夫知道多少，我们无从得知，但很明显，半兽人的突袭在他的意料之外。

他与精灵国王、巴德商议后制订的计划是这样的。当然，一同商议的还有戴因，这位矮人首领现在也加入了他们的阵营。半兽人是所有人的敌人，只要他们攻来，其他的纷争都将被抛诸脑后。三军联军唯一的希望在于将半兽人引入孤山支脉之间的河谷，而他们的人则埋伏在南边和东边的巨大山坡上。然而，如果半兽人数量众多，足以翻越孤山，从后面和上面同时攻击，就太危险了。但没有时间制订其他计划，也没有时间求援了。

雷声很快就过去了，滚滚飘向了东南方向。蝙蝠云紧跟着飞了过来，它们飞得更低，越过了孤山的山肩，在联军头顶盘旋，遮住了阳光，让他们充满了恐惧。

"进山！"巴德喊道，"快进山！趁还有时间，我们各就各位吧！"

南坡，在较低的斜坡和斜坡脚下的岩石之间，精灵们布置好了阵地，人族和矮人则把兵力布置在了东坡之上。巴德带着一些最敏捷的人族和精灵爬到了东边山肩的最高处，好观察北边的敌情。很快，他们就能看到孤山脚下的土地上出现了黑压压的半兽人，正全速推进。不久，先头部队就绕过了山坡的末端，冲进了河谷。这些半兽人骑着野狼，速度最快，他们的喊声和野狼的嚎叫划破了远处的天空。一些勇敢的人迎战半兽人先头部队，佯装抵抗，很多人倒了下去，其余人则撤退，逃向两侧。正如甘道夫所希望的那样，半兽人大军聚集在遭遇抵抗的先头部队的后面，怒气冲冲地涌进河谷，在孤山的两条支脉之间狂奔，寻找敌人。他们的旗帜根本数不过来，有黑的，有红的，他们像愤怒和无序的潮水一样杀将过来。

战斗血腥而可怕。这也是比尔博最恐怖的人生经历，也是他当时最痛恨的一段经历。也就是说，这是他最引以为豪的一段经历，也是他在很久以后最喜欢回忆的一段经历，不过他在其中所起的作用无足轻重。实际上，我可以说，他从一开始就戴上了戒指，即使没有彻底躲过危险，也从人们的视线中消失了。半兽人横冲直撞，魔法戒指并不能保护他不受一点伤害，也不能阻止飞来的羽箭和狂暴的长矛，但它确实有助于比尔博左躲右闪，以免脑袋被半兽人的长剑扫中，人头落地。

最先发起攻击的是精灵。他们痛恨半兽人，恨不得食其骨吮其髓。他们的矛和剑在黑暗中闪着寒光，握着它们的主人怒火焚心，誓要将半兽人斩于自己的剑下。敌人黑压压的大军刚一冲进河谷，他们就发射了一阵箭雨，每一支箭都闪着光，犹如燃烧着灼人的火焰。箭雨刚过，一千名长矛兵就跃下山坡，冲向了敌阵。喊声震耳欲聋。岩石上溅满了半兽人的鲜血，立即被染黑了。

半兽人刚从猛攻中回过神来，精灵刚停止冲锋，河谷那边就传来一声低沉的吼声。伴随着一声声"墨瑞亚！"和"戴因，戴因！"的呐喊，铁丘陵的矮人们挥舞着鹤嘴锄，从另一边冲入了战场。他们旁边是长湖人族，个个儿手里拿着长剑。

半兽人见状简直吓破了胆。就在他们转身迎战攻来的矮人和人族之际，精灵另派士兵，再次发起袭击。许多半兽人已经开始朝着河下游飞奔，想要逃离陷阱。许多野狼也向他们扑来，撕碎了已经死掉或是受伤了的半兽人。胜利似乎近在眼前，突然，高处传来一声喊叫。

原来有些半兽人从另一边上了山，有许多来到了正门上方的山坡，其他半兽人则不顾一切地蜂拥而下，也不理会有半兽人尖叫着从悬崖和绝壁摔了下去，竟从上面向山坡发起攻击。位于中心的孤山主峰上有很多小路可直达山坡。防守方的兵力太少，无法长时间抵挡。就这样，胜利的希望转瞬化为了泡影。他们只抵挡住了黑潮般半兽人的第一次冲击。

天渐渐黑了,半兽人又一次在河谷里集结。一大群嗜杀成性的座狼冲了过来,和它们一起来的还有波尔格的护卫队,他们是一群身材魁梧、手持精钢弯刀的半兽人。很快,真正的黑暗笼罩了暴风雨密布的天空。巨大的蝙蝠不是在精灵和人族的脑袋和耳朵周围飞来飞去,就是如同吸血鬼一样,牢牢地缠在伤者的身上。这会儿,巴德正在殊死战斗,保卫东坡,但他还是在一点点后退。精灵们在南坡靠近渡鸦岭瞭望哨的地方陷入了困境,各个领主守卫着他们的国王。

突然有人大叫一声,号角声在正门处响起。大家都把索林忘了!在杠杆的作用下,有一部分石墙向外倒塌,哗啦一声掉到水池里。山下国王一跃而出,同伴们跟在他身后。兜帽和斗篷都不见了,他们穿着闪亮的盔甲,眼睛里闪着杀气。在黑暗中,这个高大的矮人闪闪发光,如同行将熄灭的火焰中的纯金。

半兽人从高处往下扔了很多石头。但索林等人一一躲过,他们跃到了瀑布脚下,冲上前去战斗。骑着野狼的半兽人在他们面前或是跌倒或是逃跑。索林挥舞着斧头猛力砍杀,似乎没有什么能伤害到他。

"跟我来!跟我来!精灵,人族,都跟我来!啊,我的族人!"他喊道,话音像号角声一样在河谷里飘荡着。

戴因麾下的矮人也顾不上行军秩序,全都乱糟糟地冲下山来帮他。许多长湖人也下来了，巴德都无法阻止他们。从另一边出现了许多精灵的长矛手。半兽人又一次在河谷中受到重创。他们的尸体堆在一起，整个河谷的地面都因此变得黑压压的，触目惊心。座狼四散奔逃，索林正好撞上了波尔格的护卫队。但他没能在他们之间杀出一条血路。

在他身后的半兽人尸体之间，已经躺着许多人族和矮人，还有许多美丽的精灵，他们本可以在黑森林里快乐地生活很久。随着河谷的地势越来越宽，索林的进攻越来越慢。他的人太少了，侧翼又无人掩护。很快，进攻方就遭到了反击，被迫缩成一个大圈，面对来自四面八方的敌人，半兽人和野狼全都攻了回来，将他们团团围住。波尔格的护卫队咆哮着向他们冲来，冲进他们的队伍，就像海浪拍击着沙崖。朋友们也帮不了他们，现在有双倍的半兽人从孤山上下来，发动进攻，两边的人族和精灵都渐渐败下阵来。

比尔博痛苦地看着这一切。他在渡鸦岭和精灵们一起战斗，一方面是因为在那里逃跑的机会更大，另一方面（图克家族的血统占了上风）则是因为假如这是背水一战，他宁愿保卫精灵国王。甘道夫也在那里，坐在地上，好像在沉思，我想他是在准备最后的魔法，迎接大决战。

而大决战似乎不远了。"用不了多久，半兽人就将占领正门，"比尔博心想，"我们要么被屠杀，要么被赶下去做俘虏。

经历了那么多，看到此情此景，我还是会落泪不止。我宁愿让老史矛革守着该死的宝藏，也不愿财宝落入邪恶的半兽人手中，让可怜的老邦伯、巴林、菲力、奇力和其他所有人落得这么凄惨的结局。还有巴德，以及长湖镇的人们和快乐的精灵们。我的心都要碎了！我听过许多有关战争的歌谣，向来都明白有些时候虽败犹荣。然而，失败竟是如此令人不快，甚至叫人痛苦难当。真希望我能置身事外。"

乌云被风吹得四分五裂，一道红色的晚霞划破了西方的天空。比尔博看到黑暗中突然出现了点点微光，便扭头细看，忍不住大叫了一声。他看到的景象使他的心怦怦直跳。在远处的光芒映衬下，那些黑影虽小，看起来却威严不凡。

"是鹰！是巨鹰！"他喊道，"巨鹰来了！"

比尔博的眼睛很少出错。巨鹰一排接一排地御风飞来，数量数不胜数，可见北方的巨鹰倾巢而出了。

"巨鹰！巨鹰！"比尔博叫了起来，跳来跳去，挥舞着手臂。即使精灵们看不见他，也能听到他的声音。很快，他们也开始叫喊起来，喊声在山谷中回荡。许多人好奇地抬起头去看，却什么也没看见，因为暂时只能从孤山南部的山肩才能看到巨鹰。

"巨鹰来了！"比尔博又喊了一声，但就在这时，一块石头从上面呼啸而来，重重地砸在他的头盔上，他扑通一声倒在地上，昏了过去。

第十八章
踏上归途

比尔博清醒过来，发现周围只有自己一个人。他躺在渡鸦岭平坦的石头上，附近一个人也没有。晴空万里，天气却很冷。他浑身发抖，冷得像石头，脑袋却感觉火烧火燎的。

"发生什么事了？"他自言自语道，"至少我还没有成为一个倒下的英雄，但我想我还有时间去成为英雄。"

他忍着疼坐了起来，向河谷望去，连一个活的半兽人都没看到。过了一会儿，他的头脑稍微清醒了一些，似乎看到精灵们在下面的岩石中移动。他揉了揉眼睛。毫无疑问，在一段距离之外的平原上还有一个营地。正门附近是不是有人走来走去？矮人们似乎正忙着拆除石墙。但四周笼罩在死寂之中。没有叫喊声，也没有歌声在回荡。空气中似乎弥漫着悲伤的气息。

"看来，我们终究还是获胜了！"他边说边揉疼痛的脑袋，

"可还是太惨了。"

突然,他注意到一个人族的人正在上山,朝他走来。

"喂!"他用颤抖的声音喊道,"喂!有什么消息吗?"

"石头之间怎么会有说话声?"那人在离比尔博所坐之处不远的地方停下脚步,向四周张望。

这时比尔博才想起自己还戴着戒指!"老天!"他说,"看来隐形也有不好的地方。不然,我昨晚可能就在床上暖暖和和、舒舒服服地睡了一大觉呢!"

"是我,比尔博·巴金斯,索林的同伴!"他连忙摘下戒指大叫道。

"找到你真是太好了!"那个人大步向前走着说,"我们找你找了很久了。死了很多人,如果不是巫师甘道夫说最后一次听到你的声音是在这个地方,我们肯定认为你也不在了。我是奉命来这里搜索最后一次的。你伤得重吗?"

"我的脑袋重重地撞了一下。"比尔博说,"好在我戴着头盔,脑壳也算硬。不过我还是头昏眼花,两条腿软得像稻草。"

"我背你去河谷里的营地吧。"那人说着,轻轻地把他背了起来。

那人动作敏捷,脚步稳健。没过多久,比尔博就被放在河谷里的一个帐篷前。甘道夫站在那里,手臂上绑着绷带。就连巫师也未能幸免,照样受了伤。整个联军中几乎没人能毫发无伤。

见到比尔博甘道夫高兴极了。"巴金斯!"他喊道,"哎呀!你还活着……我太高兴了!我都开始怀疑这次你的运气不能帮你渡过难关了!事情太可怕了,简直就是一场灾难。不过先不说这些了。过来!"他的语气变得严肃了。他领着霍比特人进了帐篷。

"嘿!索林。"他走进去时说,"我把他带来了。"

躺在那里的确实是索林·橡木盾,他遍体鳞伤,残破的盔甲和满是缺口的斧头丢在地上。比尔博走到他身边时,他抬起头来。

"永别了,出色的飞贼。"他说,"我现在要去静候大殿,与我的父辈和祖辈坐在一起了,直到世界焕然一新。既然我现在将要抛下所有的金银,去一个金银没有任何价值的地方,我希望临别之际还能拥有你的友谊,我想要收回我在正门那里说过的话,也请你原谅我在那里的所作所为。"

比尔博满怀悲伤,单膝跪在地上。"永别了,山下之王!"他说,"这次历险假如非要以此收场,那真是太惨痛了,即使是金山也无法弥补。不过,我很高兴自己曾与你同甘共苦,不是每一个巴金斯家族的人都能有这样的奇遇。"

"不!"索林道,"你身上有很多你不知道的优点,你生在、长在西方,那里把你养育成了一个善良的人。你既有勇气,也有智慧。如果更多的人把食物、欢乐和歌声看得比金山银海更重要，这个世界将快活得多。但无论悲伤或快乐，我现在都必须离开了。永别了！"

比尔博转身走开，他裹着毯子独自坐着，不管你信不信，他哭得眼睛通红，声音沙哑。他是一个善良的小个子霍比特人。的确，他过了很久才有心情再玩笑。"谢天谢地我醒了过来。"终于，他自言自语地说，"真希望索林还活着，但我很高兴在死别之际，我们能够尽弃前嫌。比尔博·巴金斯，你真是个傻瓜，你胡乱处置阿肯宝石，把事情搅得一团乱。你拼了命要换取和平和安宁，结果大战还是爆发了，不过想来这也不能怪你吧。"

对于自己被击昏后所发生的事，比尔博也是后来才知道的。但得知了详情，他却不觉得开心，反而伤心不已，对这次历险产生了厌倦之感，打心眼里盼着能快快踏上归程。然而，他过了一段时间才启程，我就趁此时间把经过讲一遍。巨鹰知道半兽人在集结，就料到他们在图谋不轨。整个迷雾山脉都在巨鹰的监视之下，任何行动都不可能秘密进行。因此，迷雾山脉的鹰王一声令下，大批巨鹰也集结在一起，最后，它们从远处嗅到了战斗的气息，在关键时刻御风而来。正是它们把半兽人从山坡赶下来，或是扔下悬崖，或是驱赶他们尖叫着跑下山，不知所措地冲进敌军之中。没过多久，孤山上的半兽人就被它们消灭了，河谷两侧的精灵和人族终于可以腾出身，去支援下面的战斗。

可即便有了巨鹰，他们在数量上仍处于劣势。就在紧急关头，贝奥恩出现了，谁也不知道他是怎么来的、从哪里来。他是孤身前来，而且幻化成了熊的样子。他怒火中烧，变得如同巨人一样高大。

他的吼声好似鼓声和炮声，只要遇到野狼和半兽人，他就把他们揪起来猛抛出去，就像在扔稻草和羽毛。他从后面抄了敌人后路，如同平地一声雷，冲破了他们的包围圈。矮人们在一座低矮的圆形小山上，将他们的领主护在中间。后来贝奥恩弯下腰，把被长矛刺穿的索林抱起来，带他离开了战场。

他很快就重返了战场，怒火烧得更旺了，没有什么能抵挡他，也没有武器可以伤到他。他打散了护卫队，把波尔格本人拉下狼身，碾成了肉泥。半兽人惊慌失措，四散溃逃。但是，随着新希望的到来，他们的敌人忘记了疲惫，对他们穷追不舍。就这样，大多数半兽人都没能逃到他们本可以逃到的地方。联军把许多半兽人赶进了奔流河，至于那些向南或向西逃跑的半兽人则被赶到了森林河附近的沼泽地里，基本都死在了里面。有些半兽人遭了很大的罪才逃到林地精灵的地盘，却不是死在精灵的手下，就是被拖进黑森林深处，那里人迹罕至，漆黑无比，等着他们的只有死亡。据歌谣传唱，北方四分之三的半兽人战士都死在了那天的大战之中，这片山脉此后得享了许多年的太平日子。

夜幕尚未降临，联军就已经胜券在握了。但当比尔博回到营地时，追捕行动还在继续。除了伤势较重的人，河谷里并没有多少人。

"巨鹰在哪儿？"那天晚上，他裹着好几条温暖的毯子躺在床上，问甘道夫。

"有些去追杀半兽人了。"巫师说，"不过大部分都返回了鹰巢。它们不愿留在这里，天一亮就走了。戴因给它们的首领戴上了金冠，并发誓与它们世代交好。"

"那太遗憾了。我是说，我真想再见见它们。"比尔博睡意蒙眬地说，"也许我在回家的路上能见到它们。我想我很快就可以回家了吧？"

"随你喜欢。"巫师说。

实际上，比尔博过了好几天才踏上归程。他们把索林深深地埋在了孤山之下，巴德还把阿肯宝石放在了他的胸前。

"让它长留在这里吧，直到孤山化为平地。"他说，"愿它给以后住在这里的他的族人带来好运！"

精灵国王把俘虏索林时从他手里夺来的精灵剑奥克瑞斯特放在了他的坟墓上。有歌谣是这样唱的：只要有敌人靠近，宝剑就在黑暗中闪闪发光。因此，矮人们的堡垒始终不曾遭遇偷袭。奈因之子戴因承袭了王位，成为了山下之王，随着时间的推移，其他许多矮人纷纷前来，在古老的殿堂里聚集在他的王座周围。索林的十二个同伴中只有十个活了下来。索林是菲力和奇力的舅舅,他们用盾牌和自己的身体保护了索林,并为他献出了自己的生命。其他人都留在了戴因身边,因为戴因对宝藏处置得当。

当然,按照原先的计划,宝藏分给了巴林和杜瓦林、多瑞、诺瑞和欧瑞、欧因和格罗因、比弗、波弗和邦伯,当然也少不了比尔博那份。然而,所有的金银,包括加工过的和未加工过的,其中十四分之一给了巴德,戴因是这样说的:"我们尊重死者达成的协议,阿肯宝石如今确实到了他的手里。"

即使只有十四分之一,也是一笔极其巨大的财富,比世上许多国王都要富有。巴德从这些财宝中拿出许多金子送给了长湖镇的镇长,他对自己的追随者和朋友也非常慷慨。戴因把吉瑞安的祖母绿还给了巴德,巴德又把它们送给了精灵国王,因为这是他最心爱的珠宝。

巴德对比尔博说:"这些宝藏既是我的,也是你的。虽然旧的协议不能成立了,毕竟有那么多人为了赢得和捍卫宝藏而付出了巨大的代价,所以他们都有权得到一份。然而,即便你愿意放弃自己应得的部分,我也希望索林已经后悔说过的那番话不会成真。他说我们不会给你多少,但我愿意给你最丰厚的奖赏。"

"你太好了。"比尔博说,"但什么也不要,对我来说才是解脱。运送那么多金银珠宝回家,这一路上不可能不引起战争,到时候又要有人死了。况且就算真运到了家,我也不清楚该怎么处理。相信财宝在你手里会更好。"

最后他只拿了两个小箱子,一个装满了银子,另一个装满了金子,一匹强壮的小马正好驮得动。"我至多能带这些。"他说。

终于到了向朋友们告别的时候了。"再见了,巴林!"他说,"再见了,杜瓦林。再见了,多瑞、诺瑞、欧瑞、欧因、格罗因、比弗、波弗和邦伯!愿你们的胡子永远不会稀疏!"他转向孤山,又说,"再见,索林·橡木盾!再见,菲力和奇力!愿你们的记忆永不褪色!"

矮人们在正门前深深地鞠了一躬,却什么也说不出来。"再见,祝你好运,无论你去哪里!"最后,巴林说,"等我们的宫殿再次装饰一新,你再来做客,我们一定会为你举行盛大的宴会!"

"如果你们哪天路过我家,一定要来串串门!"比尔博说,"下午茶四点开始,不过任何时间都欢迎你们!"

说完,他便转身上路了。

精灵大军正在行军。很不幸,他们的人数减少了很多,但许多精灵还是很高兴,因为北方世界未来很长一段时间都将更加安乐祥和。恶龙死了,半兽人被剿灭了,他们满心期待着寒冬过去,欢乐的春天快点到来。

甘道夫和比尔博骑马跟在精灵国王的后面,贝奥恩在他们旁边大步走着,他又变回了人形,一路上大声地笑着唱着。就这样,他们走呀走呀,一直走到了黑森林的边界,这里位于森林河流出的地方以北。众人停了下来,巫师和比尔博不愿进入森林,虽然国王盛情邀请他们去他的宫殿里小住。他们打算沿森林边缘走,绕过黑森林的左端,穿越黑森林和灰色山脉起点之间的荒原。这么走绕远,一路上沉闷无比,但现在半兽人灭亡了,在他们看来,这比走小路穿越黑森林安全得多。况且贝奥恩也走那条路线。

"再会吧!精灵王啊!"甘道夫说,"世界还年轻,愿绿林洋溢欢乐!愿你的族人快快乐乐!"

"再会了!甘道夫!"国王说,"愿你永远出其不意出现在最需要你的地方。一定要经常来我的殿堂做客,我很愿意招待你!"

"我请求你接受这份礼物!"比尔博结结巴巴地说,只用一只脚站立着。他拿出戴因在分别时送给他的一条珍珠银链。

"霍比特人啊,我做过什么,让你以如此礼物相赠?"国王说。

"嗯,呃,我想,有些事你并不知道,"比尔博语无伦次地说,"这只是一点小小的回报,感谢你的……宽待。我是说即使是飞贼也有感情。我喝了不少你的酒,还吃了不少你的面包。"

"我接受你的礼物,伟大的比尔博!"国王严肃地说,"我封你为精灵之友，我祝福你。愿你的影子永不消损（否则偷窃就太容易了）！再会了！"

然后精灵们转向黑森林，比尔博则踏上了漫长的回家之路。

到家之前，比尔博还要经历许多艰难险阻。荒野还是荒野，在那个时代，除了半兽人，还有其他很多东西。不过，不光有人给他带路，还有人保护他：巫师一路上陪伴着他，贝奥恩也和他们一起走了很长一段路，他再也没有遇到过非常危险的情况。不管怎么说，到了仲冬时节，甘道夫和比尔博已经沿着黑森林的边缘，一路回到了贝奥恩的家门口，他们在那里住了一段时间。这时正值冬至，节日气氛温馨而欢乐，人们从四面八方赶来，应邀来贝奥恩家里参加欢宴。迷雾山脉的半兽人现在不多了，剩下的全都如惊弓之鸟，躲在他们能找到的最深的洞穴里，座狼也从森林里消失了，所以人们可以放心地出门。贝奥恩后来确实成为了这些地区的伟大首领，统治着迷雾山脉和黑森林之间的广阔土地。据说他的数代子孙都能变身成熊，其中一些冷酷而邪恶，但大多数的内心都像贝奥恩，只是身材和力量都不如他。在他们的时代，迷雾山脉最后仅存的半兽人也都被猎杀殆尽，和平再度降临在大荒野的边缘地带。

春天到了，天气温和，阳光明媚，比尔博和甘道夫终于告别了贝奥恩。比尔博是很想回家，离开时却还是恋恋不舍，因为贝奥恩的花园里开满了花朵,虽然现在是春天,却和盛夏一样姹紫嫣红,美不胜收。

最后,他们走上了漫长的路途,来到了半兽人抓住他们的那个山口。但他们是在早晨到达那片高地的,回头望去,只见白色的太阳照耀着广阔的土地。后面远处是青压压的黑森林,近处的森林边缘即使在春天也是深绿色的。极目远眺,可以看到孤山耸立在更远的地方。孤山之巅的白雪还未曾融化,闪烁着苍白的光芒。

"烈焰熄灭白雪落,恶龙再强也有终!"比尔博说着转过身,结束了自己的历险。他心里图克家族的血统已经疲惫不堪,巴金斯家族的血统则逐渐控制了主动。"我现在只希望坐在家里的安乐椅上!"他说。

第十九章
最后一程

五月一日这天，甘道夫和比尔博终于回到了瑞文戴尔山谷的边缘，最后的（或者说是最初的）庇护所便矗立在那里。他们这次也是在傍晚到的，小马都累了，驮行李的小马尤为如此。他们都觉得需要休息一下，便骑马走下陡峭的小径，比尔博听到树木之间依然飘荡着精灵的歌声，仿佛自他离开后，他们的歌声从未停歇。二人一来到低处的林间空地，精灵们就突然唱起了和先前差不多的歌来。大概是这样的：

　　恶龙终究化为枯槁，
　　龙骨如今崩塌倾倒，
　　龙甲颤抖瑟萧萧，
　　昔日显赫不剩分毫，

刀剑终将锈迹斑斑,

王座王冠注定变得腐烂,

人崇尚的力量终将消散,

珍视的财富也将化为空叹,

但此地草儿青青,息息生长,

树叶仍曳曳摇摆灿烂,

白色的水流动潺潺漫漫,

精灵们仍在高声歌唱,

　　　来吧!哗啦啦啦啦啦!

　　　回到山谷里来!

星辰明亮璀璨,

更胜无价的宝钻,

月亮白净浩瀚,

远超财宝中的银锭。

暮色昏昏炉灶边,

火苗闪耀放光辉,

远胜矿中的黄金瑰宝,

为什么漫游越山峦?

　　　啊!哗啦啦啦啦啦!

　　　回到山谷来吧。

啊！你们去了何方周游辗转，
归来如此迟晚？
河水在流淌，
星辰深邃灿烂！
啊！你们去了何方周游辗转，
背囊沉甸，神情悲伤又闷烦？
美丽的精灵情意缱绻，
欢迎疲惫的人流浪归晚，
哗啦啦啦啦啦！
回到山谷来吧。
哗啦啦啦啦啦！
哗啦啦啦啦啦！
哗啦！

山谷里的精灵出来迎接他们，带他们过河，来到了埃尔隆德的地方。他们受到了热烈的欢迎，那天晚上，大家都等不及要听他们的冒险故事。甘道夫负责讲故事，比尔博困极，已经没力气说话了。大部分故事他都知道，毕竟他都亲身经历过，在回家的路上和在贝奥恩的家里，他也把很多故事讲给了巫师。不过他还是时不时睁开一只眼，听听他没经历过的那些部分。

就是通过这种方式，他了解到了甘道夫的行踪，因为他无意中听到了巫师对埃尔隆德说的话。原来甘道夫去参加了白巫师大会，白巫师精通传统和各种学问，会善良的魔法。他们终于把死灵法师从黑森林南部的黑暗据点赶走了。

"过不了多久，"甘道夫说，"黑森林就会变得朝气蓬勃，但愿在未来的许多年里，北方将摆脱他的恐怖。然而，我还是希望将他彻底逐出这个世界。"

"会有这么一天的。"埃尔隆德说，"但恐怕不是在我们这个时代，在未来很长一段时间里都不会实现。"

历险故事讲完了，他们便讲起了其他很多故事，有的发生在很久以前，有的发生在最近，还有的故事不知发生在什么时间，最后，比尔博的头垂到胸前，在一个角落里舒服地打起盹来。

醒来时他发现自己躺在一张白色的床上，月光透过一扇开着的窗户照进来。月光下，许多精灵在河岸边放声高歌。

歌唱吧，欢乐的人，现在一起歌唱吧！
风拂过树梢，石楠丛中风儿簌簌，
星光璀璨夺目，月光皎洁簇簇，
夜之塔的窗户光亮醒目。

跳舞吧，欢乐的人，现在一起跳舞吧！

青草软如棉，双足踏上轻如羽绒，
河面银光闪闪，黑影掠过无影踪，
快乐的五月时光，我们相聚多欢畅。

我们轻声把歌唱，为他编织一缕香甜梦乡！
用酣然的睡眠将他缠绕，留下他在梦中游畅！
沉睡的流浪者。现在他的枕头柔软如浪！
睡吧！睡吧！赤杨和柳树蠢蠢欲动！
松树，不要再叹息，等待破晓的风动！
　　月亮西沉！黑暗把大地吞并！
　　嘘！嘘！橡树、桦树和山楂！
水呀水，安静别出声，等待黎明的涌动！

"啊，快乐的人们！"比尔博望着外面说，"看看月亮，现在是几点钟了？你们的摇篮曲连喝醉的半兽人都能吵醒！不过，我还是很感谢你们！"

"你的呼噜声连石化的恶龙都能吵醒，不过，我们还是很感谢你。"精灵们笑着回答，"天快亮了，天刚一黑，你就睡着了。明天也许你就不那么累了。"

"在埃尔隆德的家里，小睡片刻就能管大用。"他说，"但所有对我有好处的，我都接受。再次祝大家晚安，美丽的朋友们！"说完，他又回到床上，一直睡到快中午才起来。

在最后的庇护所，他很快就神清气爽，不再感到疲倦了，从早到晚，他和山谷里的精灵们说呀笑呀，跳着舞着。然而，即使是这个地方，也不能长久地拖延他的归期，毕竟对家的思念一直牵绊着他。因此，一周后，他告别了埃尔隆德，送给他一些他愿意接受的小礼物，便和甘道夫一起骑马离开了。

就在他们离开山谷的时候，西边的天空在他们面前变暗了，狂风暴雨迎面袭来。

"真是快乐的五月时光！"比尔博说，雨水打在他的脸上，"但我们如今告别了传奇，马上就要回家了。我想我们离家不远了。"

"还有很长的路要走呢。"甘道夫说。

"但这是最后一段了。"比尔博说。

他们走到标志着大荒野边境边缘的那条河，又来到陡峭河岸下的浅滩，你可能还记得那里。由于夏季临近，积雪融化，加上下了一整天的雨，河水涨了很多。他们颇费了一番力气，但总算过了河，随着夜幕降临，他们继续前进，踏上了旅途的最后一段路程。

这里和以前没什么两样，只是队伍收缩了，也安静了很多。这次自然没有食人巨妖。一路上，比尔博回忆着一年前在相同地点发生过的事情和说过的话，明明只过了一年，在他看来却更像十年。他很快就注意到了小马掉到河里的地方,当时他们因此转变方向,这才遇到了汤姆、伯特和比尔,差一点成为他们的盘中餐。

在离大路不远的地方,他们找到了食人巨妖的金子,那是他们埋起来的,仍然藏在那里,没有动过。"我的钱够我用一辈子了。"比尔博在他们挖出金子后说,"甘道夫,还是你收起来吧,我敢说你一定用得上。"

"确实如此!"巫师说,"但还是一人一半吧。你会发现有很多意想不到的地方都得用钱。"

于是他们把金子装进袋子里,挂在小马身上,小马这下可不高兴了。在那之后,他们的速度变慢了,大部分时间都是步行。但大地一片碧绿,霍比特人心满意足地在草地上漫步。他用一块红绸手帕擦了擦脸。不!他自己的手帕全丢了,这块是他从埃尔隆德那里借来的。现在是六月,夏天到了,天气又变得晴朗而炎热了。

就像所有的事情都有结束的一天,这个故事也是如此。终于有一天,比尔博出生和长大的那片乡村进入了他们的眼帘,土地和树木是那样熟悉,对他来说就像自己的手和脚趾一样。他走上一个小山丘,看到袋底山就矗立在远处,便突然停下脚步,说道:

353

路漫漫呀无止境,
　　翻越高山大川,穿过树林万顷,
深入从不曾有阳光照耀的洞穴山陵,
　　涉过不曾流入大海的河境。
走过冬天落下的皑皑雪域,
　　穿过六月盛开的锦簇花絮,
横过草地,在岩石之间亦步亦趋,
　　趁着月色横贯山脉九曲。

路漫漫呀无止境,
　　任凭乌云遮顶,任凭晓色星晴,
游子的双脚踏尽天涯路尽,
　　终于回转,朝向远方的故乡门庭,
见识过烈焰,挥舞过刀锋,
　　岩石大殿里的恐怖亦曾一一历经,
绿色的草地终于近在前景,
　　熟悉的树木和山丘亦来相庆。

　　甘道夫看着他。"我亲爱的比尔博!"他说,"你变了!你已经不是以前那个霍比特人了。"
　　就这样,他们过了桥,经过河边的磨坊,径直回到了比尔博的家门口。

"老天！这是怎么了？"他大叫道。他家门口乱糟糟的，聚集着各种各样的人，有体面的，也有不体面的，许多人进进出出。比尔博注意到他们甚至没有在门垫上蹭蹭鞋底，不由得大为恼火。

他是很惊讶，但那些人见到他更惊讶。他来到家门口，正好赶上一场拍卖会！大门上挂着一张红黑相间的大布告，上面写着：六月二十二日，挖伯先生和掘洞家将拍卖霍比屯山下袋底洞已故的比尔博·巴金斯先生的财产。十点整准时开拍。此时已近午餐时间，大部分物品都已售出，价格各异，有的极低，和白送差不多（这在拍卖中并不罕见）。实际上，比尔博的堂亲萨克维尔-巴金斯一家正忙着测量他的各个房间，看他们自己的家具是否放得下。简而言之，比尔博已被"推定死亡"了，现在发现这个判定是错的，并不是每个这么说的人都感到遗憾。

无论山下还是山那边，抑或是河对岸，比尔博·巴金斯先生回来的消息都引起了不小的骚动。这件奇事不只是轰动一时，让人们谈论了九天。事实上，这场法律纠纷持续了数年。过了很长一段时间，巴金斯先生才被承认还在人世。比尔博费了很大劲才说服那些在拍卖中买到便宜东西的人把东西退给他，后来，为了节省时间，很多件家具都是比尔博直接花钱买回来的。他的许多银匙都离奇失踪了，从此下落全无。他个人怀疑是萨克维尔-巴金斯一家偷走了。而那家人从不承认回来的是真正的比尔博，从此后，他们和比尔博的关系就不那么融洽了，其实，他们是巴不得把他那漂亮的霍比特洞府据为己有。

比尔博发现自己失去的不仅仅是勺子，还有名誉。的确，从那以后，他一直都是精灵之友，并且受到了矮人、巫师和所有途经霍比屯的人的尊敬。但霍比特人对他不再像从前那么敬重了。附近所有的霍比特人都认为他是个"怪人"，但他在图克家那边的外甥和外甥女除外，可即便如此，家里的长辈也不许他们与比尔博往来过密。

很遗憾，他毫不在意。他对自己的生活非常满意。比起那场始料未及的宴会前的平静日子，如今炉灶上水壶的响声更加悦耳。他把剑悬在壁炉架上方，锁子甲则挂在大厅的一个架子上（后来他将其借给了博物馆）。他的金银大都用来买礼物了，有些很实用，还有些很奢侈，这在一定程度上解释了他的外甥和外甥女为什么这么喜欢他。对于那枚魔戒，他一直秘而不宣，主要用来躲开讨厌的客人。

他开始写诗，还去找精灵。许多人见他这样，便拨弄着脑袋，摸着额头说什么"可怜的老巴金斯！"。很少有人相信他的故事，但直到生命的最后一刻，他都过得非常快乐，而且得享高寿。

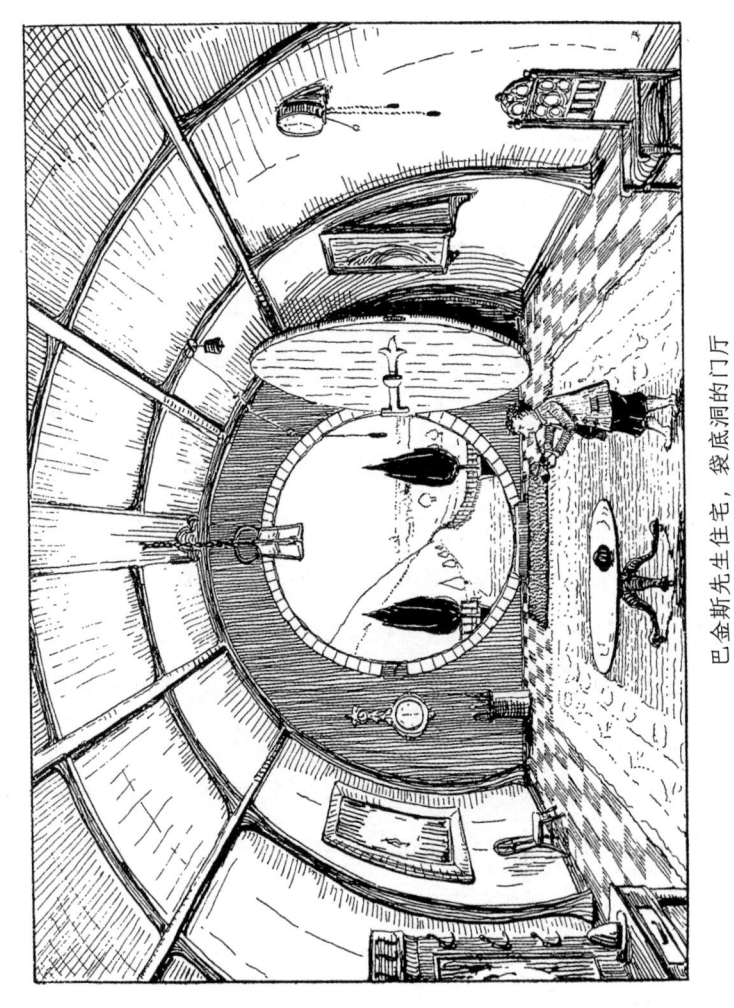

巴金斯先生住宅，袋底洞的门厅

几年后，在一个秋天的晚上，比尔博正坐在书房里写回忆录。他打算把这本书命名为《去而复返：一个霍比特人的假期》。突然，门铃响了。来的是甘道夫和一个矮人。而矮人正是巴林。

"进来！快进来！"比尔博说，他们很快就在炉火边的椅子上坐了下来。巴林注意到巴金斯先生的马甲更宽大了（配有纯金的扣子），比尔博也注意到巴林的胡子长了好几吋，珠宝腰带非常华丽。

他们聊起了曾经共度的时光，比尔博问起了孤山那边的情况。那里的一切都很好。巴德重建了河谷镇，人族从长湖、南方和西方聚集到他身边，耕地再次种上了作物，河谷再度兴盛起来，昔日的荒凉不再，现在春天鸟语花香，秋天果实累累，欢宴不断。长湖镇也重建了，比以往任何时候都要繁荣，贸易在奔流河上进行，创造了大量的财富。在那些地方，精灵、矮人和人族都友好相处。

镇长的下场很惨。巴德给了他很多金子，好帮助长湖人重建家园，但他与恶龙一样财迷心窍，居然带着大部分金子逃跑了，最后被同伴抛弃，饿死在了荒野中。

"新来的镇长就聪明多了，也很受欢迎。"巴林说，"现在那里发展繁荣，主要归功于他。他们编了歌谣，说在他的时代，河里流着金子。"

"这么看来,古老歌谣里的预言在某种程度上算是成真了!"比尔博说。

"当然!"甘道夫说,"为什么不能成真?就因为你出了一份力让预言成真,你就不相信预言了?你不会真以为你经历的一次次冒险和一次次逃脱,都是运气使然,只和你一个人有关吧?你是个很好的人,巴金斯先生,我很喜欢你。不过,在这个大千世界里,你毕竟只是个小人物!"

"那还真是谢天谢地了!"比尔博笑着说,把一罐烟草递给了甘道夫。

在喧嚣的世界里，
坚持以匠人心态认认真真打磨每一本书，
坚持为读者提供
有用、有趣、有品味、有价值的阅读。
愿我们在阅读中相知相遇，在阅读中成长蜕变！

好读，只为优质阅读。

霍比特人

策划出品：好读文化　　　　监　　制：姚常伟

责任编辑：徐　樟　　　　　　产品经理：罗　元

特邀编辑：牛　雪　　　　　　营销编辑：陈可心

装帧设计：所以设计馆　　　　内文制作：鸣阅空间

图书在版编目（CIP）数据

霍比特人 /（英）J. R. R. 托尔金著；刘勇军译. --
北京：北京联合出版公司, 2024.2（2024.7重印）
　ISBN 978-7-5596-7337-4

Ⅰ. ①霍… Ⅱ. ①J… ②刘… Ⅲ. ①长篇小说—英国
—现代 Ⅳ. ①I561.45

中国国家版本馆CIP数据核字（2024）第003043号

霍比特人

作　　者：[英]J.R.R.托尔金
译　　者：刘勇军
出 品 人：赵红仕
责任编辑：徐　樟
封面设计：所以设计馆

北京联合出版公司出版
（北京市西城区德外大街83号楼9层　100088）
北京联合天畅文化传播公司发行
北京美图印务有限公司印刷　新华书店经销
字数221千字　880毫米×1230毫米　1/32　11.75印张
2024年2月第1版　2024年7月第3次印刷
ISBN 978-7-5596-7337-4
定价：78.00元

版权所有，侵权必究
未经书面许可，不得以任何方式转载、复制、翻印本书部分或全部内容。
本书若有质量问题，请与本公司图书销售中心联系调换。
电话：010—64258472-800

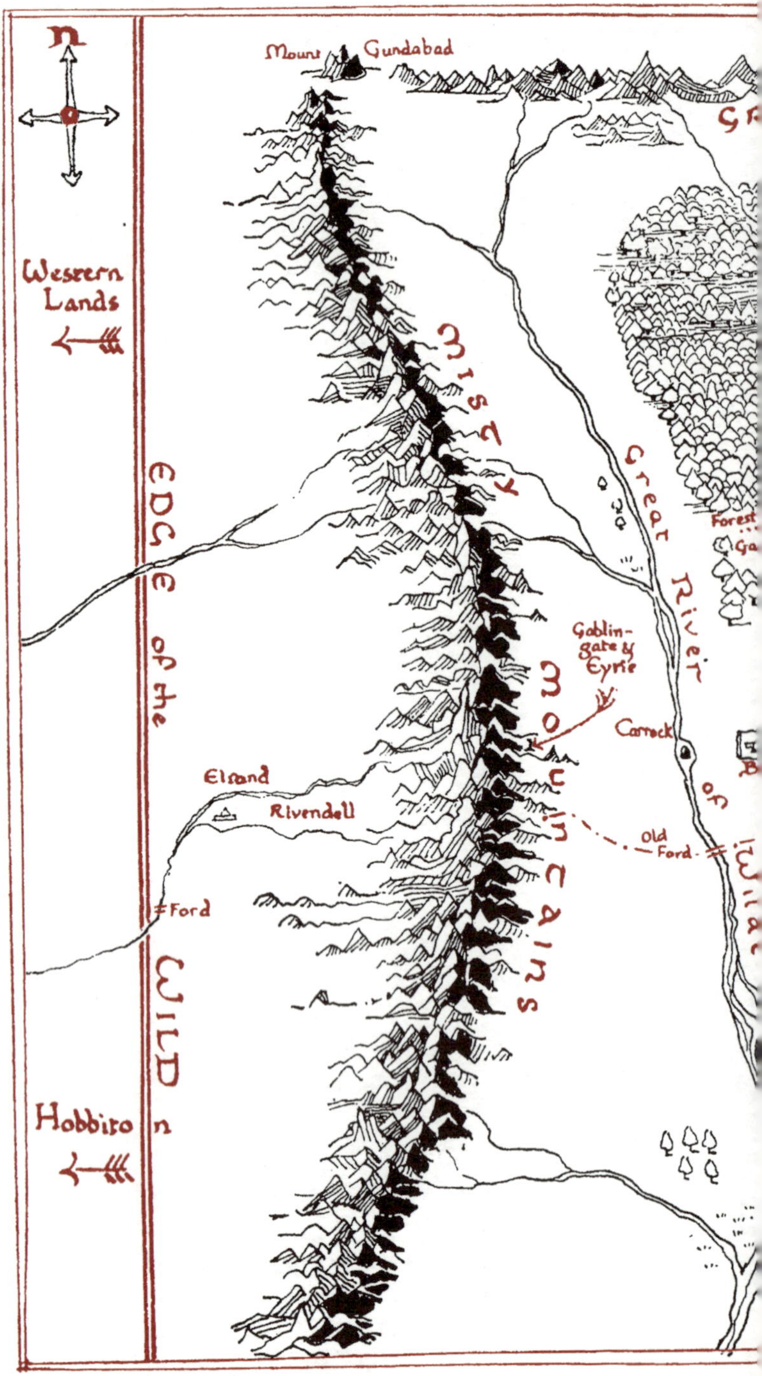
n
Western Lands
EDGE of the WILD
Hobbiton
Mount Gundabad
Misty Mountains
Great River of Wild
Goblin-gate & Eyrie
Carrock
Elrond Rivendell
Ford
Old Ford
Forest